J.M.G. Le Clézio
[法] 让-马・居・勒克莱齐奥 著
王文融 译

# Le livre des fuites

# 逃之书

上海译文出版社

我们将撇下这座城池，继续前行。

（马可·波罗）

你能想象吗？一座空荡荡的大飞机场，有一个在天空下伸展的平屋顶，一个小男孩坐在屋顶的一把长椅上，正目不斜视地朝前望。空气泛白而轻盈，没有什么可看的。接着，几小时后，传来一架喷气式飞机起飞的凄厉的响声。尖锐、刺耳的声音越来越响，仿佛屋顶另一端有支汽笛越来越快地转起来。声音变得尖厉，现在，它咆哮着，在屋顶的每个平方上弹起，直至天的尽头，天空倏然间被它变成一块裂痕累累的巨大玻璃板。当声音响得盖过一切的时候，这个长长的银色金属圆柱体出现了，它在地面上方滑行，缓缓升入空中。坐在长椅上的小男孩没有动，用那双因声音不堪忍受而充满泪水的眼睛紧张地望着。金属管拔地而起，上升，上升。小男孩不慌不忙地望着它，他有的是时间。他看见长长的银色机身在水泥跑道上猛冲，所有轮子都悬在地面上方几厘米。他看见圆形舷窗上有天空的反光。他还看见负载着四个喷气发动机的大机翼朝后张开。从发黑的尾喷管中喷射出火苗、风、雷鸣般的响声。坐在长椅上的小男孩在想心事。他想，有一天，突然没来由的，将出现这一瞬间，浅色的长圆柱体在一次爆炸中解体，使不可见的天空的表面亮起一个个红色和金色的色点，这庸常的、无声的火花挂在那儿几秒钟，然后被抹去，消失在数千个黑点中间。小男孩这样想着的时候，可怕的声浪分散开，在耳畔隆隆作响。

于是他站起身，机械地迈着大步，晃着胳膊，在机场的平屋顶上朝一扇门走去，门上方用红字写着：

出口

他走下钢梯的橡胶阶梯，来到候机厅的中央。嵌在墙里的电梯上上下下，发出嗡嗡声；什么都看得见，仿佛这是些玻璃墙。人们看见哑然无语的古怪身影、眼神疲惫的儿童、裹在红色大衣里的妇女、狗、带伞的男人。

候机厅里，光线被数百面镜子反射，白得无以复加。主入口附近有架电子钟，小吊牌在其方形显示板上迅速翻转着，有规律地替换着数字：

15 05

15 06

15 07

15 08

15 09

15 10

15 11

几个贴近麦克风讲话的女人的声音在说些无关紧要的事。一些人坐在皮软垫凳上等着。人们经过不可见的光线时，大玻璃门倏地朝两边退去，一次，两次，十次。你能够，你能够想象这些吗？

你能否想到地球上都发生了什么，想到所有这些迅跑的秘密，这些冒险，这些溃败，这些符号，这些人行道上的涂鸦吗？你有没有跑步横穿这些草场，或在这些海滩上奔跑？你有没有拿钱买过橙子，有没有看着油迹在港口锚地的水面上漂移？你读过日晷上的时刻吗？唱过蠢歌的歌词吗？是否有天晚上上电影院长时间地观看一部叫做《纳萨林》[1] 或《红河》[2] 的影片的画面？你在圭亚那吃过鬣蜥，在西伯利亚吃过虎肉吗？

罗伯特·彭斯[3]

小雪茄

---

① *Nazarin*，西班牙超现实主义导演路易斯·布努埃尔在一九五九年拍摄的影片。

② *Red River*，美国导演霍华德·霍克斯在一九四八年拍摄的影片。

③ Robert Burns（1759—1796），苏格兰民族诗人，此处也指雪茄品牌。

这不是一位罗伯特·彭斯这不是那支小雪茄

或者：

（威尔弗雷德·欧文[①]）“这就好像我从一场战斗中溜走

穿越被残酷战争塑造的花岗岩

到掘了数百年的一条凄凉地道的深处。”

再或者：

（巴门尼德）……存在是一贯、连续和永恒的。

全部字眼，全部名词皆有可能。所有的字眼如雨点般落下，粉粒雪崩似的坍塌，从火山口朝天喷射，然后再坠下。在犹如明胶颤动的空气中，声音划出气泡之路。你能想象这些吗？烟花流光溢彩的黑夜、爆炸性泥板、女人的脸、眼睛、如软剃刀片割肉的欲望。响声，到处是响声！去哪儿呢？沉潜于何处，陷进哪个虚空，在什么地方把头埋入石枕？在已然被各种可能的文字涂黑的白纸上写些什么？选择，为何选择？听任所有的声音迅跑，听任各种运动朝着未知目的地疯狂地滚滚向前。不可计数的地点，过分长的瞬间，没

① Wilfred Owen（1893—1918），英国诗人。

完没了的名词：

男人！

水母！

桉树！

绿眼女子！

孟加拉猫！

天线塔！

城市！

源泉！

绿草，黄草！

这些真的有什么意思吗？我添加我的词语，用喃喃自语提高巨大的嘈杂声。我无谓地在这儿再涂几行字，为了摧毁，为了说我活着，为了在被掠夺的旧的表面上再划出新的点和新的线条。我扔出我那些无用的数字，填满难以餍足的洞、没有记忆的井。我给纠缠在一起的事再添几个结，给大阴沟的管道里再加些排泄物。在仍有空白、看得见纯虚空的地方，我奋笔疾书：恐怖，关节强直，疯狗。我戳瞎别人的眼睛，用锥子突然把清亮无辜的眼睛扎出血。噪音，噪音，我恨你，但我跟你在一起。储入筒仓的谷粒生出裂纹，任粉末落到其他谷粒一动不动的大海中间。覆盖一切的字母！覆盖一切的笑声、喊声、呻吟声！铅袍的颜色！碎石体的物质！活的坟墓，倒在我们每个人身上的分量，我也有分量，我头着地，把头插入土里。我什么都想说，什么都想说！我听见，我重复！回声的回声，词语在我的喉咙的过道里踉跄而行，空气的过道，世界没有尽头的走廊。假的门砰砰地关上，窗户朝别的窗户打开。永别了，我想说。永别了。我对活着的人讲话，我对数百万躲在墙后的眼睛、耳朵和嘴巴讲话。他们在窥视，他们来来去去，留下来，除睡觉外别无它事。但他们在这儿，谁也忘不了。世界刺上了战争的花纹，给自己画了身体和脸，现在他就在这儿，肌肉绷紧，手执武器，两眼因战胜的热望而火辣辣的。谁将射出第一支箭呢？

如何逃避小说？

如何逃避语言？

如何逃避，哪怕一次，哪怕只是刀这个字眼？

一天，有个名叫奥冈的人，踩着自己的影子，走在阳光刺眼的城市街道上。城市在大地上伸展，类似一个巨大的墓地，石板和墙壁令人目眩，大街小巷星罗棋布。可以说万事俱备，一切早有定规。这是一张脉络分明的平面图，图上什么也不缺，几乎什么也不缺。有画着匀称小图案的水泥人行道、留下车辙印的柏油马路、挺拔的树木、路灯、高得令人眩晕的摩天大楼、窗户、写满字的商店、噪音、蒸气。再高些，是那鼓起来的天幕，既不蓝又不白，缺席的颜色，上面悬着一轮太阳。一片漫不经心的、没有特色的土地，起伏不平的沙漠，后浪推前浪但永无变化的大海。

那个叫做奥冈的人正是在这上面行走。他沿着白色的街道，穿越溢满白光的空气，走在白色的人行道上。一切都被这粉末，这雪，或这盐所覆盖，成吨的谷粒一齐闪烁。颜色不复存在，只有这难以承受的白色渗入这座城市的每个角落。巨型探照灯把大地拢在自己的光束里，光的粒子不停地轰击着物质。每样东西都变成了一盏极小的灯，灼热的灯丝在其水晶泡的中心闪亮。处处皆白。什么也看不见了。在墙角，在女人们涂过脂粉的眼皮下，沿着过热的房顶，细微的线条出现又消失。这些线条立即相互交织，如裂纹一样分叉、散开，什么都不再可靠。屋脊线在天空下栖息，林荫大道远远地在浓雾深处相交，云彩从天这边延伸到天那边，喷气式飞机留下航迹，车辆迅速驶过；奥冈在它们中间前行，身着白长裤、白衬衣，脚踏草底帆布鞋，他随时准备消失，或正在慢慢融入周围的溽热中。他朝前走着，什么也不想，两眼盯着地上数百万个火星，颈项对着太阳，脚下有个黑影。

在星球封闭的大气中这样默默地踩着自己的影子行走何其滑稽。站在坚硬的地壳上，头朝无限仰起，仅在地球的一边走，这既滑稽又动人。这就像身穿白金色的潜水服，从银河的另一端，从参宿四，或从仙后座抵达，然后开始探险。不时会按个按钮，用带点伤风的嗓音说：

“太空探险者奥日二一二号呼叫中继站。太空探险者奥日二一二号呼叫中继站。”

“太空探险者奥日二一二号，这里是中继站。太空探险者奥日二一二号，这里是中继站。请讲。”

“太空探险者奥日二一二号呼叫中继站。我离开了九十一点，目前正朝九十二点进发。一切顺利。完毕。”

“太空探险者奥日二一二号，这里是中继站。我们听得非常清楚。您看见了什么？完毕。”

“太空探险者奥日二一二号呼叫中继站。这儿一切皆白。我在一个布局规整的迷宫里行走。有许多运动着的物体。天气很热。现在我靠近九十二点了。完毕。”

“太空探险者奥日二一二号，这里是中继站。您发现一些有机生命的迹象了吗？完毕。”

“太空探险者奥日二一二号呼叫中继站。没有，没有任何迹象。完毕。”

他也好像在海底前进，伴随着沉寂、从硫矿藏匿处冒出的沉重气泡、大片滑动的污泥、鱼类的叫声、海胆的嘎吱声、鲨鲸的呼噜声。尤其那大量不可战胜的、重达数千吨的水。

的确如此。奥冈走在一座被淹没的城市的街头，穿行于柱廊和大教堂的废墟中间。他在男男女女中穿行，有时与孩童擦肩而过，他们是些动着鳍、嘴可自由伸缩的怪异的海生造物。商店和车库是打开的洞窟，贪婪的章鱼蜷缩在里面生活。光线缓缓流动，好似云母粉细雨。人们可以长时间地在这些残垣断壁间漂浮，可以随着热水流、冷水流、热水流滑行。水到处钻，黏黏的，气味呛人。水钻进鼻孔，流进喉咙直到肺里。水贴在眼球上，与血液和尿液混合，在体内漫游，用它梦幻的实体浸润身体。水进入耳朵，把两个小气泡贴在鼓膜上，使耳朵永远与外界隔离。没有叫喊，没有话语，思想变得宛若珊瑚，没必要地竖起指头的一堆不动的活物。

这很滑稽，也很恐怖，因为没有可能终结。那个在太阳持续照耀下行走，当刺眼的光线从眼睛的窗户进入脑壳的密室时也不担心有一天跌倒的人。那个住在白色不可战胜的城池的人。那个看见、理解、思索光线的人，在无尽的雨声中倾听光线的人。那个好像在模糊不清的镜子里面寻找一张炽热的脸（脸，他的脸）的固定点的人。那个仅仅是一只眼睛的人。那个生命系于太阳、灵魂为天体的奴隶、欲望一齐朝唯一的约会地点进发的人；这约会地点，熔化的深渊，其中的一切在制造觉察不到的滴滴汗水时毁灭殆尽，那在额头闪烁、其重无比的熔化花岗岩的汗水。那个……奥冈在令人目眩的街上行走，在明亮光线的漩涡中走。他已然忘记什么是色彩。自混沌初开以来世界便是这个样子：白色，白色。在这全部的雪中，在这全部的盐中，仅剩他脚下这个蜷缩成一团的影子，呈叶子形状无声滑行的黑点。

奥冈朝右跨了一步；影子朝右滑动。他朝左走一步；影子立即朝左滑动。他先加快，再放慢脚步；影子跟着先快后慢。他跳跃，踉跄，挥动双臂；影子照做不误。在全部的光线中这是仅有的尚可见的形状，也许也是仅有的依然活着的造物。全部智力都流进了这个点，全部的思想，全部的力量。他，变得透明，轻飘，容易失去。而影子呢，它拥有全部的分量，全部经久不衰的存在。现在是影子拖着，指引着此人的步伐，是影子把人留在地上，阻止身体蒸发。

奥冈一度停驻不前，一动不动地待在人行道上，亮堂堂的街上。太阳高挂于空中，强力发散着滚烫的热气。奥冈朝地上望，潜入自己密实的影子里。他进入如此打开的井，仿佛他闭上双眼，仿佛夜色降临。他下到黑点中，被它的形状和力量浸透。他努力贴近地面喝下这影子，用这外来的生命给自己打气。影子不动，但总溜开，推拒他的目光，扩张自己的领地。奥冈一心一意试图逃避光线，而汗水一滴滴从脖颈、后背、腰间和大腿流淌下来。必须往下走，再往下走。必须不停地熄灭新的灯，打碎新的镜子。驶过的车辆车身过热，迸出火星，火花。必须一个接一个戳破这些火星。天上落下的光散落成数百万个小水银滴。必须逐步清扫这尘埃，但总是越扫越多。男男女女的身影、沉重的项链、金耳坠子、彩色玻璃耳环、水晶枝形吊灯，在他周围滑动。奥冈必须分分秒秒尽全力砸烂这些劣等货。但它们绝不会灭绝。眼睛在眼眶里闪亮，白色，凶残。牙齿。指甲。用金银箔片缝制的连衣裙。戒指。房屋的墙壁重如白垩峭壁，一眼望不到边的平屋顶闪闪发亮。街，唯一的那条街，周而复始，划出磷光闪闪的线，直至天际。悬铃木摇动着一串串火苗似的树叶，玻璃窗密封如镜，既冰冷又沸滚。空气像塌方似的扬尘而来，汹涌失控，伸展其活籽粒的树枝。人们处于坚硬中，矿物中。再也没有水，没有云和蓝天。只有这线条断裂、电流不断的耐热的表面。噪音本身也变成发光体，勾勒出突兀的阿拉伯式装饰图案、圈、圆体字、椭圆形。噪音穿越空气，划出白兮兮的瘢痕，写出符号、“之”字形曲线、无法理解的字母。一辆钢制大客车呜呜地鸣着喇叭，一条光线的宽犁沟如断层般在前行。一个女人张开嘴露出两排珐琅质的牙齿叫着：“喂！”人们立即看见一颗大星星胡乱涂在了人行道的水泥地面上。一条狗吠叫着，它的呼唤如一梭曳光弹迅速顺墙而过。在一家闪着霓虹灯的塑料材质的商店尽里边，一架电唱机吼着一种蛮族的音乐，这是排炮的火光，管风琴灼热的气体，低音提琴的竖弦，吉他的横弦。当人声开始喊出歌词时，不时还有磁化粒子非同一般的混乱。

一切都是图画、文字、符号。气味从塔的高处发出带光的信号，或者藏入秘密洞窟之内。奥冈用橡胶鞋底轻触地面，旋风立即拓宽漂浮的圈子。他用打火机的白火苗点燃一支香烟，手上方一度有座火山朝天空喷发龙卷风似的火焰和火山岩渣。他做的每个动作都变得危险，因为它立即引发一系列怪事和灾难。他顺着墙根走，所经之处混凝土噼噼啪啪迸出火花。他把右手搁到脸上，在空气中安置的数千块玻璃板上，可以见到一个令人目眩的大S正伸长它的弧线。他注视一位少妇的脸，从亮得无法承受的眼睛里射出两支尖利的笔，刀刃般击打着他。他用鼻孔呼出肺部的气体，普通的气息于是开始燃烧，冒出缕缕浅淡的烟。什么都不再可能。什么都做不成，然后被遗忘。到处都有这张巨大的白纸，或这片雪野，纸上，雪上留下惧怕的痕迹。什么都有爪子，钩形指印，蹄子。皱纹，印记，污渍，唇上不愈合的白色伤口。

连思索也不可能了。奥冈在思索，橙子水果水平静睡觉。马上在他眼前出现了用耀眼的线条划出的两个同心圆、雨点般的杠杠、一条以方括号结尾的横线，和一个铺天盖地的方格。蠢货够了够了，一道棱角锐利的闪电，和一轮正慢慢爆炸的太阳。出发闭上眼睛咱们走吧好的，众多的窗户在空间打开，玻璃中的疵点闪烁如群星。

思索是危险的。行走是危险的。讲话、呼吸、触摸是危险的。碎片从四面八方猛冲过来，满载闪电的长臂符号在眼前跳跃。巨大的白纸如陷阱在世上铺开，等待着一切被真正抹去的时刻。男人、女人、孩童、动物和树木在这些透明的皮后面动来动去，太阳扫射着它的全部白色和刺眼的热量。一切都如此，很可能一点办法也没有。而有一天，人恐怕也会变成十字路口的一个真正的信号灯，一盏光线微闪的灯，近似受外形束缚、光线四散的星星。人再也不能说不，再也不能闭上眼睛走开。人将在其他人中间茕茕孑立，过着狂热昆虫的生活。人将说是的，是的，我爱你，永远爱你。

奥冈一直站得笔直，尽全力试着把自己的影子转向太阳。

把瓶里的水倒些在玻璃杯里，没有比这更容易的事了。你试试就明白了。

我邀请你分享现实的场景。来看看讲述世界小故事的各种冒险的常设展览吧。他们在这儿。他们在工作。他们在每天、每小时、每秒、每个世纪中来来往往。他们在动。他们有词语、动作、书籍和照片。他们在变化极细微的大地的表面行动。他们做加法，做乘法。他们是他们。他们准备好了。没有什么可分析的。处处。时时。他们是成百万只在翻倒的旧垃圾桶周围跑的蜈蚣。精子、细菌、中子和离子。他们全身打颤，这持久的战栗，这颤动，这疼痛的发热，不止是生或死，不止是可说或可信，这是迷惑力。

我很想能够像写信一样告诉你我看见的一切。我很想让你明白为什么有一天我必须走开，不对任何人说什么，不作自我表白。这是一个变得必要的行为，当时机来临（我说不出在哪儿，什么时候，为了什么），我将简简单单、一言不发地做这件事。英雄们都是哑巴，真的，真正重要的行为看上去就像写在盖墓石板上的话。

于是，我想给你寄张明信片，试着把这一切告诉你。明信片背面将有一张上了光的全色照片，署名莫罗。照片上将有个衣着破烂、古铜色皮肤的小女孩，正用一双围着黑睫毛和黑眉毛的胆怯的眼睛望着你。她将睁大眼睛，瞳孔中央有道反光，这就是说她的目光是活的，也许永生永世。

乳房开始发育的小姑娘将保持别扭的身姿，上半身朝胯部的反方向扭，这就是说她准备逃跑，消失在虚无中。

她将用一个淘气的、带些恶意但始终怯生生的手势，一个自卫的手势，把右手放到嘴边。左手呢，垂于身体一侧，肤色深褐的左臂赤裸着。一只马口铁手镯可能滑落在手腕上。指甲又脏又长，手里将攥着一枚硬币，是人家给她照相付给她的。

她可能就这样有一天突然从虚空中冒出来，然后被人遗忘，只留下这个脆弱的形象，这个面对未知航行、甘冒危险、身上水沫飞溅的船头木雕像。

她可能就这样变戏法似的被复制了成千上万个，悬挂在百货商店橱窗前铁丝制的旋转陈列盘上。带有饥色的脸庞，围着黑圈的眼睛，一缕缕飘散的脏头发，无思想的前额，不跳动的太阳穴，没有感觉的脖颈，不停咬着右手弯曲食指的微启的红嘴巴。然后是一动不动的双肩，用破布遮住的、血和水已流尽的身体。纸的身体，纸的皮肤，用化学染料画出的多筋的肌肉。在所有女孩当中，有一天必须找到的正是她，以便带上她沿路而行，无限期地从谎言走向真理。

署名：

沃金·斯蒂克

现在是男人和女人。城市街头有形形色色、各种年龄的男女。有一天，他们不知不觉地诞生了，从这天起，他们便不停地逃跑。假如跟着他们东奔西跑，或者通过钥匙孔观察他们，就可以看到他们正在生活。夜晚来临，假如你走进邮局，打开尘封的旧书，慢慢读他们的名字，他们所有的名字：雅克·阿拉齐纳。吉尔贝·普兰。克洛德·夏布勒迪耶。弗洛朗斯·克拉穆斯。弗兰克·威迈尔斯。罗兰·佩塔凡。帕特里希雅·科贝尔。米兰·基克。热拉尔·德尔皮耶齐亚。阿兰·阿戈斯蒂尼。瓦尔特·焦尔达诺。热罗姆·热拉斯。穆罕默德·卡察尔。亚历山大·佩特里库斯基。依薇特·博阿斯。安娜·雷鲍多。帕特里克·戈东。阿波洛妮·勒布歇。莫妮克·荣。热尼雅·文森齐。洛尔·阿玛拉托。他们的名字全都又美又明亮，让人在电话簿翻旧的书页上百读不厌。

也可以叫做奥冈，白种人，长头型，浅色头发，圆眼睛。大约二十九或三十年前生于谅山（越南）。住在一个叫做法国的国家。

用叫做法语的语言讲话、思考、幻想、渴望。这很重要。假如名叫甲蒙，生在庄他武里①，或名叫赫苏斯·托雷，生在索托利托②，那么就会讲别的话，有别的思想，做别的梦了。

人们在这儿，在泥泞的地面上画出的方格里，与小灌木和石子在一起。人们吃了很多这地上长出的庄稼，喝了很多这些河里的水。人们在这片热带丛林里长大，在这尘土里流汗、排泄大小便。阴沟好似脉管在皮肤下流动，青草有如一撮汗毛在战栗。天空一直在这儿，这是为人熟知的、布满轻飘朦胧的小球状云朵的天空。夜里，有许多星星，和时而滚圆、时而瘦长的月亮。人们毫无觉察地实施了大量这类行为。有一天，那一年的那一天，在某片灰云下，人们看见这片土地上有堆火正在一块田地中央燃烧，扭弯这些细树枝，啃咬这块腐烂的木头。

另一天，人们看见一名少妇右手提一黄色塑料包，沿着人行道在街上路过。人们想这是世上唯一的女子，而她迈着两条赤裸的长腿，一步一步地朝前走，扭动着粉红色毛料连衣裙下的臀部，朝前挺着一对套在黑色尼龙胸罩中的乳房。她身子笔挺，走在空无一人的街道上。有个人说：

“小姐，我想，我想问您件事，对不起，请原谅我这样过来跟您攀谈，但我想对您说，我。”

---

① Chanthaburi，又称尖竹汶，位于泰国中部。

② Sotolito，墨西哥东南部恰帕斯州城镇。

在人声嘈杂的咖啡馆里点燃一支烟，嗅着从粉红色毛料裙下的身体里散发出的好闻的气味：

“你知道，你很美，对，真的，你很美。你叫什么名字？我，我叫奥冈，我生在谅山（越南），您知道它在哪儿吗？在中国边界。您想，你想再喝一杯咖啡吗？如果你愿意，高蒙电影院正上映一部好看的影片，《恐怖走廊》[1]，我看过两遍了。嗯？”

而的确只需要一点点东西，朝右稍稍挪动一下位置，在名词中改几个音节，上面的话就可能变成：

“卑鄙的家伙，去你的！也许你以为我没懂？你，你是故意的，几个月前我就明白了，你想忽悠我。你以为我没懂那盒香烟的鬼把戏？你以为我什么也没看见？卑鄙的家伙，下流坯，你停下来别走了，我跟你讲话的时候你要听我讲，别，别假装听不见！”

还可能胳膊一挥，胳膊下端的手里攥着一把尖刀的刀柄，冰凉的刀刃有可能斜刺里插入少妇的左乳房，她可能只叫了一声：

“啊！”

便死了。

这是本世纪的一天，在一座城市的一条街上，在大地上，天空下，空气里，阳光普照。临近正午，在人类的建筑物中间。下雨，

---

① *Shock Corridor*，美国电影人塞缪尔·富勒于一九六三年拍摄的黑色影片。

天晴，刮风。不远处，大海波涛滚滚，黑色或蓝色的轿车在大路上行驶，路旁种了涂了白色的悬铃木。在混凝土掩蔽所内，半导体播放着音乐，电视荧屏上尽是跳动的影像。在名叫海洋的电影院里，放映厅尽头有个白的亮点，人们看见一个男人躺在一张床上，身边有个一丝不挂、头发散乱的女人，他一直在抚摸同一个肩膀。人们听见他们的声音从墙壁传出，沙哑、空洞、嘘嘘作响。他们说着毫无意义的话：

你很美，你知道你

西蒙我害怕

你害怕

是的是的

你怕我

不是这样我想说我早就总之当我看见你的时候我没想到有一天事情会是这样而且你就要走了这就好像什么也没有发生你明白

而稍远处，偌大的黑暗大厅深处，一个女人在数手里的硬币，借着手电筒的微光一枚枚地检查。

街上尽是名字，到处都是。它们在门的上方、透明的橱窗上闪烁，在昏暗房间的深处闪闪发亮，不停地明明灭灭，展示自己，挂在纸板上，雕在马口铁上，染成血红色，贴在墙上、门上、人行道上。偶尔，一架飞机划过天空，留下一道细细的白烟，意思是“罗德奥”或者“索莱克斯”。人们可以和这些名字交谈，可以读出每个符号并作出回答。这是一场稀奇古怪的对话，好像在与幽灵交谈。比方你说：

“加德士?”

回答哞哞地即刻而至：

“托莱多！托莱多！”

“美能达？雅希卡·拓普康?”

“开尔文。”

“美铝?”

“清风，玛氏，福拉米奈尔。”

“马蒂尼-罗西味美思进口公司。”

“M.G.”

“舒味思！印度补药！”

“太阳酒吧。快餐。冰激凌。”

“伊维材料?”

“100.10 000.100 000。”

“泛美。”

“伯利·格林旅游胜地。湄公河。蒂诺·阿里塔利亚。迈阿密。库克-朗森游乐园。”

“汉克-施乐！施乐！施乐！”

“卡洛尔……”

字儿，到处都是字儿，被人写出来，随后又摆脱了人。叫喊，孤独的呼唤，无休止的咒语，漫无目的地贴近地面游走。就这样，在今天，在这个时辰，还有这天空，这太阳和这些云彩。或红或黑，或白或蓝的字母被确定了地点，表示时间和空间。什么也夺不走，什么也偷不着。字母在这儿，不知疲倦地说这是我的，这是我的，你们拿不走它，你们试试就明白了，你们试试放上自己的名字，在此地安身，住在我这儿。试试吧！你们将看到……

但无人尝试。在平坦的街上，人们四处活动，没想到字儿。

这就跟比方说对待轿车一样。他们很容易便进到闪亮的车身内，坐在红色仿皮漆布的垫子上，转动点火钥匙，左脚踩踏板，把手柄往上推。车子微微抖动着滑行，缓缓启动了。坐在咖啡馆露天座上的人，谁也不会望着轮胎说：

“为什么，真的，为什么轮子这样转起来了？”

必要时有个人，一个相当年轻、面庞消瘦、一头黄发的人，他正在读报，右手握着一支圆珠笔。有人来到他身后，在他肩膀上方读到：

## 创世期间

这儿那儿还有许多别的东西。有位少妇面色很白，眼皮沉重的一双眼睛在深褐色的光晕中闪光，身子紧裹在白色连衣裙里，两腿支在水泥地面上。她什么也不说，什么也不做。左手两根指头间的一支美国过滤嘴香烟冒着烟。她站在一个酒吧间的门前，不时望着街对面吸一口烟。她身后的酒吧间内，音乐机械地震颤着。她眨着眼睛，目光朝左边溜。她的两腿动了动，身子朝前移，然后又往后退。她一直待在那儿，宛若一尊铁和丝造的雕像，散发着她的香气，呼吸着，心怦怦地跳，肌肉紧绷，乳罩用一根酚醛铰链扣在背部的肌肉上，肺里充满烟草的烟，腋下和腰间微微出汗，她在倾听。一些想法在她眼后闪过，一些稍纵即逝的影像、字眼、神秘的冲动。

> 莱昂·马蒂纳昨晚打了电话混蛋混蛋　前进出发逃跑两千红汽车　啊哈我认识他　AV　昨天为什么两千两千五百或三千　乞力马扎罗山约会买火腿轻点轻点　维克多·蒙多洛尼　他是理发师　她过了三十五岁也许没有　在帕穆帕姆　这一切所有这些玩意儿还有这游行队伍

但她不是一个人。大家都在思索，大家都有想法、欲望、词语，而这都藏在脑壳里，五脏六腑里，甚至衣服里，人们永远无法阅读所有写出来的东西。

可能应该懂得这整体的语言，知道这嘴唇的微微抖动、这手势、这左脚轻微的跛行、这在大门洞墙角点燃的烟卷意味着什么。可能应该认得有史以来的所有词语，所有的衣料、纸张、梳子、钞票夹、皮革、金属、尼龙。

→为了弄清楚自己在哪儿，或许应该这样做：一直站在这条街当中不动，像这样，贪婪地注视、倾听、感觉正在涌现的场景。没有一丝想法，没有一个动作，像一个路标，静默无声，立于两条铸铁的腿上，一动不动。

真相丢失了。散乱，眨眼，闪烁，蹦跳，它在发动机汽缸盖中迅速爆炸，在硬纸票上打孔，它是曲线柔和的硬金属壳，反光尖利的灯塔。它是墨镜的金眼镜架，玳瑁角质板互相摩擦的吱吱声，手表在表壳里的颤抖，电，煤气，水滴，封闭在苏打水瓶里的气泡，白色和粉红色的霓虹灯管。真相在一支浅色烟卷里，在火炭头上燃烧殆尽，而抽烟的年轻姑娘坐在一张长椅上，面对大海，毫无觉察。

她身穿一件淡紫色格子的橘黄色连衣裙，交叉双腿，手指甲涂成粉红色，边做手势边跟一位年轻人交谈。右手的食指和中指间夹着点燃的烟卷。姑娘说：

“是的，莱亚，她走出不二价商店，你知道，她对我说——”

“昨天?”

“不，呃，两三天前。我和马努在一起，她就这样来了。你觉得马努怎么样?”

“我想他是个好人。”

“是的，我知道，的确，他帮过我大忙，我想自杀那会儿。现在这看上去很傻，真的。我作了准备，想进到浴缸里，放上很热的水，自溺而亡。”

“这大概不容易——在浴缸里淹死?”

“容易得很，因为我愿意，事先我会吞下许多安眠药。我喜欢这样死的念头，一丝不挂地在水很热的浴缸里。”

她抽着烟，咽下唾沫。

“后来马努救了我。他是个非同一般的人，因为，因为他，他知道他为什么活着。他拥有难以置信的力量。我什么事都是他拿主意。”

“实际上这也许让你苦恼。”

“也许是吧……”

“你，你生活没有信念，你，我不知道，很超脱——”

“的确。你知道有时我有什么感觉吗?我觉得我可以轻而易举地飞起来，如果割断我的双脚，我会飞上天，那儿，飞到云彩里，没了踪影，这花不了多少时间。”

“那么，你需要一个马努那样的人。”

“实际上也许是。但有时候，我怨他怨得要命，你知道，因为我觉得自从认识他以来，我就不再是我了。我扯谎，其他人也都扯谎。你明白，他，他什么都马上干，他很幸福——”

“你以为他幸福?”

“不，你说得对，他不幸福，总之，我的意思是满足。但我觉得他知道，而我呢，我从来什么都不知道，所以，这让我沉沦。”

她用第一支烟又点燃了一支。

“有时我渴望，你知道，我渴望一走了之。我想做从前的我，没有马努，可以把一切丢在身后。但我不知道能不能做到。也许太迟了。”

稍远处，一条带黑斑的黄狗嗅着一个老墙角；再远些，扔在人行道上的一个烟头继续独自在风中冒着烟。

这事发生在这儿，这条街上，在这个时辰，本世纪的这一天。可以说这是当代的遗嘱，讲述这些事但从来没人写过的诗。一首诗，或者一张列表，它不属于任何人，因为人人都有份儿：

大楼

石头

沥青

石膏

砾石

铸铁

板

煤气

水

路灯

生活垃圾

白

灰

黑
土
黄
褐
橙皮
水塘
纸
鞋底
马达

柏油路面有如一条结了冰的河，车辆在上面驶过，轮胎划出尽是小符号和十字的怪线条。车轮相遇，躲闪，在道路上疯狂地拐弯，把橡胶的吸盘贴在地面上。诗继续机械地列举，仿佛必须向某地的某个人汇报。这累死人，一件让人变疯或者逼人突然剜出双眼再也看不见的活儿。所有这些极小的差异，所有这些细节，必须及时地看到。比方在上边，在图腾似的钢柱上方，当绿灯无声地熄灭，黄灯亮起又无声地熄灭，可怕的红灯出现的时候。或者当站在酒吧前的少妇从手袋里掏出一张纸巾擦鼻子或眼泪的时候。当那个人在黄房子五楼窗前出现，朝下望的时候。当那辆按着喇叭，带走一个胖妇人的救护车从街当中驶过的时候。在泳衣商店，当一位棕红色头发的妇人一只脚踏上橡胶平台，门在她面前自动打开，猛然分开用铜制字母写着卡伦的两扇玻璃门芯板的时候。当戴眼镜的年轻姑娘翻过她那本杂志的第三十一页，开始看第三十二页的时候。

水泥和钢铁之城，无定限地耸入天空的玻璃墙，镶嵌着图画、有着一模一样的条痕、悬挂着旗帜的城市，星辰，红色微光，灯泡内的白炽灯丝，黄铜线电网上轻声震荡的电流。藏在盒中的秘密装置沙沙的响声，钟表的滴答声，电梯升降的嗡嗡声。轻型摩托车的喷气声，阀门的劈啪声，喇叭声，喇叭声。这一切讲着自己的语言，讲述自己的传动杆和活塞的故事。发动机封闭在汽缸盖里，生活随意，散发着油味和碳氢燃料的气味，不停地被热气罩上光晕。热气从滚烫的汽缸盖上升起，散布到大街小巷，与人的热气混在一起。生龙活虎的城市。无轨电车在轮胎上滑行，呻吟不止。九号无轨电车沿人行道行驶，透过窗玻璃可见一车相似的面孔。它超过一名骑自行车的人，在黑色的马路上前行，轮胎的宽边带着水声挤压路面。九号无轨电车向前进，腹内载着一张张眼睛长得一模一样的面孔。背上两根竖起的天线顺着电线跑，倾斜，震动，吱吱作响，时不时的，从天线末端咔嚓嚓迸出一团火星，空气中可以闻到一股奇怪的硫磺味。九号无轨电车在一根灯柱前停下，上面写着：

幸福罗莎

刹车嘶嘶地响，车门打开，有人前门下，有人后门上。就是这样。接着九号无轨电车又沿着人行道行驶，腹内载着一串白兮兮的蛋，向未知目的地进发，向周而复始的终点站进发。那是一座人迹罕至的广场，带一个落满尘土的花园，电车在那儿慢慢掉个头，再朝反方向开。

有许多跟它一样的车。短鼻公共汽车、座椅破旧的有轨电车、旅游车、客车、出租车、金属送货车，在城里穿梭来往。

城里尽是这些怪异的动物，盔甲闪亮，眼睛发黄，手、脚、性器官是橡胶和石棉做的。它们在自己的小径上通行来往，有各自独立和谨小慎微的生活。它们拥有神圣的领土，在残暴的斗争中对峙，发臟的吼叫响成一片。它们想要什么？期待什么？谁是它们的神祇？在扣紧的螺母箱里，线圈、电线、火星、活塞的震颤表明有个思想在起作用。一个神秘而模糊、不停地寻求表达自我和改变世界的思想。要是认得这些运动背着人写下的字儿就好了。猜出这些想法实属必要。倘若侧耳倾听发动机的轰鸣声、刹车的叫声、喇叭的呼唤声，说不定就听得见一场对话中的某些话，一种正在形成的思想，一篇冒险记，一首诗。

一架梯子
搁在阳台
直达屋顶。
在那里，
凭依着电视天线
(抽支雷诺烟)

这儿一无所有。

仿佛天空生了锈

人的脚步

数着瓦片。

铁烟囱

在冒烟。

这没什么。

房屋现出它的形。

请看梯子的呼唤

令淡紫色的街成名。

我，我由此推断，

从这阳台上

从这些疲惫的民众

或从这空气中

什么也不会升腾。

这无关紧要，

我

喷雾。

一切从他瞥见监狱的那一天开始。他环顾四周，看见圈住他的墙，阻止他离开的四堵笔直的墙。房子是监狱。他待的房间是监狱。墙上挂着画、碟子、小玩意儿、鹦鹉羽箭、焙烧过的陶土面具。但现在，这已一无用处。他知道为什么有这些墙，他终于明白了。为的是他逃不脱。

房间里，地板上，隔板上，天花板上，处处是丑陋的物件，是铁项圈。铁环的链子一直挂到手腕和耳朵上。发明这些东西（究竟是谁发明的?）是为了让他忘却，为了拴住他，为了要他相信他走不掉。阴险地，像这样，不露声色地，人家在一个房间中央把他变成了俘虏。他毫无提防地走进房子，没看见墙壁和天花板真的是什么样。他未加注意，他没有发现这像个盒子。墙上已经有那么多东西，那么多面具。他以为他想出去就可以出去，不必向任何人请示。接着别的东西来了，胡乱涂了颜色的布头、玻璃制品、织物、木制和藤制家具。他在椅子上坐了下来；这当然比席地而坐更舒服。在厚实的墙上开了些丑陋窄小的口子。一些虚伪难看的洞，看起来没什么了不起。“窗户，大窗户，”人家告诉他，“瞧瞧外边的景色多美。能看见一棵树，一段街道，几辆车子，天空，云彩。俯下身能稍稍看到大海。下午两点前后，阳光正好直射进来。”该死的捕鼠器的门！有这些洞只是为了遮掩墙壁的厚度，让人忘记禁闭。现在，他知道了。但毫无疑问已为时过晚。为了不让他出去，人家做了门，做了玻璃窗，做了令苍蝇前来撞死的透明薄膜。人家竟敢做这种眼皮！

装饰囚室的东西何其多。墙上贴了纸，刷了漆，藏起灰水泥和不透光的灰泥，在这儿也放上了眼皮。淡黄色的角膜翳，布满一模一样的波点，褐色图案规整得令人发狂！为了让他日甚一日地忘却自我，徒劳地计算成千上万个一样的小螺线——世界的眼状斑。在他的头顶上，现在，他第一次看见悬吊的白色平顶；它那样矮，他伸出胳膊就能触到：又冷又硬，用指尖挠挠就碎成细末。这，这不是天空。这不可能是天空。这是灰泥和大梁组成的可怕的盖子，人家用它罩住了墙，意愿和欲望碰到它会折断翅膀。

人家抛出了日常的话和手势，没有魔法、没有饥饿的语言。人家说：

“来点咖啡，不要？来支香烟？喏，烟灰缸……几点了？你在做什么？喂，你想什么呢？你知道我想要什么吗？一张招贴画，对，一张大招贴画，这儿，沙发上方。我喜欢这个，你呢？不喜欢？比方切·格瓦拉的，你知道，那张他去世时的照片，张着嘴，露出一口白牙。注意，不，这太多了。可你看，一张大招贴画，这很不错。或者卡修斯·克莱[①]的，毛泽东的，波德莱尔的。我不知道，我……"

人们给每样东西、链条的每个链环一个名字："玉雕像"、"拉坎墩[②]弓"、"高棉人头像"、"危地马拉地毯"、"翻车鲀"、"中国屏风"、"惠乔[③]画"、"欧洲地图"、"莫拉"、"伊博人面具"。这么多的词儿，为的是听不见呐喊，想从喉咙发出的真正内心的呐喊：

"空气！空气！空气！空气！空气！"

他再也看不见太阳和月亮。白平顶中央，在一条编结而成的细绳末端吊着一个电灯泡，发出惨淡的光。下雨的时候，他再也感觉不到水滴落在皮肤上，再也不能朝天张开嘴喝。他听见远远的，外边，周围，雨滴轻轻的拍打声。但他喝不着雨水了。他渴得喉咙灼痛，嘴巴发黏。在贴近地板的一个低矮的墙角有根黑管子，管子头上有个生锈的水龙头。连水源也当了俘虏！

地上，可这已不是地了。地消失了，被埋在炉渣、水泥层、涂了釉的板条、格子漆布、压低脚步声且散发尘土味的机制割绒地毯下面。

他朝前走，撞上了家具。愚蠢的木头立方体，丑陋，无用，无能的标杆！令身体变形、佝偻的笼子。永远的外来者，他们驱逐

---

① Cassius Clay（1942—　），拳王阿里本名。

② Lacandons，居住在墨西哥和危地马拉边境的玛雅印第安人。

③ Huichol，居住在墨西哥马德雷山区的印第安人，以精细的手工艺品闻名。

你，同时给你下面使绊。长凳，椅子，凳子，靠垫，扶手椅。长沙发。它们自己来了，把无动于衷的岬角推到你屁股下面，用挡板顶住你的脊梁骨！用餐的桌子，饭菜难以下咽，不好消化，叫人恶心。低头写字的桌子，堆满吉祥物的高台。使劲用四条无腿肚的腿支撑着，永不弯曲。桌子，是又一些地板。

而床呢，不洁的床，绵软的高地，把你半吞进肚里，然后又半吐出来，假的流沙，假的暗礁！再也不愿让人睡在硬地和软土上的床，黏糊糊的床，鸭绒压脚被，成堆的死禽毛，海牛肚子似的黄色旧呢绒袋。晚上，时间一到（来自内部而非外部），他把自己的身子给予这个死了的雌性动物，但现在他知道这不是睡眠。他知道这是一个浴缸大小的狭小监狱，是被褥的洞，把他高举于地面之上，以免被气流卷走。他上床时没抱着在别处醒来的希望，但永远无法熄灭欲望炫目的光。床贴着他柔软的背使他保持平衡，活像一头干活的牲口，永远不停地受奴役，又永远不停地奴役人……

仿佛有一个黑夜，或一大片烟雾从天而降，给他遮住了真相。从此他再也看不到光，再也不知道外面伸展的无限、自由的空间是什么样子。

这是谁干的？谁敢这么干？他是否体验过没有羁绊、杂乱无章的生活的快乐？这些迷宫是别人的手，别人的眼睛组建的。也许女人的细嫩的手，和嵌在用睫毛膏画的黑睫毛中的泪汪汪的眼睛，早在他之前便大行其道，可他没有察觉。人们慢慢地，悄悄地，挑选了紫红色的花束、绘有装饰图案的花瓶、镶花边的桌布、彩绘瓷盘。东西从外面一件件来到，占据了地盘。草编灯罩，然后是假水晶枝形吊灯、银茶托、绿色和蓝色的照片、呢绒娃娃。他从未要过什么。东西进来了，甚至就地生出来，用不着他操心。他能够想到的，就是一连串笨拙的感叹，如：

“凳子，啊？”

“瓷雕像，啊！噢！”

“哈哈！地毯！”

“豹皮！”

“噢！葫芦……”

“噢！啊！大蜥蜴标本！噢！”

花墙，涂漆的墙，羊毛和塑料的围墙，成吨的堆成山的砖头……这全是为了战胜人，给他划定边界，憋死他。为了给他穿上坏盔甲，盔甲内有刮伤人的钉子。灰色，到处是灰色，白色的灰，鲜红的灰，极乐鸟尾的灰！

谁要的石棺？是谁发明了金字塔，把人深埋于无定形的土里？不是我，我对你们发誓不是我。我在我的囚室里出生，在那儿生活。我想砸烂纸墙的那一天，我知道了它隐藏着什么：我的指甲被石头碰断。

而窗户，又是你们。你们，窗户。置于墙上的美丽罗网，幌子，假象；一位天才的艺术家，一个撒弥天大谎的人，在混凝土表面画上了窗户。玻璃屏障的另一边，我看见颤动的树、水滴、光线、我感觉不到，但看得见它们，清楚、清澈、轻盈，仿佛它们只为我存在。我见它们离得那样近，只要伸出手指就能扯下树叶，抹去水滴和亮晶晶的灰尘。我看见它们。我数着尖头草、纤维、籽粒。我透过放大镜看见它们。我看见它们。而它们把我忘了。

扯不破的罗网。张开的罗网。大玻璃板在冰凉的金属框里一成不变。禁止待在人世。禁止进入外边。它们把我忘了。轻柔的声音、颜色、土地的气味、小堆的垃圾把我丢下。鸟儿碰撞而死的玻璃窗。玻璃，岩石粉末的升华，闪电掠过的沙子。固定在其空洞秩序中烧过的悬崖。玻璃窗，假门。

玻璃窗，它推开空气缓缓在铰链上滑动。

上，下，左，右；这些字眼是我的居所的字眼。外边，在天空下，它们不通用。这些字眼是揣测我的动作和思想的无耻的大食利者发明的。他把我推向尽里边，我再也逃不脱。我不能，我不愿：愿意，撒谎，说话，敲打，把肺部从我的身体里取出，飘浮，飞翔，走过千百万条路，在天上或在一座非常高的山上生活。

我甚至不能闭门不出。房子对我而言太大了。关上门，紧闭百叶窗，插好插销，安上门帘，放下所有沉重的锦缎窗帘，我还剩下太大的空间，太多的虚空，太多的一切。迷宫通向深处，而我，我的头太大，进不去倒数第二扇门。

## 自我批评

我干嘛这样继续下去呢？这一切，是不是有点可笑？外面，今天，现在，天气晴好，刮着风，天上有云，海上有浪，树上有叶子。我听见街上的喧闹声，刮擦声，轰隆声，所有呼唤的声音。从来没有人叫我的名字。然而，这是我喜欢的：我喜欢一个尖厉的女声突然在我的窗下呼叫我的名字，我俯身窗外，声嘶力竭地喊着跟她讲话。但从来没有冲我来的声音，哪怕小得可怜的喇叭声，所以我才写这部小说。

我已在 21×27 的大幅白纸上写了数千字。我写得很密，下笔很用力，纸稍稍斜放着。我在每页纸上平均写七十六或七十七行，以每行约十六个字计算，我每页写一千二百一十六个字。我干嘛这样继续下去呢？这毫无意义，没人感兴趣。文学，说到底，应该像提供的最后一个赌博的可能性，最后一个逃跑的机会。

既然必须藏在字眼后面，在名字、奥冈们、卡拉韦洛们、普里马、坝后面忘记自我，既然离开时必须留下这个痕迹，那么一切手段都是好的。所有的书都是真实的，只需明白它们想讲什么。我可以用一千种不同的方式开始写，可以更换每个句子里的每个词，可以仅仅在一张纸片上画个图，或用红墨水写一个词：

香烟

那也将是一码事。我可以什么也不干，一声不吭。我可以静观一粒豆子在装满土的罐头盒里生长，可以刷牙漱口，那也将是一码事。这，是不是很离奇？既然在散发芳香的牙刷里有小说，有诗，还有在理性的边缘颤抖摇晃、已然准备好、每一秒钟都准备突然出现的句子；既然在用于书写的圆珠笔里有小说，那为什么书里没有呢？为什么在书里没有水杯、牙刷、邮票和圆珠笔呢？

下面讲讲他是如何决定逃跑的。一天早上，他离开家，横穿城市一直走到一座树影婆娑的大广场。他见广场上有不少人，许多男人、女人和孩子。太阳已经升得很高，公共汽车的金属板反射着刺眼的光线。

广场上，沿着人行道，一派车水马龙的景象。随着轰隆隆的发动机声，或短促的喇叭声，公共汽车开动了。其他的公交车到了，刹车喘着气，车子停下不动。这是些涂成蓝白两色的巨大机器，有成排的玻璃窗、闪光的金属把手、车灯和画着“之”字形曲线的宽大轮胎。

当其中的一辆停下，成群的男人、女人和孩子拥向车门，开始上车。油光光的脸仰着，眼睛焦虑地望着，嘴里大声讲着。叫声响成一片：

“喂！喂！这边！”

“安东尼！”

“手提箱！那边！”

“西尔维娅！西尔维娅！”

“快！你们快点！”

“哎！喂！你去吗？”

还打着手势，抡圆胳膊，跺着脚。

他登上的那辆公共汽车有个矩形的长车身，白色金属车体，车窗玻璃略带颜色，座位套着绿色的仿皮漆布。他在车尾坐下，帆布包夹在两腿之间，他等着。车窗外，广场沐浴在白光中，树木枝叶晃动。发动机有规律地发出咔嗒咔嗒的声音。

过了一会儿，公共汽车开动了。地板下有什么东西撞来撞去，发出沉闷的声音，发动机咔嗒咔嗒地响得更欢。现在，连续不断的轰隆声晃动着车体全部的金属板和全部的窗玻璃。

外边，广场开始朝前走，起初缓缓的，人们站立的人行道接连朝后退去。一张张脸好似白色的斑块贴窗而过，让人几乎来不及看见眼睛。接着广场绕着自己转，呈现出一些树、一个报亭、一条街、几座窗户黑洞洞的房子。

现在城市越来越快地朝后退去。房屋的围墙往后滑动，带走一扇扇门窗、咖啡馆、商店。他试着认出橱窗上写的字，但做不到。太阳的白光出现，熄灭，必须时时眯起眼睛。偶尔，路过一个隆起的包，它稍稍托起车轮，令大家摇头晃脑。墙壁接连不断，在一个地点，他认出画在一块白牌子上的红色大字母但一个阴影飘然而至，他没弄明白是什么意思。

发动机嗥叫着，顺着白车体发送快波，仿佛风吹皱一洼水。极小的皱纹在金属板上舒展，顺着钢条在窗玻璃上前进，消失在轮胎里。从那儿，皱纹将顺着马路跑，难以觉察地揉皱沥青，抵达成片的房屋，直至进入人的身体。一名黑发少妇徒然地在人行道上走着。当公共汽车吼叫着从她身边经过时，她一下子被卷到这张轻轻抖动的蜘蛛网的中心，于是全身上下蒙了一层灰。

城市正在走远。房屋接二连三地朝后隐去，乱糟糟地堆积着淡灰褐色的墙、玻璃晦暗的窗、餐馆、广场、教堂、车辆的硬壳、人的胳膊腿。那边，后面远远的，它们不复存在，跌进了一个深坑，在巨大的垃圾场里堆成了一座山：生锈的旧罐头盒、旧轮胎、烂货箱、果菜皮、苹果核、面包皮、破裂的白铁桶、老鼠啃过的纸箱。有人拔去了漏斗底的塞子，液体流出，全涌了出来。唯独公共汽车依然一动不动。有时，遇到障碍物或红灯，发动机停止嗥叫，这时窗外有一堵白墙。接着一切又朝后出发，一切朝笼罩着薄雾的洞穴逃跑，远远的，非常远。

被囚于金属板壳体内，说不定与大地脱离，朝着不认识的地方走，这岂非咄咄怪事？经过无数条街、公园、未开发的街区。隧道全速到来，合上黑色的盖子，然后在另一头朝一个光点打开。

时间一小时一小时地、一天一天地过去。他隔着玻璃窗看到的每个形状，每座红顶房子，都好似朝后流逝的一年。发动机继续嗥叫，极小的皱纹用成百万条线覆盖风景。

右边，现在，他看见了海。

海在树和墙撕开的缝隙间蓦然出现，如宽阔的一大片硬得不可思议的沥青。然后墙和树重新合拢，在视网膜上只剩下一扇打开的白色窗户颤抖着远去。

公共汽车的发动机轰鸣着，继续吞噬疏松的土地。风景不时侧重于左边，乘客们全都俯身车外。或者侧重于右边。司机坐在大玻璃窗前转动方向盘，变速，踩踏板；大家只看见他厚实的背、脖颈、戴顶脏鸭舌帽的脑袋，和在方向盘上分开的多毛的双臂。山峦、房屋、树丛以令人目眩的速度径直朝他涌来，但到了最后一刻，奇迹般地，它们分开了，沿着壳体滑行，朝后隐去。这类似于一个铁和玻璃的泡，穿过海带林没完没了地上升。有一天，也许泡会升到表面，在阳光下爆裂。一个从深达八千多米的淤泥中冒出来的泡，渐渐走向露天。

旅行日复一日。人们在地下挖隧道已有数月。可总有房屋、浅褐色的墙、花园、在风中摇曳的树。有时路过一个小村庄，水泥平屋顶上站满了人。脸庞掠过公共汽车的金属板，表情凝滞，立刻被人忘记。一名戴贝雷帽的男子，一个两眼深陷的胖女人，一位灰发瘦女子，一位戴眼镜的女子，一个正在抽烟的男孩，一名张着嘴的警察，但他说的话进不了壳体内。一组组照片朝后飘散，被风吹走。

在天上，云彩偏移，改变着形状，接二连三地变成鱼、蛇、松鼠、女人的乳房、城堡、基督的面孔、巨型变形虫。

人们不动，纹丝不动，全速丢掉成千上万个动作。动作从人那儿出来，散落于世界各地，变为互相矛盾的漩涡。公共汽车是活跃世界的中央大发动机。在它的马口铁外壳内，机器不停地咕哝着，把力传递给电缆和齿轮。是公共汽车推动云彩前进，是它拉着树木并朝后边抛。是它用轻轻的摇晃来撼动山脉，闪电般地把海水翻进墙和田野撕裂的深处。

公共汽车里的人对此毫无察觉。他们头枕着椅背睡觉，在颠簸中张开了嘴。他们被高速带向别的地方、未知的地点，在那儿他们将可以重新一动不动地生活。他们也许梦想着城市、一个接一个的居民小区、花园、喷泉。连同关着门、电视机嘟哝响的房间。连同电影院、轿车、教堂。比方这位，卡兰：明天，他妻子将等待他。她将铺上红花塑料桌布，给他端上一块跟土豆一起烧的牛肉。她不会忘记一瓶葡萄酒和葡萄干。或者，雷贝尔蒂。抵达后他将去终点站旅馆，刮刮胡子。然后上佛朗哥公司的营业处，寄送他买的发动机。他对面是莫妮克·布雷盖。她的女友弗朗索瓦丝在帕帕奇诺街十五号乙等着她。再远些，右边，是穆罕默德·布迪亚夫，他去一家造船厂找工作。他脚边的黑色小手提箱里有几件衣服、一块发硬的面包和一些奶酪、几封信、一台半导体收音机，还有藏在一堆袜子里的皮夹，里边有他的工作证、二百五十法郎和一张在阿尔及利亚他家房前拍的全家福。但这一切并不怎么重要，不，这些无人不知。

他不动，一直坐在绿色仿皮漆布座椅上，两手搁在面前的金属横杠上。他隔窗张望，眼珠随景色的移动而跳动。他贪婪地注视一切，仿佛本来绝无可能再见到这些棕榈树，这些柏树，这些带百叶窗的房屋，这些红土丘陵，这些草丛。他望着这斑斑碎影，这林中的开阔地，试图辨识这些展示的符号。这是一本讲述没完没了故事的书，一张摊开的报纸。当然应该选择；不可能看到一切。必须窥视离奇形状的出现，电线杆杂乱无章的景象，大海令人目眩的闪电。突然，从虚无中出现一座房屋微白的整体，你必须看着它到来，看着它发疯似的螃蟹般横行；它变大了，露出脸经过，一瞬间，从脸上膨胀的窟窿里可以瞥见躲在阴影中的一些人形、一张桌子、一条狗、一条随风摆动的罗纱窗帘。他走进陌生的住所，从各个口子进入中空的房屋内。接着，狂风把他刮到远处，他重新坐到仿皮漆布座椅上，成为金属壳体的俘虏。一条隧道来了，像火车头似的猛冲过来。它凶猛地冲入山内，尽全力击打着坚硬的岩石。山外的平原一望无际，隧道立即在广阔的田野上伸展。接着出现了一个服务站，类似于耸立在水泥打谷场中心的一座白色庙宇。写在白旗上的红色字母 ESSO[①]，ESSO，ESSO，平台，闪闪发亮的汽油泵，开门营业、汽车横陈在一摊摊油里的加油站，一一朝他涌来。

① 埃克森·美孚集团旗下品牌。

几个身着蓝衣的男人站在平台上，一动不动地望着公路。

人们真的在逃，人们纷纷离去，仿佛一场大难迫在眉睫，将摧毁此地。这一点，他们是不知道的。没有人知道。男人、女人、树木、岩石、云彩，谁也不知道。不久，也许再过几分钟，这就会发生。天上将有难以承受的闪电，大地将变成火山。一个带电的亮点将覆盖整个地平线，渐渐增大，在山脉和大海上前行。不会有声响，只有一阵将把一切吹倒在地的风，和一股将熔化电视天线、烤干河流的热浪。那时大家都会死去。

公共汽车开得更快了。金属板震得咔咔地响。车被所有碰到的障碍物摇晃着。它跟风一样快，跟天上纹丝不动的太阳一样快。轮胎在凹凸不平的地面上磨得发烫，大路好似激流，在车轮间滚滚向前。

有桥梁、铁路道口、隧道、十字路口、车子歪向一侧时宽宽的弯道。有很深的下坡道，和掀起地板、把身体紧压在绿椅上的上坡道。发动机的呼噜声从不停止，壳体前部，司机在运动中尽全力握住方向盘。

人们上哪儿去？有一天，在路的另一头将出现什么？哪座新城市，哪个平原？哪条无名的河，哪个海？

公共汽车在这儿，在两个运动间一动不动，停在这两扇门之间：一切从一扇门进，一切从另一扇门逃。它用自己的躯体刮擦大地的形状，磨蹭所有的土丘，进入所有的凹地。这个嘛，就是了解世界。人在世界各地开了这些沥青和砾石的槽，以使森林和山脉断裂。公共汽车穿越田野、河流、丘陵。大路没有尽头。它从中心即灾难发生的地点出发，一直前进，分叉，绕圈，上上下下。有一天，它在令人目眩的火山口中央诞生，从此再无宁日。有时它拍打一座陡峭的山，于是就得一道弯一道弯地开始往上爬。接着有个山口，还有白雪、灰云，它从另一侧下山。还有些时候，它遇到一望无际的高草，便径直冲向地平线。白天，布满水坑的大路亮闪闪的，在热气中颤抖。夜里，它从黑暗深处冒出来，四处打着动来动去的灯光标识。公共汽车像条船似的在上面漂浮，运送一车睡熟的人。

他始终望着窗外，见大地沿着汽车两侧移动，他什么也不想。一切并不按同样的速度行动。首先，紧贴车窗的斜坡蹦得那样快，让人看都看不见。水泥电线杆也迅速朝后甩，如螺旋桨的叶片。电线很短，在原地摆动。然后是房屋、田野、高墙。但又有些东西显现，开出些门窗，递一些眼色。白色正面，红色正面，石堆，白色正面，树，树，树，白色正面，黄色正面，石堆。稍远处，房屋在移动，如大卡车，如大船。一大块浅灰褐色在树木上方浮动、漂移，这些是被水流带走的负载沉重的木筏。树梢摇动、下垂，令小叶片闪闪发光。有时，一根横放的树枝比其他树枝高，它朝天空竖起，好像溺水者的一只胳膊。再远些，是纹丝不动的丘陵，还有一座座房屋，一片片田野。从这里开始，景色不再一动不动：它朝后退。庞大的山体、悬崖峭壁、海上的油轮、海角、黑色的岛屿。它们缓慢的运动扭歪了大地，扯碎了森林和岬角。最后，在上方，天上的云彩在原地变形，聚合继而分离。

这一切令人头晕目眩。这些重叠的运动就这样毁了风景，个个沉重，痛苦、悲惨布满你的双眼，搅得你五脏俱焚。发动机轰鸣不停，这响声制造自己的寂静，连同其所有成倍增多的声波将你覆盖。

世界在坍塌，既非常快，又非常慢。每样离去的东西都夺走你头脑深处的一个念头。每株被拔起向后逃跑的树都是一个消失的字眼。每座刹那间呈献旋即遭拒的房屋都是一个欲望。每张在车窗前出现并在同一瞬间被否认的男人或女人的脸都是一种怪异的毁容，一个非常甜蜜、备受爱戴的字眼的废除。

他望着窗外，失去了他的词语。

有些词一下子走了，书，猫，香烟，伴随着两三根水泥电线杆的倒塌。另一些词没完没了地流动，高墙，意识形态，爱情，无辜，而黑色的山朝前滑动，弯下身子，摇摇晃晃，渐渐陷入土里。有些云似的念头四下散开，不知怎么就没了踪影。这些念头如大鸟在空中翱翔，一圈接一圈地融入空间。抑或一些蚂蚁似的念头在草丛里蠢动，被逃窜消灭了成百上千万。每走一公里，他就变得更穷。缄默进入他体内，也许是发动机的声音，有规律的隆隆声给他的身体灌满了声波。

树木带着一串串数字倒下：一万、二十万、一百万。整本的书、哲学论文和科学文集躺在里面睡觉的洞开的加油站。词典生活过的未开垦的原野。流的尽是诗的小溪。政治库房、体育地窖、歌曲和电影的湖。爱情的铁路。这一切都走了，这样很好。

他也失去了动作，右手伸向香烟盒的动作，左手伸向铜制打火机的动作。眼睑的眨动，脖颈的战栗，吞咽。他失去了知觉。名字从他嘴里跑出来，落荒而逃：热拉尔、安德烈、塞巴斯蒂安、里厄、迪南、索尼娅、克莱尔、简·马格特、加布里埃尔、洛尔……

> （洛尔歪着脸注视，轻轻眨着化了妆的眼睛，湿润的眼珠变换着颜色，先变绿，后变蓝，再变成金色。头发一缕缕地在额前飘动，等等）

他忘记了大街小巷的名字，记不得人行道的公里数、面包的气味、肥皂的气味。他失去了狗、鸽子、跳蚤。这些全都离他而去，不久将什么也剩不下。公共汽车将是一发空心弹，飞向目的地，飞向爆燃。

为了回忆，他一度点了一支烟。但当他刚吐出第一口烟的时候，司机便扭过头叫道：

“……止吸烟，那边的！”

他只得把香烟踩灭。

这，这就是运动的孤独。有什么东西被扯断了，一条细绳或一条链子。而现在，人们在朝前蹦。也许害怕，这遮脸的旧面具。太阳高挂于空中，向车的金属顶发送难耐的热气。人们逃离的正是它，正是无法忍受的真理之光。人们逃离太白的城市、太直的墙壁、脚步声、来来往往的车辆、认知的痛楚。人们离开，为的是不再看见女人和孩子，不再听见咖啡馆里的对话，不必再回答：

“很好，谢谢，您呢?”

城市被压扁、被甩掉、被践踏、被诅咒。被灰烬和废旧纸张覆盖。堆满腐烂物的垃圾场被遗忘。人们挖掘了坟墓，然后给它盖上肥料。钢铁公共汽车在田野里奔驰，车轮碾压着大群大群的鼻涕虫。也许在那边，在后面，现在已经很远的地方，突然燃起一大束火花，瞬间消灭了一切。

在游荡的大地上一动不动的人是行者。

在一动不动的大地上逃跑的人是宅者。

但那些在游荡的大地上逃跑的人，那些在一动不动的大地上一动不动的人，又怎么称呼他们呢？

# 自我批评

这一切真的值得这样全写出来吗？我的意思是说，这本书的必要性、紧迫性何在？说不定再等几年，自我反省，沉默不语会更好。一部小说！一部小说！我开始当真恨起这些让人操劳无果的小故事，这些玩意儿，这些冗语赘言。一部小说？就是一次历险嘛。可是没有历险！所有这些协调的努力，所有这些构思——这出戏，这一切是为了什么？为了又一篇叙事得见天日。那个不敢说“我”的人极不诚实。那个展示自己的荨麻疹和膀胱炎，然后加以掩盖，让人不知道是他的病的人多么笨拙！感到羞耻的病人，目光躲闪的人！人们寻找他的目光，想穿过他眼睛的窗户，进入他的家。在最后一刻，人家递给你的是一个面具，一个空眼眶的面具。

假如这是一部想象之作，带有斯威夫特或儒勒·凡尔纳的风格，甚至退一万步说带有康拉德的风格，那也就罢了。可它没有任何创新。它给你的是日常的猎获物，在各处拾来的闲言碎语，从记事簿、报纸上扯下的纸页，令人不齿的经历。斯丹达尔、陀思妥耶夫斯基、乔伊斯，等等！撒谎者，全是撒谎者！还有安德烈·纪德！还有普鲁斯特！女性化的小天才，学识丰富、洋洋自得，看着自己生活，反复讲自己的故事！他们全都喜欢痛苦，擅长谈论痛苦，很高兴做自己。“我为下几代人写作。”开什么玩笑！下几代人，他们在哪儿呢？在中学生灰色的教室里，面对着打开的书胡思乱想，一遇到“女人”或“爱情”二词便互碰肘部傻笑！

编造现实！杜撰现实！仿佛可以做到似的！把文化储存在贵重图书里的一群蚂蚁！配得上自己那伙江湖骗子的一群猴子！如果是逗乐也就罢了，可这是认真的，做得很热心，也经过深思熟虑。也许人的语言里突然缺少了音乐，缺少了呐喊。这些类似害虫的人以逻辑的名义，决定取几张白纸，在上面写故事。为了消遣？为了逃得远远的？为了黏住自己，毋宁说为了给世界涂上自己的胶，然后开溜。是的，正是如此：为了保命，保住自己平庸的小命，其他人活该倒霉！

戴什么面具都允许。人家说，当然，我做分析。我披露人的性格。我研究心理病理学，给别人了解意识的钥匙。心理学！这存在吗？好像人的精神可以缩减为几个动作，几个字眼。当然也有激情研究。你们知道，一个男人和一个女人的生活是如何靠这场大搏斗突然被照亮的。于是人们杜撰了爱情故事。爱情似乎是永恒的。真正的、唯一的小说是这样的：一名英俊的青年遇见一位美丽的姑娘，然后依次发生：

一、一见钟情。

二、凝聚。

三、结合。

四、破裂。

这不奇怪吗？好像这种事真的存在过似的。但人们很满意，以为对他们而言事情就是这样发生的。他们很高兴又遇到了自己熟悉的事。别去跟他们讲一只玻璃杯和一把牙刷的奇遇，或者一只雌火鸡和一只雄火鸡的发情场面。别试图告诉他们一棵树内部发生了什么。他们不感兴趣。他们将一页页地翻书，寻找更轻佻的段落：红棕色头发的姑娘喝完酒，讲完话，解开乳罩的搭扣，把尖尖的双乳送给情人亲吻。

嘟嘟囔囔的小说，跟老妪一样唠叨的小说。由无故事的人写的无历险的小说！像打弹子一样的小说……用第一人称书写、但作者远远躲在纸墙后的小说。心理小说、爱情小说、武侠小说、现实主义小说、系列小说、讽刺小说、侦探小说、科幻小说、新小说、诗体小说、随笔小说、小说式小说！全都为人而做，了解他们的缺点，恭维他们的怯懦，和他们一起心安理得地打呼噜。绝没有来世的小说，绝没有为了重生或为了幸存的小说！

人物小说：

女子所写：

“露西是位三十岁的年轻女子。等等。”

男子所写：

“卡洛斯度过了战争时期，但没有亲身体验战争。战后他该做什么？前途如何？是不是他对妻子贝阿特丽丝已不抱任何希望？等等。”

来了一位三十岁的女子和一位叫做卡洛斯的男子。他们买了书，然后说：

“讲得多好！写的正是我。”

很高兴用不着大惊小怪。

那么我，我有什么要说的？卡洛斯、奥冈、露西，这难道不是一码事？我，我不谈问题吗？我为人写作，还是为苍蝇写作？

《逃之书》，好，同意。但逃的时候，我会不会不时转过身来，只瞅那么一眼，看看我是否走得太快，人们是否跟得上我？嗯？

这期间……人们翻山涉水，穿越灰色的平原，而现在是这座在海边伸展的大城市。一座水泥城，平坦，白色，街道笔直。这是在意大利、南斯拉夫，或土耳其。这是在一九一二年，或一九六七年，或一九九九年。人们无法知道。也许这是一座不真实的城，不过是浩瀚荒漠上的海市蜃楼。

年轻人在城市的街道上走，但不知要去哪儿。他跟随纵横交错的街道，横穿马路，顺着人行道走。他注视陌生人的面孔，经过乞丐们蹲着的昏暗拱廊。在一家开门营业的商店前，陈列着色彩鲜艳的照片。照的是博斯普鲁斯海峡、雅典卫城，或克尔克岛。年轻人买了几张，在背面写上：

祝好！

J. H.

然后把它们邮寄出去。

太阳高悬于头顶，光线炙烤着物体的平面。市声嘈杂，骚动不已，闹闹哄哄。年轻人开始觉得累了。他用目光寻找一个可以坐下的地方。但这是在市中心，没有人想坐下。几个没戴帽子的黑眼睛少女从他身边走过，对他视而不见。几个身着尼龙衬衣的秃顶男人浑身冒汗，快步走着。这儿和从前一样，有种奇怪的晕眩；一阵怪异的旋风在原地跳动，把人的身体朝后抛。旋风中心的真空地带缓缓向前，不久恐怕就会来到他身上。他将感到所有的小爪子都在他身上爬，所有的上颚都在啃他咬他。必须做点什么。下面是他做的事。

他朝大海走去。大海在他左手下方，不到一公里处。他在人行道边走得很快，避开逆向的人流。他抵达散步大道时，看见了那一大片蓝灰色的水域，和闪闪发光的浪涛。这就是大海。他注视着它，仿佛是头一次看到，或者仿佛某个人刚刚在海里淹死。地平线始终在原地，模糊不清，与薄雾混合在一起。

年轻人在水泥护墙上坐下，把海滩包搁在脚边，然后点燃一支烟，四处张望。

他看见的景象颇令人吃惊：人的帝国也许正止于此。人平了地，挖了坑，使土地肥沃多产，用一道道墙和一片片沥青遮住它。但大地沿着海岸迟疑不决地在这儿停下。液体、蓝色的领域由此开始。一切都是蓝的。不是天上或画上看到的那种暗蓝，淡蓝；而是深蓝，活泼的蓝。它呼吸，膨胀，消失于自我深处。一种陌生的、绝对的蓝，没有一丁点粉红、淡紫或暗绿。

年轻人完全转向蓝色，以便不再看见任何别的东西。起初这很难。人声的喧哗，车辆的噪音，浪涛拍岸的声音，都使人分心。必须把注意力全部集中于颜色上，不看波涛的摇摆，或光线的闪烁。这时，大海突然停止存在。不再有涌浪，不再有泡沫。尤其不再有土地。你滑入颜色的水池，平躺着，伸开四肢，在水池中漂浮，薄薄的一层，与水面融为一体。这时你可以抬起头，一切皆为蓝色。

年轻人在不同寻常的颜色里待了几分钟。接着，飘来一片云，一辆车按了喇叭，一只橙子浮起来，颜色遽然退出大海。

在散步大道尽头，有一片砾石海滩和一条防波堤。他来到那儿坐下，再次凝视海天之间的分界线。一道墙，正是一道墙沉入水里，维持着世界。

他也注视海岸线、海湾、海角和半岛，直至天际。这是一段史前海岸，布满鱿鱼和野兽时代的古老残骸。从脏水中涌出腐烂的骨头、覆盖烂泥的黑色椎骨、胸廓碎片、缠着海带的颅骨。在这儿，人也可以陷入并消失在厚实的时光中。从波浪中缓缓升起一声疲惫的古怪叹息，一丝带有浓烈气味的气息。城市从所有阴沟口逃进水里。全部排泄物顺着管道滑行，沿大海连续的斜坡而下。你肯定是其中之一，一堆黑粪便，被一口水推向传说中的国度……何时土地最终会干呢？何时这水盆，这充满泡沫的澡盆会排空呢？有一天，也许……有一天太阳终将在大漠上炙烤，云彩将不再由水、而由沙子、灰尘和灰烬组成。远离白昼度过了成千上万个世纪而变得一团漆黑的隐秘洞穴，将得见天日。

年轻人暂且离开，背朝大海，向一座干燥的大广场走去，柏油路面的中央挺立着几株松树。他停下脚步，坐在绿荫下的一张长椅上，望着所有他不认识的人。他试图回忆起他们当中的每个人，为此，他从蓝包里取出一个记事簿，用圆珠笔写下所有经过的人：

双膝各贴一块橡皮膏的小女孩。

像海明威的男子。

大腿上有血管痣的男子。

患结核病的女子。

搔着阴部朝前走的穿运动短裤的男子。

三位戴相同帽子的不同年龄的女子。

一群衣着鲜艳夺目、戴着墨镜的流浪吉卜赛人。

露出肚脐眼的年轻姑娘。

胸前写着佛罗里达的年轻姑娘。

扁脸男子。

往空中扔盒子玩的小女孩。

双乳间画着靶子的女子。

鹰钩鼻小女孩。

戴着用线穿在蓝毛衣领上的墨镜的男子。

高喊啊哇、啊噢、啊哇的小女孩。

推冷饮车的一对老头、老太太。

人造成的堵塞。

绿长裤兜里露出一个布娃娃头的年轻女孩。

鼻子极长、由长着同样鼻子的儿子陪伴的女子。

黑眼圈小女孩。

两名眼睛化了妆的女子。

吹口琴的小男孩。

两名妓女走过，一个嚼着口香糖，另一个唱着《不为谁，不为什么》。

腿上长着同样红疖子的母女。

这无法穷尽。你可以在此坐定，日日夜夜，拿着记事簿和圆珠笔，除了写，写，写，无其他任何事可做。

人们的脚在地面上不停地来来去去。这也很新鲜。年轻人望着脚在水泥地面上走。鞋在地面上走的方式各个不同。有的先用鞋跟重重地敲击，有的前进得慢些，每一步都难以察觉地转向。有掘出半月形小坑的尖跟女凉鞋，有掉碎屑的草底帆布鞋、胶皮底鞋、开了小通气孔的网球鞋。有磨旧的木屐、露出大脚指头的旧拖鞋。有光着的脚，老茧黑黑的，沾着尘土。这些全在往前走，往前走，永不停止。

突然，年轻人辨出一个以前从未听见过的声音：沉闷、令人不安的声音，一种覆盖一切的深刮狠擦的声音。它毫无节奏地从地面升起，发出回响，像一铲铲沙子似的落下，喷射粉末。这也朝前走，不过在原地。连续不断的“刺啦刺啦”的刮擦声包围了你，渐渐把你掩埋。这是拖沓的脚步声，正在行走的脚懒散、轻柔和可怕的声音。人们忘不了它。蓦然间，这脚步声开始在大地、天空，甚至那边遥远的大海上回荡，一切都变成这些脚下的路。

铁与混凝土的城市，我不想要你了。我拒绝你。阀门之城，加油站和车库之城，我在其中过够了。永远的街道藏匿大地，墙壁是灰色的屏风，还有招贴画，还有窗户。发热的车辆滚滚向前。这是现代世界。

用鞋跟有节奏地敲击硬地面的人不知自己在做什么。而我，我知道。所以我才离开。

聚集的居所，又是被划分、扩大、毁灭的居所。黑压压的人群互不相认，运动中的人群互相抵消：城市鸣响；城市讲话；城市蜷成一团。城市吃、喝、性交、死亡。屋顶是灰色的，雨点打在它上面。墙角积满灰尘。在沥青荒原中间现出烧焦的树。饿狗四处游荡，还有猫。夜里，老鼠在停驶车辆的轮子间窜来窜去。散发食物、烟雾、呕吐物气味的城市。有些人在城里生，在城里死。大地难道不是永远走不出去的唯一的巨大城市？街道难道没有沉入海水？烟雾缭绕、没有尽头的大马路，上上下下、让人无法想象的环城道？出去？往哪儿去？八号林荫大道。绕行道。没有尽头的高速公路，通向越来越多的聚集区、房顶、街道……骨架毕露的城市，被慢慢吸饱血的微小寄生虫侵袭的怪物。又是颓垣断壁之城，城墙可笑地耸立着，推拒空旷的天。城市，无边无际的大城市，也许不过是人类畏惧的发明。既非避难所，又非藏匿处，只是一捆挂着皮肤碎片的带齿鱼叉，不停地转向天空那大鲸鱼的遥远鱼身。

这是我所在的城市。它是我的时间，我的空间。它怎能不是呢？这天，这个时辰，我待在这儿，城里的数百万居民与我同在。在这水泥板之前有什么，在这些开天窗的空心假山之前有什么，我就不知道了。我再也无法知道。在整个宇宙中，这王国一度存在过；如同一本书，完全像一本打开的书，书里的字句谈论一门自给自足的学问，谁都无法真正理解它，谁也不可能真正无视它。人们从来都不知道自己在做什么。人们做，如此而已。城市亦如此。它在这儿；你要么在城里，要么不在。如果不在，那是另一码事。但在城里的时候，实际上是没有办法知道的。我们是城里人，从掩蔽所深处注视太阳和天空。我们恨城市，但用内心的咒骂，用另外的屋顶，另外的人行道来恨。我们想杀死它的灵魂；而它的灵魂，突然间就是这辆沿白色街道行驶、发热的马达突突直响的黑色轿车。

城市，女人般的城市！她伸出手，这就是一个十字路口。她涂脂抹粉的脸是一座住了人的房子，她的躯体是一家大商店。原来一切都准备好了：阴沟、阳沟、熙熙攘攘的马路、路灯、闪光信号灯、蓄水池、公园、饮用喷泉、工地；她的那些名字稀奇古怪：

胯窝街

五感官大道

股动脉林荫大道

腔静脉街

双乳部

耻骨园

髌骨公司

喉

肛门郊区

生殖器区

枕叶大电影院。

这是她，我的城市，我的女人般的城市。现在你明白我为何总去造访她了吧？

我走。我在城里前行，双脚在不平的地上磕磕绊绊。四周寂静无声。我在水平地面上行走，什么也听不见。寂静在我的脑袋里膨胀得厉害，使出全力靠在我身上。我朝前走，但不知去哪儿，世界蓦然间排空了它的声音。地面又硬又平。墙很高。看不见屋顶。天空是一片人迹罕至的开阔的空地。在我周围，车辆快速行驶，行人川流不息。我隔着车窗看见谦卑、不起眼的人和车。但我什么也听不见。我走着，像个聋子，被关闭在平静的气泡里。人们在叫喊，而我什么也听不见。车辆马达轰隆隆响着快速行驶，喷气式飞机穿过云层，而我什么也听不见。我其实还是听见的，我辨出轰隆声和喇叭声。我耳朵里灌满了声音，但在头脑里我是聋子。这些无情的喧哗就在我周围。我可以说看见它们，全都看见，它们的原样儿，向前移动的宽大暗斑、疯狗群、从太阳里迸发出的环形波、箭矢、笨重的构图。但在行走时，我的头脑里空空如也。我一辨出它们，便把它们忘了，连个疤痕都不剩。要么我在五千米深的水下，在微微颤动、在我脚下喷射出云状物的泥泞世界里。

不，我什么也听不见。寂静在我的头脑里。不过我听到了什么，但它那样刺耳，那样可怕，使我更深地坠入寂静中，与自由生活相距更多的光年：这是我的脚步声。一，二，一，二，一，二，鞋跟声音沉闷地敲击水泥人行道，仿佛我在用脚钉钉子。我的双脚有节奏地、顽强地工作，独自工作。我在自己身上走，我入了土。我的鞋跟的声音在世界回荡，仿佛我走得很快，因为必须沿着无人过道逃离管状的寂静。

正是这寂静使我凝神思索。正是这寂静使我不在这儿了；我面对大海般厚重的寂静坐下观望。铸铁、钢筋混凝土的寂静，泥湖的寂静。原来我绝不会相信这种事是可能的：身处那样多的噪音、那样多的物质和光线中间，却什么也听不见。耳道里塞进了腊球、静水球。瞒着我安装的砸不碎的玻璃窗将我隔离。我将永远不可能再听到音乐，那无名喧闹的悠长复杂的音乐。

可是我错了：我听见了它们。公共汽车紧贴人行道一掠而过，我感到它的马达冲我发出撕心裂肺的嚎叫。汽车刮擦着地面前行，火星四散如尖利燧石。它曲折而行，伸出机关枪枪口，子弹横飞，蹦到墙上，碰破皮肉，流出星星点点的血。重机关枪朝人群扫射，这时飞来一片奇怪的云，蓝灰色、呛人、令人生畏、致人死命的大片灰尘，从汗毛孔钻进去瓦解生命的危险雾气。

或者飞机穿过蓝天，沉重的银鸟用其嘈杂声轰炸大地。

或者在昏暗的咖啡馆尽里边，电视机隐蔽的叫声，收音机的音乐，自动电唱机的踢脚声。

或者一刻不停、同时讲话的人声，短促的尖叫声。

狗的吠叫声。

树上鸟儿的啼叫声。

流着油，冒着火星，火车在光滑轨道上行进的黑色喧嚣声。

喧闹声，突发的巨响，混杂的语言，松扣声，滴答声，滑行声，蒸汽机声，进程，气流，隐约的节奏，鲜明的节奏，摇摆，熔化，出生，打嗝，敲锣，汩汩声，深处的振动，划条痕，以及逃，逃。

我听见一切。我瞥见一切。但我人在这儿，稍稍落在后面，也许迟到了，或早了十分之一秒，没有什么是真实的。全是游戏。在我的体内伸展着一片人间独一无二的荒漠。在我头脑中心有个无边无际的海洋。这是怎么回事？这是什么意思？我身处事件之中，别人几乎看不见我。我会不会不存在呢？难道我只是一个交点，声波的干涉点？抑或一切都是我梦见的？

世界经常从我的脑袋里冒出来，如同光线，如同一只手表发条攒动、齿轮撞击所发出的轻柔的机械声。我是疯子，但有理性，我形影相吊，我听见，但耳朵聋，我看见，但始终远远的，在别处，我不在的时候。

我的脚步声在我脑壳底部膨胀，膨胀，填满我的无尽痛苦的全部凹处。

咖啡馆蓝衣侍者

端来一杯啤酒

置于红桌中央

一张圆纸板上

在阳光下行走

平静的花盆

不再有什么能真正触动我。正在发生的，在遥远的好似另一个世界发生的一切不再能触动我。我坐着，也许面对永恒。意外、激情、欲望、惧怕，这些我全有，这些全在动，生气勃勃，在进行抗争。而我，我注视。我创造。场景如此的熟悉，倒没有因此变得无所谓，而是像十月怀胎，一朝分娩。

我在平地上行走

决不抱任何目的

有另一种逃跑的方式，我这就告诉你们如何逃。一天晚上，将近十点钟，年轻人奥冈到达一座城市的一个古怪的街区。夜色很黑，他自然朝有亮光的地方走。他晃着胳膊，走得挺快。他走近明亮的街区时，夜色变得不那么黑了。天空渐渐略显红色，仿佛那边有座火山爆发，或至少着了火。

年轻人驻足片刻注视亮光。街尽头，光线明亮，带着野性，它们发出呼唤，在原地时明时灭。这是些在酒吧和商店的门楣上一动不动的离奇天体、血红的星星、绿色的彗星、星云、带爪子的太阳。他从未见过这番景象。在昏暗的夜幕下，所有的亮光都在跳舞，在潮湿的空气中颤抖，变换着颜色，拨开痉挛的光线。

一度他感到害怕，想要走开。他望望身后。那边，在另一侧，城市消失在夜色中。路灯和滑行的车辆的头灯，把街道照得隐约可见。但那边也有危险。怪异的钢铁动物沿走廊游荡，双翼带着强烈的反光，眼里透出令人不安的光芒。它们转过身去时，有两个红点亮起来，飞快地逃逸。这是君临此处和彼处的机械生命。太阳落在地平线后面，给所有这些小小的光留下自由的空间。现在，它们侵蚀，不停地侵蚀。夜是钢做的。城市再次披上坚硬的钢片，它拿出了剃须刀，埋伏起来。天空深处没有了镜子，一个血淋淋的大窟窿，像拔了臼齿似的，替代了太阳。大海很可能排空了水，挖出的盆地有着令人眩晕的峭壁。土地也消失了，不再是固体。人们待在一个陌生的星球上，木星或海王星，一个由层层叠叠的气体构成的星球。

在房屋整块的大石头上，天窗被堵上了。人们关在洞穴里闭门不出，因为他们害怕，或者他们不愿意看到什么。在公寓密封的盒子里，他们坐在灯下，注视蓝光流溢的荧屏。这儿那儿，有各种巨大的庙宇，人们坐在里面一排排的扶手椅上。他们对面的墙上有个炫目的光点，那是《狂野之眼》①、《小兵》②，或者《砂之女》③。但这无关紧要，因为人们来看的不是故事，也不是影像，而是光，仅仅是光。

年轻人奥冈用打火机点燃一支烟，朝全部光的光源走去。这是一条很长的街，车辆川流不息，人行道上挤满了人。进入这条街时，年轻人因为光太强眨了眨眼睛。他停留片刻看霓虹灯招牌。招牌到处都是，墙壁上，橱窗上方，商店深处，甚至挂在街上方的电

---

① *The Savage Eye*，美国导演本·马多于一九六〇年拍摄的影片。
② *Le Petit Soldat*，法国导演让-吕克·戈达尔于一九六三年拍摄的影片。
③ *La femme des sables*，日本导演敕使河原宏于一九六四年拍摄的影片。

缆上。

有些招牌是固定的，光线强烈，如太阳在朦胧的光圈中心燃烧。另一些没完没了地明明灭灭，还有一些是动态的。招牌有红的，鲜红的，径直把强光射向前方。白色的给夜划出一道道条纹，蓝色的围着自己打转。带钩的符号写出古怪的名字，好似正在云朵间前进的闪电。字母在门上方指手画脚，打转，拼起来，继而又拆开。在地毯般波动起伏的一块巨大的白牌子中央，有个词儿不停地被扔掉，被抹去：**RONSON**①。一家空的大商店上方，有个红绿相间的箭头往前走，细长的尖端指向前，然后触到一个环，在一阵金色的爆炸中露出几个黑体字母：**WALLACH**②。除了这些字母，还有十字、三角、不停扩大的圆圈、火的螺线、“之”字形曲线、点、气泡状勾线、爆炸。这些东西一齐讲话，发出无声的呐喊，强调，展示，喷射。无宁静可言。人们置身于喷发的火山中，岩浆流中，或处于电的风暴中。霓虹灯管在空气中发出轻微的劈啪声，光线如蒸气般摇曳。年轻人缓步在街上走，变换着颜色，两眼闪着光芒。没有怜悯。一度他在红色字母时亮时灭的 **KELVINATOR**③ 下方驻足，望着颤抖的街道。街尽头有块特大的牌子，**COCA-COLA** 在一颗轮流呈现红、白、黑三色的星星中央浮动。他朝星星走去。

他来到一个十字路口，光线的骚动在此达到顶点。数百个字朝

---

① 二十世纪六十年代美国打火机品牌。

② 美国妇科医疗器械公司。

③ 即上文提到的开尔文，二十世纪二三十年代美国著名家电品牌。

四面八方呼唤，但这是假的呼唤，熠熠闪光的字母后面，除了一堆管子和电线外别无他物。大楼的窗户里灯火通明，把外立面映成红色。人们也许可以久久待在这儿读所有写出来的字，必要时可以用这些字写一首诗，一首字母逃逸、句子未完、思路不连贯的诗。人们可以把这些字安置好，铆在房屋的墙上，发出呼唤。可以写如下这类东西：

**S　S　SI　SI　SIL　SIL　SILEN　SILEN　SILENCE[①] SILENCE**

死亡

帮帮我　　帮帮我　　帮帮我

请

爱我吧

ap　ap　ap　ap　ap　ap　ap

---

① 法语，寂静。

## APPARAISSEZ①!

人们也许可以用所有这些电灯泡和这些霓虹灯管画些东西。画挂在楼房七层的一颗正在跳动的巨心，然后在整条街上，画一个绿眼忽明忽灭、身体呈深玫瑰红色、双乳随着呼吸起伏的女巨人，一个在蓝色和淡紫色相间的地毯上飘浮、右手拿一支正在冒烟的烟卷的高大女子。

这一切也许是异想天开。在世界的某处，在夜半时分，有这个光的交点在打颤。呼唤是绝望的，因为它到达不了任何地方。字词后面没有开出的路，只有墙和玻璃窗。到处都碰到这些竖起的栅栏，无法通行。冰冷的火苗带着机械的痉挛在夜里跳舞，这无任何意义。在大地的曲线上有这淡红的色彩，这美丽奇特的爆炸，但这毫无价值。物品在远处，又拉上了钢制门帘。疯癫的字词不知疲倦地对你说："吃吧!""喝吧!""抽烟吧!""来吧!""爱吧!"但从不提供任何东西。这儿是虚空的眩晕，强大光旋风的深渊。没有语言。没有符号、色彩和白昼。只有夜，仅仅有夜，有缺席。

人们在年轻人周围来来往往。几对男女走着，被奇异的微光照亮。一些男子快步经过，密集的人群边走边谈。马路上，车辆络绎不绝，车身外壳上尽是被折断的反光，散热器护栅上全是头灯、闪光信号灯、红灯。

---

① 法语，现身吧。

年轻人走进一间酒吧，在柜台喝了一杯啤酒。那儿也有许多绿、白、粉红色的霓虹灯光。大厅里有人在喝酒。嵌在墙上的大镜子折射光线，连年轻人手里的玻璃杯也是亮的，如钻石切削的一样，啤酒呈现金子的颜色。年轻人点燃一支烟，打火机的火苗瞬间变成一朵火花，成为拥有成千上万条银河的宇宙的中心。他朝外望。靠门有两张电动台球桌和一架自动电唱机。电唱机尽全力闪着亮光。顶部有个类似天窗的东西，透过它可以见到彩色的光晕、虹彩、正在飘浮的同心圆。电唱机里传出的重音乐与阵阵亮光混合，传播于世。每击一下鼓，便有一层电在空中飘荡，在它下方，吉他的火星快速地逃向天花板。电唱机前，一位姑娘扭着屁股在原地跳舞。她两手紧紧抓住温热的机器的凸边，望着天窗内开开合合虹色嘴巴似的东西……电唱机旁，两张电动台球桌闪闪发亮。玻璃台面上亮着绿灯，画着一名身穿比基尼的女子，两眼没来由的突然红得像火，跟枪口似的。台球桌周围有两名男子，一个在玩，身体阵阵抽紧。另一个看着他玩，一言不发，不时从兜里掏出一枚硬币，拿在手里非常慢地放在桌子的玻璃上。每当硬币消失在机器的缝里，他就再放一枚，两眼像比基尼女子那样放光。

街的另一侧，在一家书店前，年轻人看见两名女子，并肩站在人行道上等着。两人非常年轻，美丽，端庄，衣着华丽，佩戴着金银首饰。她们面相聪明，精致，眼神天真，发式讲究。她们不时互相谈笑，嗓音细弱，发出刚进入青春期的女孩的笑声。双手细嫩，笑容浅露，腰身纤细柔软。她们动作优雅，交叉起两条长腿，拉着手包的背带，把玩着项链或手镯。眉清目秀，神情腼腆，颈项傲视一切，前额拒人千里。她们被橱窗的光线包裹，圈在它的光晕中，几乎变得透明。当一个大腹便便、一身烟酒气的秃顶胖男人经过时，她们稍稍歪一下头，一声不吭，仅用眼睛自荐卖身。

年轻人离开酒吧，又开始行走。突然，他看见一位身着金属连衣裙、活像一辆坦克的黑白混血女子，在夜色中高傲地在人群中穿行。颀长灵活的身体在紧身的钢铁色连衣裙里线条毕露，投射着反光。她掉过头来，年轻人看见了她褐色的脸庞、乌黑的眼睛、在前额分开的浓密的头发。她穿过街道，停下来点一支烟。年轻人快步朝她走去，朝那个闪亮的侧影走去，眼里只有她。她鹤立鸡群，动着两条长胳膊挑了一支烟，让气体打火机迸出一朵小火苗。年轻人走到她身旁时，惊奇地发现她的确非常高，很可能有一米八六；肌肉发达的身体裹在缀满小金属片的紧身连衣裙里。她看到年轻人的时候，停止吸烟片刻，用眼白很亮的一双黑眼睛望着他。随后她没有作声，迈着大步继续走路，两条胳膊顺着臀部晃动。她的鞋跟撞击着地面，连衣裙上的亮片丁当作响。年轻人在她身边走，也缄默不语。

他好像系在混血女子的身体上，被她两腿有节奏的运动、腰部的扭动、颈项灵活的摆动拖着往前滑行。她闭着嘴，用鼻孔无声地呼吸，不时把烟放到唇边吸几口。镜子的反光在她的黑皮肤和浓密的头发上流动，又弹回到她的锁子甲的钢片上。人群在他俩面前闪开一条路，并且不再讲话。这就像在一架机器旁，在强制的匀速运动下走路，而发动机无声地转着，散热器护栅用它镀铬的鼻子冲破空气暗中的阻力。一架做成女人的机器，齿轮陌生，机身危险，节奏不可遏止，在夜色中沿街而行，没有多余的动作，不偏离道路。混血女子在一个十字路口停留片刻，头一动不动地在那儿等了一会，随后又迈步拖着年轻人一起走。行走可以延续几小时、几天。女子的身体可以横穿数公里的城市，越过水泥公路，过桥，过隧道，跨过铁丝网的边界，然后在阳光下继续走。金属连衣裙将像一架飞机似的闪烁着成千上万个亮点。在雨中，紫铜色的两颊和塑料头发上将雨水横流。身体可以像潜水艇跨越大洋，或者像镀镍火箭穿过星云密布的太空。冰冻时期它将是冷的，在沙漠中它将炽热如火。绝无任何东西可以擦伤这光滑的皮肤，戳破这铁的甲壳。女子将始终是胜利者，夜里行走于街头，晃着两条赤裸的长臂，高昂着褐色的头，明亮的眼睛直勾勾的，一眨不眨。年轻人在她身边久久地走着，并不看她。随后他钻进她体内融化了，住在金属机身的机器里，腿伸进她的腿里，用她的肺呼吸，用头灯状的两眼注视人群。

后来，他走进一间空酒吧，跟她一起坐在一张桌子前。酒吧墙上的大镜面被金属连衣裙和紫铜色皮肤的反光照亮。她开口讲话，嗓音古怪沙哑，在胸腔深处回响。每次讲完话，她都注视他几秒钟，然后掉过头去盯着酒吧的门。他们快速讨论着，用的是红蓝色字母在大楼外立面上写的那类词儿。

“你喝什么？”

“你有钱吗?”

“有。”

“多少?”

“喏，你瞧。”

“OK.”

“那么?”

“可乐，加朗姆酒。”

“自由古巴。”

“什么?”

“这叫自由古巴。”

“不知道。”

“是真的。”

“你叫什么?”

“年轻人。”

“什么?”

“年轻，人。”

“这不是个名字。”

“人家就这么叫我的。”

“呵呵。”

“你呢?”

“什么?”

“你叫什么?”

“丽奇。”

“丽奇？”

“对。”

“你是哪儿人？”

“多巴哥[①]人。”

“在这儿很久了？”

“两年。你呢？”

“我今晚到的。”

“你到这儿来？”

“不。”

“你去哪儿？”

“也许去多巴哥。”

“啊，是吗？”

“也许去别处。”

“是的，啊，是的。”

“你呢？”

“什么？”

“你在这儿待下去吗？”

“不知道。我也许去伦敦。”

---

① Tobago，小安德列斯群岛中的一座岛屿，一九七六年与特立尼达岛组成特立尼达-多巴哥共和国。

“是吗?”

“去跳舞。你知道六铃铛吗?”

“不知道。”

“是一家夜总会。”

“噢。”

后来，混血女子起身走出酒吧。他们肩并着肩，迈开大步，晃着胳膊在街上走。他们穿过一大片黄光，消失在黑影的洞里。寒气刺脸，顺着金属连衣裙往下滑。人们依然在他俩面前闪开。随后，混血女子走进一座房子，没有朝后看。她高抬两条黑色长腿，登上陡峭的楼梯。到了三楼，她打开一个房间的门，走了进去。红色的微光透过拉上的窗帘不停地进进出出，照亮铺着白被单的床、桌子、椅子和一个带镀镍水龙头、有裂纹的盥洗盆。她什么也没说，坐在了床上，年轻人在她身旁坐下。他们又用金属的嗓音讲了几句话，年轻人掏出了钱。混血女子数了数钞票，塞到褥子底下。

此后，一切变成机械性的动作。缀有成千上万个小亮片的连衣裙顺褐色的身体滑下，丁当作响地落在床脚。在开了灯、随后又关了灯的房间里，按照未知的节奏，男人和混血女子不复存在。有的是一个漩涡或一场搏斗，划出横向的大运动。也许有种杀人的欲望，压扁世界、踩踏人群的欲望；无名的东西全速朝后退去，一座座时间、空间和思想的山。紫铜色皮肤在发动机的震动中颤动，腹部下陷，双手张开继而合上，两条长腿使劲靠在一起。在稠厚的空气中，尘埃浮动，想必是锉屑的粒子，还飘溢着汽油味和煤气味。

喘息声变得更加急促，刮擦着房间的墙壁，努力填满世界。哼哧。哼哧。哼哧。没有话语：漩涡旋转得更深，现在应该穿透了大地，炽热的熔岩将从令人目眩的渠道中流出，从各个途径，朝四面八方，狂流不止。他借红黄色的火苗点燃一支烟：他在逃。他拿起一本书，书名是《漂移的鼻子》[1]、《悲歌集》[2]、《蝇王》。他在逃。在积满黑色尘土的大路上，他缓缓前行，倾听呼啸的寒风：他在逃。他回想把他与出生的画面隔开的无数的岁月：他在逃。他放在手心里吃隔天的面包屑：他在逃。坐在牙科医生的转椅里，他望着自己的牙，被钢针啃啮的仅有的牙。他在逃，人家告诉你，他在逃。路可以爆炸，大地表面布满成千上万个弯道。路也在天上飞，像飞快的小飞虫，或者固定不动，如 B－52 喷气发动机。路伸着鲨鱼的鼻子在海底游弋，安静，迅疾，有效。

强暴是悲惨的，因为它是一场追逐的结束。在房间的白床上，女性敌手被追上，被战胜。她的身体遭锤击，被打得散了架。她惹人厌的自主权，全体妇女的自主权，在几秒钟里被毁。现在，机器停止前进。它改了道，不再震颤，放慢了速度。在乱作一团的褥单中间，好像远在几公里之外的某处，浮现出混血女子的头。她不看。她什么也不想看到，不屑，漠然，纤维头发的青铜面具。正当男人毫不松懈的时候，长手臂冷不丁放松，在床右侧的桌上寻找，

① *Le nez qui voque*，加拿大作家雷让·迪沙尔（Réjean Ducharme，1941—　）作品。

② *Les tragiques*，法国作家阿格里帕·德·奥比涅（Aggripa d’ Aubigné，1552—1630）的讽刺史诗。

取了一支烟。遥远的头安静地抽起烟来，朝天花板吐出灰色的烟圈。如果下方，在她身上，发动机被开了膛，零件被拆卸，这毫不重要。

上楼十分钟后，年轻人下楼梯回到了街上。他想点支烟，发现打火机丢了。于是他决定玩个借火的游戏。

“请问您有火吗?”

看看他们如何回答。

# 失重者日记

一九六七年五月三十日

一队蚂蚁走在凹陷的路中央。两只黑蚂蚁拖着一根干草。

茨冈人。

刺猬。

面对一览无遗的城市，坐在阳光下的一张长椅上等待。

大地和天空从神祇的唾液中诞生。

现在是骂人话：

下流坯！臭大粪！无赖！骗子！笨蛋！平足！秃脑瓜！怪物！蠢货！猪！白痴！混蛋！没教养的人！流氓！一肚子糨糊！农民！庸人！狗东西！守财奴！丑女！痞子！强盗！色鬼！讨厌鬼！畸形人！驼背！见鬼！叉杆子！淘气鬼！懒猪！乡巴佬！狗屎堆！毛孩子！流哈喇子的人！老糊涂！怪人！下等窑姐儿！叫花子！不怀好意转来转去的人！爱发牢骚的人！奸商！惹人厌的家伙！异教徒！灰林枭！吸血鬼！浅薄的人！土匪！移民工！傻瓜！胆小鬼！脏耗子！猴脸！屁股皮！莽撞司机！脏东西！小丑！腐化女人！诡计多端的人！自命不凡的女人！杂种！胆小的家伙！妓女！婊子！粗俗的女胖子！窑子！无耻！该死！叛徒！垃圾！暴君！该上绞刑架的坏蛋！灵媒发散物！怯懦的人！醉鬼！酒鬼！瘾君子！大猩猩！笨东西！乌龟！毒蛇！杀人犯！宗教狂！教条！刽子手！傻子！无能！傻×！笨家伙！斜眼儿！邋遢女人！秃瓢儿！窝囊

废！男同性恋！恋童癖！胖丫头！着魔的人！懦夫！大少爷！唯利是图的人！野蛮人！黑鬼！黑种！美拉尼西亚佬！小日本！烤牛肉！意大利佬！充好汉的人！爱吹牛的人！印度佬！放肆的家伙！粗野的人！犹太佬！暴戾的人！兵痞！犹大！疯子！有宗教幻象的人！外国佬！小偷！空想家！劣等品！蹩脚画师！女学究！讨厌鬼！势利眼！傻呵呵的人！软柿子！不可救药的人！呆子！二流子！臭虫！扫帚星！吝啬鬼！小市民！凶狠贪婪之徒！恶棍！庸才！酒徒！无情无义的家伙！淘厕所的！爱偷看的人！爬虫！十足的坏蛋！欠揍的家伙！卑鄙的家伙！大脖子！驼子！精神病患者！轻佻女人！放荡女人！鬣蜥！肺痨！法西斯！小白脸！蠢材！麻子！狗娘养的！阿伊诺！红狗！媒婆！循环精神病患者！神经病！歇斯底里！痴子！王八！跳黑人手鼓舞的！大傻蛋！腐败！兽奸者！异教徒！守财奴！傻蛋！厚皮动物！毛孩子！寄生虫！喜欢吃白食的！乱弹琴！军士长！手淫者！野心家！牛排！爱蹿火的人！土包子！宗派分子！反动派！资本家！帝国主义者！撒谎！虚伪！老傻瓜！公山羊！学究！见鬼！卑鄙小人！独裁者！恶棍！不信教的人！女巫！谎言！垃圾桶！卖弄风骚的女人！虔婆子！伪君子！拍马屁！笨鹅！扒手！一床跳蚤！流浪汉！脏透了！南方佬！保皇派！警察！扛死尸的！愚蠢而自负的家伙！傻乎乎的人！笨瓜！镀金纺锤！剃头匠！多嘴多舌的人！无稽之谈！脓包！鸵鸟！蛮不讲理的人！兔崽子！恶龙！警察！学习落后的孩子！落后分子！聋哑人！懒虫！自吹自擂！爱吹牛的人！小贩！外行水手！海盗！无政

府主义者！看牙的！小兵嘎子！新兵蛋子！迂夫子！婴儿玩具！挖墙脚！好虚荣的人！巴黎佬！童男！捣蛋鬼！欧洲佬！无产者！难相处的人！蛇发女怪！贪得无厌的人！罪人！不忠者！无神论者！离经叛道者！刺儿头！讨好卖力的人！认死理的人！翘下巴！小瘪三！讨饭的！小丑！贫苦人！瘦猴！畏首畏尾的人！脸上没血色的人！蠢货！装腔作势的女人！双性人！斗室！破房子！抠门！垮掉的一代！外行！老百姓！糊涂虫！无业游民！商业英语！德国鬼子！德国佬！德国兵！条顿人！拙劣的外科大夫！江湖牙医！盲从的人！吃软饭的！古巴人！好打小报告的！作弊者！蠢驴！应声虫！懒虫！大肚子！放债的！东方人！大肥脸！慢性子！滑头！杂种！外国佬！美国佬！奥托米！贵族！站街妓女！酗酒者！奸诈之徒！维克多·查理！种族主义分子！欠发达的！傻瓜！土著人！大言不惭的人！戏子！虱子！小小子！娃娃！小童！髓骨！女掌柜的！看门的！笨蛋！粪水坑！吃屎蝇！灵车！劣马！向女子献殷勤的年轻人！装腔作势的年轻人！敲鼓的！坏家伙！花花公子！胆小的人！奴才！因循守旧的作家！死胡同！恶狼！侏儒！屁！爱管闲事的人！公证人！替身！痴子！外国佬！掮客！酒桶！乱呱嗒的人！小气鬼！藏污纳垢之地！苏维埃！反复无常的人！食人生番！蛇发女魔！胎儿！笨伯！老太婆！长胡子女人！讨人嫌的家伙！没有脊梁骨的人！吸大麻的！原始人！美男子！瘦麻秆儿！蜕化变质的人！河马！江湖骗子！肛门！蚯蚓！僵化的人！卑鄙小人！漏鼻子！大肚皮！母老虎！恶人！蛮不讲理的人！话匣子！净重！狱

卒！纳粹！朱阿夫兵！粗俗之辈！偷鸡摸狗的人！没教养的人！火星人！没个性的人！花天酒地的人！头脑不清的人！倔脾气！浪费的人！爱说闲话的人！宠儿！品行不端的女人！左翼知识分子！胆怯的人！唯唯诺诺的人！黑寡妇！精虫！八字脚！密探！糟老头子！苦行僧！女淫妖！破坏文物的人！剽窃者！被罚下地狱的人！淘气包！不老实的牲口贩子！无能的小矮子！傻大个儿！自以为是的人！女冒险家！犹太人！男性化女人！窝囊废！遭罪！娼妇！处女！人渣！狡诈的人！脂粉擦得过重的女人！混混儿！懦夫！天体主义者！胖大嫂！行为不轨的女子！母猪！色情狂！蠢货！疯疯癫癫的人！撒谎者！撒谎者！撒谎者！等等。

（亲爱的丽奇）

人和人之间的关系是野蛮的。这儿人人唯利是图，力求愚弄对方，窃走其财产，享受其肉体。没有甜蜜，只有逸乐。眼睛已在贪婪地盯着唾手可得的猎物，寻找护胸甲的瑕疵、薄弱之处，苍白皮肤的隐蔽角落，指甲可以从那儿戳进去，让血喷出来。窥伺的眼睛，凶狠的眼睛，尖利的眼睛，憎恶和伤人。未审先判的目光，它了解但不愿理解，想远距离地把持，远距离地吃。一个触手，附着在智力之胃上的吸盘的眼。世界并不纯粹。世界是自由的，遍地跑野兽，住着贪婪和充满仇恨的巨兽。孤独，冷漠：仇恨。

穿皮大衣的年轻女子穿过大厅，她像任何一块肉一样称过重量。

男人走进白色天花板映照下的餐馆；女子眨眼朝他看了半秒钟，目光比这光线还硬。它意味着冷漠，可怕的冷漠，迅速的估价，轻蔑，拒绝。

三位身着簇新紧身尼龙连衣裙的年轻姑娘走进商店。商店的台阶上，有位肌肉松弛的怀孕少妇抱着一个睡熟的婴儿。她抬起长着一双细眼的褐色大脸，伸出了手。三位身穿过紧尼龙连衣裙的姑娘迅速望了她一眼，随后放声大笑。目光比嘴巴先透出笑意。

在如此长的街上，地平线始终开放继而又堵住，好似一组组滑动门。那个行走无任何目标的人在吞噬人的热带丛林里前行，把他的一片片皮肤，一块块碎肉留给荆棘和獠牙。所到之处，没有比这丰饶更空虚的空虚，没有比这安全更残忍的残忍。

金属牌子、装甲门、人行道、墙壁、保险柜、铁皮屋顶，到处是刚硬，穿不透的表面。

手穿不过，思想之手。

避风港是假的，它们在撒谎。

皮肤是虚伪的，只有冰冷的刀刃穿透它。

相貌熟悉的脸，

头发

前额

眼睛　　　眼睛

鼻子

嘴巴

下巴

是一个灰泥和马口铁的面具，从不说什么。没有比这活物更死的东西。没有更深的寂静。

为他人表演，无谓的表演，没有温情的表演，为赢而从不为输的表演。

于是总赢。

甲壳、护胸甲、皮肤、衣服、习惯、词语、动作、想法；封闭的表演；我想说，我，我受够了。表演够了。厌倦了假装相信表演，厌倦了闭上眼睛、嘴巴、鼻子、耳朵。厌倦了买和被卖。

我的意思是，有一天，在有道道白光的餐馆里，人们干嘛不这样，没来由的，把双重的失败当做礼物送给我？我的失败和另一个失败？

有一天，并非出于必要，干嘛不赠予我软弱，让我拿过来变成自己的？

隔着这扇打碎的车窗，透过这个恼恨的力量四散离去的可耻缺口，请让我看看红色生命的反面、内里和凹处，看看裂痕、怕与爱的球和扩散了的疼痛，是的，也许还看看不愿再赢的多米诺骨牌藏起的号码。

远离恶毒

远，很远

远离恶习、不幸、仇恨

请把我远远带走

很远

远

坐船

乘铁飞机

走雷声滚滚的大路

我愿意置身远方

那样远，在那样陌生的国度

以致认不出自己是谁

远

在遥远的国度

广阔、炽热、活跃的国度

非常遥远的国度

贪婪地观赏风景，这正是我的需要。如一个对土地、对生命、对女人永不餍足，多多益善的人。重要的不是理解，而是自我剖析。不，重要的是变成发动机，不知把自己的重量拉向何方的高温金属怪物。我朝前走，快，更快，使足力气，在陌生的路上走，我动，穿越空气，箭一般直奔即将开放的其他地区。门不断出现。我什么也不听。听什么呢？在哪儿停下？语言种类繁多，人脸被波浪打破。理解什么？没什么可理解的，没有因果关系，没有道理。必须动，不惜一切代价。一溜烟跑过荆棘丛生的田野，跑下山坡，顶着太阳奔跑，用脚板击打大地。我就这样贪婪地看风景，然后也看人，看年轻女子的唇和老人的手，啃咬孩子们的后背。呈现的一切变个不停。我在空间伸展自己的身体。地球必须住满人。我走完一公里又一公里。必须迈开大步走。路是我开的，并逐渐被我吃掉。一条河？我架一座桥。一座山？我凿一条隧道。一片海水？我喝，我喝。我想要地图，许多地图。我把地图铺开，读城市名和村庄名，读公路线、子午线的度数。我更改时间：十点三十分，零点二十五分，两点十分，四点四十四分，二十三点。我读所有的点、所有的叉，海岸线、海角、小岛、山脉、冲积平原、沙漠、亚热带森林、冰层、万年雪、冻土带。我注视所有属于我的国家，所有为我而流的河。我注视这彩绘的面具，它是我的土地的脸。我占为己有，好像立于塔顶。我四处为家。我的领土，我把它一口吞下，久久咀嚼，汁液流进我的喉咙。植物茂盛的土地，拥有潟湖和峡湾的土地，尽是潮湿、苦涩、蠕动着千白万条蚯蚓的红土的土地。我用嘴、指甲断裂的手、脚、眼、鼻孔、耳朵，用我身上所有爱冒险的孔洞把土地据为己有。我不停地在地上撒尿。如同一个几百年没吃饭的人，我吞下数吨的土，土里的一切都溜进我的体内。房屋、树木、鸟、仙人掌、密集的人群、辐射状的城池，我吃呀，吃！我的饥饿不是很快就可以缓解的饥饿！我需要有六百万肥头大耳的居民的城市，需要历时数月才能穿过的森林，全部木材和全部枝叶。我快步前行，像只小蟑螂一样操心，因为我拿到手的东西是不还的。

逃，总在逃。出发，离开这地方，这时间，这肌肤，这思想。从尘世脱身，抛弃我的产业，丢开我的词语和想法，远走高飞。离开，为了什么，为了谁？找到另一个世界，住在另一座城市，认识另一些男人和女人，在另一个天空下生活？不，不是这些，我不想撒谎。锁链到处都有。城市、人群、熟悉的脸到处都有。离开的不该是这些。地理上的迁移，稍稍朝右或朝左滑动，这又何必呢？逃跑，即背叛给予你的东西，吐出古往今来吞下的东西。逃跑：甚至逃避逃跑，直至否认否定的最大乐趣。走进自我，自我解体，在良心的炙烤下蒸发，不停歇地急速化为灰烬。

首先，弄碎姓名、面具。脱下纸板和灰泥的外壳，卸妆。

细薄的皮肤几乎遮不住骨头。比方被车子的金属板蹭一下，撞一下，脆弱的皮就会破裂，里面的东西流出来，流呀流，填满被禁的空间。真相是什么？不是真的东西，不是为一个新姓氏的荣耀聚集各种形式的东西，而是痛苦地拉开剧院灰色大幕的东西。

幕后是魔法般的舞台，是激情和光明的舞台——这无人知晓。舞台辉煌璀璨，偌大的厅堂，挂着无数面镜子。进不去的厅堂。玻璃和钢铁的大教堂，震颤着下水的巨舰。就是这儿。此地，我不触及它。我不愿触及它，只想看到它，像用后视的目光，因为这目光是我的逃跑和现实之间的唯一纽带。

我以每小时数千公里的速度离开这个陌生的地点，像鱼雷似的被投射到另一个磁化目标，它不久将把我毁灭。而生命之光的场景不停地远离我，无计可施，快，快。它后退，消失在黑暗的深渊，仇恨的井里，漏斗状的洼地。它缩小，远去，离开我，不复存在。

是我在逃跑？还是世界在我脚步下分解，成为一种盖住我脚印的黏性沙子？

大地，我逃离你，是为了更好地了解你。太阳当顶之时，我朝你、干裂的陆地板块俯下身。这儿，那儿，是起伏的冈峦、断层、峡谷、陡峭的悬崖。这儿，那儿，是一棵树、一丛蕨、一根叶片蒙尘的草。还有一块碎裂的砾石，唯一一块尖头朝上的碎裂的砾石。干硬的地皮上刻着符号，也许是文字，古老的图形诗。易碎的玻璃面上，遍布波纹、细细的鹅爪印，还有裂缝。一些深洞被风堵住，但通道一定深入地下，说不定直抵沸腾的地心。细密画、大纪念章圆花饰中央的彩绘小脸、羽绒、接头、在一场手和脚的风暴后撒满地面的碎蹠骨。

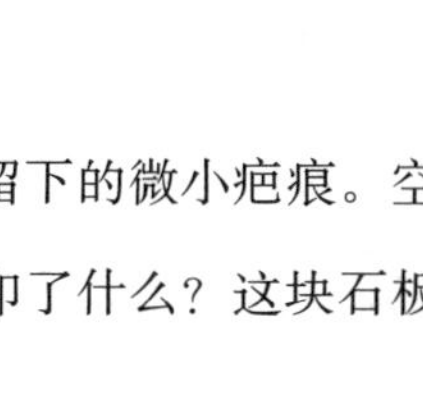

花饰，千万场旋风留下的微小疤痕。空气经过这地面，雨水常常流进这些河谷。这儿印了什么？这块石板打上了什么烙印？也许

是死人的名字，和活人螺旋形的印记。还有签名。日期，钟点，年份：一〇〇二，一五一五，一九四〇，一九六七，二〇〇一，三六六二八。月相，风和潮汐，太阳的喷发。树叶、蛇皮和蜈蚣脚的数量。无数的山脊，古老的遗迹，盛宴的残羹冷炙，碎屑，碎屑！这就是我的领地，我的监狱。我，我不会出去的。但我愿意数沙粒，给每粒取一个名字，因为这是填满我的逃跑令人眩晕的空虚的唯一办法。

我不再愿意知道。这对我有什么用呢？我只想衡量把我与原初点隔开的空间。我想与我的跌落合为一体，我想与驱动我的力量相结合。

我是一节车厢。冰冷的铁轨在我的轮下伸展，在我的热量冲击下发出闪光。空气拍打的凄厉声是我的沉默。运动是我的平静的真理。从侧翼飞逝而过的树木、隧道里的丁当声、一阵阵的光与影不停地抽打我的脸。这旋风是我的思想，每当出现一个身影，它已然躲进了昏暗中。在没有终结的运动中，大地在呼吸，在移动，它有触手和上下颌。它张嘴打哈欠，然后闭上；它远去，用力支撑身体，缩成一团；它敲打，波动，喷射，燃烧。

贝肯汉枢纽站，蒙德马桑①，凡提米利亚②，的里雅斯特，伊斯坦布尔。

---

① Mont-de-Marsan，法国西南部城镇。

② Ventimiglia，位于意法边境的意大利小镇。

现实在冒烟。光线涂脂抹粉。土地松软，成千艘铠甲闪亮、为永世长存而建造的船只缓缓淹没其中。我也是土地的一名遇难者，虽不知这在多大程度上是真的。

再远些，再晚些。有越来越多的城市，有越来越多的人在阳光下行走于街头。有水里漂着油迹的港口、货场、广场及散发着水果和垃圾气味的大市场。有瘦骨嶙峋、背上有伤痕、与孩子们争抢腐烂的残羹剩饭的饿狗。有发出嗡嗡声的目光呆滞的乞丐、挥汗如雨的奴隶、苍蝇、蜥蜴、黑耗子、目光严峻的警察、怀孕三个月的妓女、晾晒的衣服滴着水的昏暗小街、散了架子的破车。有面色黧黑、身材粗壮、两眼深陷、数小时坐在人行道边的男人。有一头黑色长发、眼亮嘴阔、在街上边走边笑、拖着声调大声讲话的女人。她们乳房沉重，双腿弯曲，身着料子轻薄的衣服，罩衣和连衣裙撕开一些奇怪的口子，露出古铜色的皮肤。

尤其有太阳。始终对准大地、不住发散热量的炽热灯塔。在寥廓天空的深处，到处看见它在燃烧。高高地被抛在房顶和平台上方，它射出光线，它飘浮，几乎纹丝不动；它或者以吓人的速度向大地坠落，在空间掘洞，瞬间穿越无限，指出它即将冲向的宇宙中被宽宽的一抹黄光照亮的那个点。

在城市上方，在树梢，在人的颈背上，总有这个无法摧毁的白色的圆。如果你闭上眼睛，也总看见它在那儿，在它的位置上，置于视网膜上的盲点，浸在血泊中。

年轻人奥冈迎着太阳旅行了不少日子。多年来，他在这掀起光的龙卷风的白色圆的指引下径直朝前走。或许，他就是这样生下来的，他看到的头一个画面是如下的画面：透过一下子朝灰色墙壁打开的窗户，巨大的眼睛，丧失理智的眼睛，用无情的目光俯瞰自己眸子的深处。这是一声呼唤，又是一个威胁，是事先置他于死地的毫不宽容的判决。没有办法抗拒。夜里，眼睛不在时就睡觉。早上，撑开眼皮，眼睛又在那儿了，没带来任何好消息。

年轻人奥冈面对大路坐在一块石头上，在一张纸上为太阳写了一首诗：

这是太阳
致命的面孔
四道皱纹的高额头
观看四方的眼睛
钻了两个孔的垂直鼻子
生出皱纹的双颊
微笑的嘴巴
婴儿的脸

面孔！

额头！

眼睛！

嘴巴！

婴儿！

世界是平的，它决不愿做任何人。

然后他把纸藏在石头底下走开了。

从这天起，他开始穿越沙漠。

出城后，他立即看到这直达天际的赭石色广漠，这些黑色的山脉，这些干枯的小灌木，这光秃秃的天空，还有在这一切中间的那条笔直的大路。他一步步地踏着卡车的轮印开始在大路上走。因为天热，他走得不太快，肩上背的蓝色挎包拍打着他的臀部。大路两侧不时有堆石子，锋利的尖端在阳光下闪烁。他什么也听不见。左边和右边的沙丘把声音吸收到沙堆内。大路平坦。年轻人奥冈不停地走了几小时，脸和肩膀晒得很疼。有一刻他觉得口渴。他没有停下脚步，从挎包里拿出一只柠檬嚼起来。他听着酸酸的针在嘴巴里发出奇怪的声音。过了一会儿，他回过头，看见遥远的城市在沙丘间跳舞。这好比一位女子的腹部有件缀有亮片的连衣裙，人们看不见那女子，只看见远远的、在雾蒙蒙的玫瑰红尘埃中，假的钻石珠宝在原地跳跃。

他点燃一支烟，边走边抽。烟草的烟和他的口水掺和在一起，在嘴里变得黏糊糊的，令他呼吸不畅。他只好没吸完就扔掉烟卷；燃烧的烟头掉在沙子里，继续冒着烟。

灰尘轻盈，每走一步便从土里迸出来，形成在空中冉冉上升的一小片云。卡车轮胎在车道上留下的深深印痕径直向前，有分有合。过去曾有人经过此地，沉重的机器载着人穿越沙漠，扬起大片沙尘。年轻人奥冈注视着脚下飞逝的印痕，它们在沙中刻下符号，一连串Z和X，有时还有W。凉鞋鞋底带着小而清晰的声音有规律地踩压这些符号。在他身后，大路上留下划着对称横杠的椭圆形印迹，表明曾有一个人经过此地。

渐渐地，太阳升到了空中；现在它在这儿，像电灯泡似的正好在他头顶上。土地干燥，遍地火星。细小的沙粒不再有影子。寂静和光线压迫着土的平台，一直站立是很难受的。必须拼全力顶住，昂首挺胸，甩着两手前行。倘若低下头开始数步子，那么不出几分钟就可能扑倒在硬沙地上。

年轻人奥冈停下来在路边撒尿，一边望着立即被沙子饮干的那摊黄液。接着他环顾四周，视线所及，没有任何东西。此时，城市的小饰物已消失在沙丘后面。沙子散向四面八方，没有了踪影。凝滞的大波涛在等待。更远处，大路尽头，总看见既不远又不近的黛色山峦的轮廓。车道笔直，奔向天际。小灌木继续冒出地面：这是些朝天耸立的树根，变黑的兽爪，烧焦的老细枝。这片土地一定着过火。有一天，炽热的火苗从天而降，烧毁了一切。树木、湖泊、河流、松软的土，全都消失在火海中，全都熔化了。如今只剩下这些灰烬，这些七扭八歪的碎片，这铺满石头的玻璃化地表。一切都在发光，都在阳光下闪亮；因为在树根内或沙粒里仍有火苗。火苗想把世界烧透，蒸发最后一滴水，毁灭最后一个肉体。空旷的沙地上布满残忍的喝了还想喝的嘴巴。尖利的石子是令人目眩的裂隙，它吸引你，拖住你的腿，扯下你的皮。而那边，在远方，沙丘慢慢筑起墙，一点点缩小人们前行的竞技场，关闭围起来的监狱。这就像有一天掉进了螟蛉巢，逃脱无望。在巢中央，肚皮柔软的昆虫等着猎物疲倦，任其靠近。这就像一只蚂蚁成为一个十一岁小男孩在海滩上挖的沙坑的俘虏。

大路现在渐渐升高。斜坡如石墙上画出的一道垂直的细条纹，一直通向天边。年轻人奥冈喉咙发干，弯下身子开始攀登悬崖。他脊背上、双颊上淌着汗，两腿猛撞地面，好像疲劳之至。在寂静中，他听见自己呼哧呼哧的喘息声，像机车摩擦铁轨一样震耳欲聋。尘土悬崖的上方是天墙，一块君临大地的名副其实的钢板。在金属盖子的某处，有这熔化的水滴，这吹出耀眼热气的高炉口。他，皮肉脆弱、血液流动的人，被这道铁的风景所俘获。毫无疑问，世界定了他的罪，想毁灭他。快步行走，在砾石上跌跌撞撞，用脚扬起尘土，这都无济于事。沙子比他走得更快，如大海般在原地滑动。方形的小沙粒上下滚动，覆盖大路，从鼻孔和嘴巴钻进他体内。天空让其钢铁的穹顶旋转，高炉张开的大口送着风，送着风。他在火山口下行走，滚烫的气息紧压着他的脑袋，进入他的脊柱。冰冷的火麻痹他的肌肉纤维，停止他的思索。

闷热有几层窗帘的厚度。空气不再轻盈。它在整个沙漠上方摆动，如一大块制动的浑浊明胶。年轻人奥冈不再走路；不如说他在游泳，躯体用力朝前伸，双臂一开一合，两腿拍打着遥远的地面。地平线上，黛色的山峦在动，好似长满海藻的礁石。年轻人奥冈尽量让视线不离这些礁石。锯齿状的峰顶在白色的轻雾后飘移，分成两半，现出原形，旋即又被吞没。它们忽而被掀到几公里的高度，好像有个人在用力呼气；忽而泄了气，趴在沙海之上。世界患了热病。世界渴死了，累死了。世界热得昏头昏脑，腋下流的汗如长长的云母带子。金子，到处都是金子，金块大如鹅卵，在灰色的尘埃中流光溢彩。卡车轮子在车道上留下金粉的车辙，在阳光下熠熠生辉。

年轻人奥冈望着所有这些摊在沙上的财富；它们要求他停下脚步，要求他喝水，睡觉。于是他在车道边坐下，伸开双腿，从挎包里取出水壶。壶里有两升多水。第一个泉眼离此有两天的路程，卡车都在那儿加水。

年轻人奥冈咽下一口水，接着又咽下两三口。满口的水咕噜咕噜地流进喉咙。年轻人奥冈从壶口望望水面，然后浸湿手绢，擦了擦脸、脖子、胸膛和胳膊。他塞住壶口，把壶藏进包里。他想抽烟了。他坐在地上，点了支烟抽起来，抽完后把烟头掐灭，埋在沙子里。他觉得嘴里不舒服，拿出水壶又喝了一口。挎包里还有饼干、煮鸡蛋、一听罐头、几只橙子和柠檬。他用刀剥去一只橙子的皮，慢慢把橙子吃完，然后继续走路。

下午快两点的时候，他听见一阵发动机的响声。原来是一辆卡车在一大片尘埃中向他驶来。他看见卡车在车道上越来越大。当卡车在他面前停下时，年轻人奥冈看见了驾驶员，一个皮肤黝黑、棱角分明的人。他身边有个胖男人，一头红棕色的头发，穿着紧身衣，脖子上围了一条毛巾。驾驶员望着年轻人没说话，红发男子下了车，一直走到他面前。他笑起来，用英语对他说：

“喂，老兄，您在做什么呢?”

“我在走路。”年轻人奥冈回答。

“用脚?”

“是的。”

红发男子用毛巾一角揩掉了脸上的汗。

“您疯了，您会丢掉小命的。”

“你们有水吗?”年轻人奥冈说。

“一滴也没有，”那人说，“除了那里面的!”他笑着指了指卡车的发动机。

“远吗?”年轻人奥冈问道。

“什么?”

“加水站。”

“一百号?”

“对。”

“四五十英里!”那人回答。

“是啊，应该差不多。”

“您的水够吗？”

“够，在我包里。”

红发男子十分困惑。

“喂——这是在打赌，还是什么？”

“您愿意这么想也行。”年轻人奥冈说。

“因为，因为这太阳会要您命的。”

“我习惯了。”

“可惜今天是下行日，”红发男子说，“不然我可以让您搭车。”

“没关系，”年轻人奥冈说，“我喜欢走路。”

“不管怎样，”另一位重复道，“这太阳会要您命的，肯定无疑！”他登上卡车，高声祝他好运。驾驶员一声不响地望着他，发动了车。年轻人奥冈闭上眼睛防尘。他听见发动机的声音越来越远，越来越小；然后，一切恢复如前。现在，车道上有了两道新的径直向前的轮胎印。

太阳在右侧下了山。它紧压年轻人奥冈的身体，把拳头伸进他的肋骨，想把他摔倒。渐渐地，沙漠高原又感到口渴，成千上万个小水银滴溅到了沙子上。年轻人奥冈试图全神贯注抵御口渴。他闭上嘴，想思考别的事，但脑子不动。唯独水在流，清澈的河水潺潺流着，跳跃着，水的指头迅捷，顺着他的身体滑动，进入他的眼睛和鼻孔。水在他耳畔发出古怪的女人的声音，水在他脚边滑动，缠住他的脚，令他脚步踉跄。年轻人奥冈想吃柠檬，但立即吐了出来，因为柠檬是咸的。挂在肩上的包里，水壶沉甸甸的。年轻人奥冈把包换了个位置。他望望天，突然发现它已经黑了。随后又变白，带着飘忽不定的大圈圈。这些圈圈是围着太阳翱翔的秃鹫。秃鹫消失了，随后是画在大块大理石石板上的国际象棋棋盘，下棋用的黑白两色大方格。卒子在棋盘上快速游走，每分钟赢数十盘棋。人们刚瞥见卒子们列好队，他们已经奔向对手，互相推倒，做角斗的动作，一转眼工夫就把对手歼灭。随后，棋盘方格散开了，代之以纵横填字游戏的填字格子。在这儿也一样，字儿闪着光，互相推搡，聚拢，消失。这些都是很长的词儿，譬如 Catalepsie①，Thunderbird②，Superrequeteriquísimo③，Anticonstitutionnellement④。填字格消失了，整个天空一下子布满成串的词儿，和尽是分号和引号的长句子。在这页庞大无比的纸上，写出的句子在几秒钟内一颠一颠地前进，变更含义，修改结构，改头换面。这很美，人们从未在任何地方读到过这么美的东西，却读不懂写的是什么意思。提到了死亡、怜悯、在时间的某个尽头藏于某处的难以置信的秘密。还提到了水、山顶的巨大悬湖、在冷风吹拂下镜面般反光的湖泊。刹那间，年轻人奥冈眨着眼睛读到了下面的话，但它马上消失了，所以这话根本靠不住：没有理由害怕。不，没有理由害怕。没有理由害怕。没有理由害怕。没有理由害怕。不，不，没有理由害怕。不，

① 法语，蜡屈症。
② 英语，雷鸟。
③ 西班牙语，超级富豪。
④ 法语，不符合宪法地。

没有理由害怕。没有理由害怕。没有理由害怕。

夜幕降临，年轻人奥冈在路边挑了个地方睡觉。他在一堆沙丘的隐蔽下安置好，坐在沙上吃了些东西。之后他这天第二次喝了水，四五口水。他的嘴巴和喉咙干得无法下咽。阴影迅速在沙漠上铺开。年轻人奥冈一边抽烟，一边望着夜色布满天空。星星一颗接一颗出现，在黑暗深处定定地闪着光。过了片刻，月亮升起来了，通身白色，中央刻了些小图案。在那儿大概也有沙漠，广阔的沙原，还有寂静，无边的寂静。年轻人奥冈又渴了，他望着月亮吃了只橙子。

一千三百年前，玄奘在走了一天、两天、三天后，看到了同样的情景。因此，他望着月亮吃了一只水果。他的同伴朝他转过身来，由于寂静，低声对他说：

“师傅，咱们什么时候到达目的地呢？”

玄奘没有回答，一直望着月亮。

“师傅，不远了吗？”

玄奘回答：

“不，还要走好多天。”

“师傅，我怕未知。”同伴说。

“没有未知。”玄奘说。

“师傅啊，我怕寂静。”

“没有真正的寂静。”

“师傅啊，您干嘛这么说？这儿不是未知吗？不是寂静吗？”

他补了一句：

“师傅，我怕没到目的地就死了。”

玄奘没有停止望月，仅仅回答：

“这不是未知，因为这是佛之路。这不是寂静，因为我们有佛语。你干嘛怕死呢，既然这是佛的生命？”

于是，同伴不敢再说什么。他牙齿打着颤，陷进沙子里，目不转睛地望着正在望月的玄奘。

次日，太阳复归原位，年轻人奥冈继续行走。一个钟头前，他喝下了最后一口水。挂在肩上的蓝色挎包里，水壶很轻。年轻人奥冈注视着黛色的群山，此时它们好像更近了，高大的峰顶撕碎天空的白被单。在那边，山脚下，是水。

他在沙路上已走了数小时，双脚一步步均匀地朝前迈，扬起小片小片的灰尘。大路两侧，纹丝不动的沙丘一望无际。连烧焦的小灌木都没有了，只有耀眼的沙子，数十亿颗被压碎的小沙粒，以及一块块风化掉的、有擦痕的干砾石。车道边时而有几段骨头，几个贝壳，或者锈迹斑斑的铁质空啤酒罐。一个人都没有。卡车不过，人不走。无垠的天空上，永远见不到飞机。昆虫和蜥蜴死了，蛇类换了大陆。由于什么都没有，连孤独都算不上。仿佛人踩着自己走，在裂缝深处原地爬行。仿佛持续地躺在地面上，或平卧于汽车荒原中间的空地上。又或者在离海岸数千公里的大洋上漂浮，而极小的波浪涌动着向前翻滚。孤独的概念从地球表面消失了；它深埋于沙中，像水似的被喝干。一切从头到尾被即时填满；天空铺展开来，这不可战胜的顶棚，比钢还要硬。黛色群山高高耸立，沙丘在运动中被冻结；地平线在天际歇息，细细的黑线不停地遏制、阻拦。高高在上的太阳是个白炽的点，仅仅是个点而已。没有办法添加别的。这是填满东西、挤满人的世界，袋子装得鼓起来的世界，它拒绝，不要贸然闯入者。谁也没有位置。人群拥挤在隔板密封、关了门的车厢里。沙漠的每个元素分量都很沉，使劲地支撑着。空气里掺杂着浑浊的热气，硬得用斧头才能劈开。地面是块粉碎了的巨大岩石，而大路好似一道墙或堤坝，直奔天际而去。

一切都在回响，一切都在颤动，满满当当。这想必始终是城市的人群、霓虹灯的闪光和车辆的外壳。如今，它们有了别的面具，别的暴力。但为了能够呼吸，必须拼命逃离的始终是同一个地点。

年轻人奥冈认出了自己用力靠在天际的躯体。躯体已经超过了他。他认出了正穿越大片沙漠逃跑的自己的两三个念头。他听见自己的话顺着车道溜走，在太阳周围时隐时现。绝没有人会到达目的地。绝没有人会找到喝的，哪怕是坑底的一摊水，哪怕是一口唾沫。

他花了一些时间才明白自己迷了路。他循着卡车的轮胎印走，一边直视着眼前浴血的风景。渐渐地，他意识到自己走偏了。他寻找黛色群山：此时，山在他身后，遥不可及，在沙丘上方浮动。山也改了形状。年轻人奥冈驻足片刻，两脚陷在沙里。他原地打了个转，注视着车道。轮胎印迅疾地穿越沙漠，带着凉鞋鞋底踩出的凹槽。一定在某个时刻有个岔口，而年轻人奥冈无意间朝右拐了。炎炎烈日之下，万物等同，安静、担惊受怕。空虚铺陈于大地，天空不在了，没有深度。万籁俱寂，没有征兆。在天顶的窟窿里，光线密集，射出白色的箭矢。没有云彩。人们可以朝任何方向走，这无关紧要。

年轻人奥冈半途折回，随后再次停下。他寻找群山。此时，群山在地平线的每个角落出现和隐没。黑色的山巅从沙河里出来几秒钟，随后又跌下去。这是一条巨大无比的鲨鱼，它在远处游弋，在猎获物周围画着圈。慢慢地，它将缩小包围圈，迫使迷路者逶迤而行，不知缘由地逃跑。到最后一刻，它将突然在他面前现身，张着大口猛冲过来。

年轻人奥冈又转过身来，以为看见了那边，两堆沙丘间的黑色山峰。他再次沿车道出发，两眼灼热，双脚越来越快地碰撞硬沙。他跌跌撞撞地爬上一座小山包，极目四望，但视线消失在碎成粉末的石头表面，视线未遇到任何东西，径直穿过滚烫的沙子溜走。

年轻人奥冈不明白自己在做什么，木头木脑地追随自己的目光。他气喘吁吁，长时间地在红沙中行走。他看见地面如波涛般掀起、呼吸。他看见沙丘朝自身滑动，似浪尖白沫四溅的大浪。天空也变成一大片沙，又干又硬，充满仇恨。太阳围着灰尘的光圈，沿着这灰暗的海滑行。这是一条无止境的路，它散落在世界各地，尽其空虚之力朝前行进。年轻人奥冈看了看自己的脚，发现此时卡车轮胎印已消失，只剩下沙子，凉鞋鞋底咔嚓咔嚓陷进去的一大堆光滑的沙子。年轻人奥冈从挎包里取出空水瓶，把瓶口对准嘴唇，试图吸出最后一滴水。一点湿的东西触到他皲裂的唇，还没到喉咙便蒸发掉了。这儿一切都是干的，哪儿也没有水。天空、太阳、大地、砾石，全都渴得要死，无边无际的渴，撕心裂肺的渴，以至突然需要密西西比河、尼罗河，或至少维斯杜拉河[①]方可解渴。沙粒不再温柔，成了残忍的针，为了最后能喝上一口，它们在溽热中窥视最小的水滴、尿滴或血滴。天空蓝得叫人无法承受，蓝得像口渴。太阳毒辣辣的，所有的酷热都好似美洲豹的舌头伸向大地。

年轻人奥冈越走越快，疲劳模糊了他的视线。自从离开车道后，沙子钻进了他的衣服和凉鞋，他只好脱掉鞋，赤脚走路。细粉也进入他的嘴巴，刺激牙龈和声门，令喉咙发干。不久，他恐怕将第一次倒下，脸埋在沙子里。在太阳周围浮动的黑圈将猛扑人间。

第八天下午，玄奘孑然一身，在沙漠中间行进。他的同伴有天夜里走了，没说一句话，因为怕师傅责备。玄奘发现自己孤身一人的时候，才明白他的弟子没有坚持下去的勇气，受不了这样的苦，宁可返回中国。也许他将安然无恙地回到家？离开的时候，他偷走了一半储备的水，一半大米和食物。玄奘也明白了佛只需要他，因为佛把他独自留在沙漠中间。这个念头帮助他继续走下去。

他朝西走，从未停步。一段时间以来，他的袍子撕破了，太阳晒黑了他骨瘦如柴的躯体。他的脸呈砖红色，被阳光和沙尘刺痛的

---

① Vistula，波兰最长河流。

眼睛沾满泪水。沙子慢慢磨去他脚上的皮，两脚一路流血不止。有时他疼得那样厉害，不得不坐在地上呻吟，用碎布片裹上脚。他肩扛的棍子一头挑着装食品的包袱，执棍的右手也在流血。玄奘头顶没有一丝云彩的天，踩着滚烫的沙子径直朝前走。他早就把皲裂的嘴唇贴在葫芦口上，喝完了他的最后一口水。他日复一日地留着这最后的水，不敢去想它，但后来口渴压倒了一切；现在，他一无所有，在世上一无所有了。他弯身向前，用前额推开热墙，在大片纹丝不动的沙上行走。每朝前迈一步，喉咙里都发出一种疼痛和用力的怪声，呼噜，呼噜。他脑子里一片空白，空得无法承受。人们的脸消失了，话语，长长的温柔话语，顺着沙子溜了。寂静像石头的雾气，重重地压在人世间。一道灰色和玫瑰红的长云从沙粒中出现，令空气膨胀。

玄奘在一颗陌生的星球上行进。需要用他的躯体、手臂、擦伤的脚打穿的，总是同一堵墙，同一道封闭世界、令其滴水不进的垂直壁垒。另一边什么也没有，也许有个会把他一口吞下的深渊，黑影幢幢的洞。或者没有另一边。

沙漠没有尽头，这干石头的陷阱，进来冒险的人再也出不去。玄奘朝西前进，太阳缓缓在他面前落下，朝后甩出摇曳不定的影子。玄奘第一次跌倒时不胜惊讶。他撑着棍子马上爬起来，继续上路。

随后他第二次跌倒，第三次，第四次，一再跌倒。于是，他明白两腿再也支撑不住他的身体，他感到一阵寒气降下心头。他注视着象牙白色的天空和干硬的地皮。现在，墙不再后退，它从头至尾耸立于沙漠之上，安详而宏伟。玄奘不再破墙，只把它弄碎，在土砖中打开越来越窄的缺口，非常吃力地挖出一些碎砖石。有一刻，玄奘更重地摔倒在地，胸部碰到硬地面，骨头咔咔作响。他花了好长时间想站起来，但做不到。肩头、颈背不堪重负，他被压倒在沙子上。沙漠上的玫瑰色轻纱暗淡下来，变成灰色，继而转黑。

玄奘眼睛瞎了，他摸索着找到棍子，紧紧抓着跪立起来。他再也走不了路，开始用双膝、两手爬行，一边望着覆盖沙漠的黑色漩涡。他想高声讲话，祈求佛的帮助，或朝西方大地拼命呐喊。可是他的喉咙像一株千年老树，无法被话语穿透。他愿意想些事情，想水，想风，想吹过大麻黄的风声，想鸟儿们的啁啾。但他的脑子犹如一块万年老石，无任何思想，仅有一些耀眼的画面横穿而过，继而消失得无影无踪：撒腿疯跑的画面，熔岩流动或血流成河的画面，带着他穿越沙浪的画面。飞翔的猛禽把他皮肉的碎块洒向四面八方，长鬃飘飘的褐马在灰尘中拖着他的骨头在未知的路上驰骋。还有些声音，闷在地下的音乐声在空气中震颤。这大概是令沙丘歌唱的风，抑或尖声发出长长呜咽的沙漠妇女军。这些超自然的声音把他拉向它们，使他流血的身体在沙上向西，永远向西滑动。玄奘依赖这些声音，依赖这些向天际驰骋的野马，一直向前。他抓住棍子，日夜爬行，两眼被凝固的泪水封住，气息微弱，两腿成了带血的残肢。玄奘变成沙的颜色，像沙一样又狠又硬，像天空和太阳一样虚空。

玄奘是一小块沙漠，仅仅是一小块沙漠，在风的路上朝前滑行。纤细的他在地下妇女的歌声中伸开肢体，向西，向西，向着水。

卡车从他身边经过时，他甚至没有听见。当红发胖男子用力撬开他的牙齿塞进瓶口时，他喝了几分钟，几小时，也许几年。然后他吐了。卡车在大片灰尘中横冲直撞，他的头碰在金属板上，但他没有任何感觉。

这些事发生在利比亚，或戈壁沙漠，时间差不多在公元六三〇年，或一九六六年。

我愿遁入时间、空间。我愿遁入我的意识深处，遁入思想、词语。我愿开辟我的路，然后毁了它，就这样无止无休。我愿破我所立，以便再立再破。这运动是我生命的真正运动：立和破。我愿发挥想象，旋即抹掉图像。我愿，以便让我的渴望更好地散落于四面八方。我是一，又是众。我有命令和逆命令：一旦我有所破，便破我之所破。真理不可能存在，怀疑亦然。所有开放的东西遽然闭合，这停止是成千上万再生之源。没有获利的革命，未得满足的无政府，期许的幸福未至的不幸。我愿在别人的轨道上滑行，我愿成为运动，动而不进、仅列举路程碑的运动。

一条边界打开了，这是新出现的边界。一个词儿说出来了，这是另一个词儿。我说女人，亦即雕塑，亦即章鱼，亦即轮子。我说德兰士瓦①，亦即朱庇特。阴就是阳。我什么也不说。我说那，说这，说那。我愿向前冲。谁扩大了这些田？谁举起了这些山？谁抚平了这片海？始终充盈的表面，品尝后被弃的表面，耗不尽的表面。

运动有一天攫住了我，醉醺醺的久不清醒。我的发动机拉着我向前，为了走一公里又一公里。我的声音使我卧于我的理智之路，为了说一种又一种语言。我撞破门。我砸烂窗。我朝后推墙，像一个死在自己床上的人。而我绝对什么也忘不了。

世界是现代的　　机械
　　　　　　　　电
　　　　　　　　机器人醉了

现代世界：金属和玻璃墙醉了
墙苍白
苍白
高大的混凝土前额
耸立于声光大洋前
这是战争，平静安详
直线和曲线厮杀的战争
塑料和亚麻油毡
霓虹灯、尼龙和德拉纶的战争
粗野嘴巴的战争

---

① Transvaal，南非共和国最北部省份。

今天

军队进入了墙内

铁蹄下地面鸣响

空气震颤

它们是现代的

它们有名字

廉租房，南方高速公路

收费站，拉美的土地

光之车

回声之车

马弗京　瑟门特　马茨卡皮依　贝派克

它们就这样称呼，真的

它们带着这些出奇而可收缩的名字

它们有指甲、獠牙、刀子和拳头

它们有银铠甲

对付天空的大白块和黑横杠

它们扯开喉咙发出神秘的呼唤

缝隙　缝隙

闪电

(噗噜-啪！

嘣！嘣咚！)

道路　桥梁　停车场

雪白的大厦

沙漠，噢，沙漠！

它们打，狼牙棒下

生出甜蜜的醉意

它们撕

伤口不流血反享受

它们用四个黑轮胎碾压

在皮肤上勾画路的秘密

与死亡开战的精神

不知自己是谁的世纪全部的曲曲折折。

我逃。我抱头鼠窜。我滚下陡坡，我攀登斜坡，我被砾石绊倒，我从荆棘的利爪上扯下我的皮。我逃。我无意识地流着汗，脱落的每一丁点东西随同一条路穿越空间。晶亮的汗珠像铅一样落下，在地上摔扁，碎成粉末、气泡、小水滴。无声。不费力。没有叫喊、话语、动作。我的逃跑是雪崩似的滑动，我的逃跑是缓慢的熔岩流，或白色的裂纹，快得停留在原地，这不可磨灭的照片，闪电在白垩色大墙上留下的黑色裂缝。

我向前逃，我向后逃，我上上下下地逃，在内部逃。就这样，我轻而易举地抛掉成吨的回忆，把它们留在身后。我穿过一堂堂布景，高的纸板壁，上面画着人们见到的生活的种种谎言：

风儿吹过的碧草田野

百叶窗紧闭的房舍

阳光下的白色城市

魔光的蛇形管

空空荡荡的街道

公园，花园，热带丛林，飘浮着袅袅雾气的沼泽，挤满腿和手的咖啡馆，庙宇，铁塔，铺有毛毡的二十层酒店，车辆盲目疾驶的高速公路，医院，河流，布满卵石的海滩，鸟儿们栖息的黑色峭壁。

我漂浮。我倒退着游。我是螺旋桨船，是叶片掀掉房顶的直升机。我是飞下空气楼梯的猛禽，我是翅膀透明的鱼。我是飞蝇，是烦躁地曲折而飞的蚊子。我是被红泥囚禁、永不分根蘖的多肉植物。我是愚蠢的运动，沉闷的震荡，张牙舞爪的欲望，是饥渴、性交、讲话的时刻。我是舒展，继而是收缩。肌肉，血管扩张的手臂臂端，有握枪的拳头，子弹刺穿的喉咙。我是太阳的热量，汗滴顺腰部流淌的路径。年轻女子弯下腰，手触到脚趾端，把指甲染成珍珠色。溺死女子的头发在流动不停的水中漂浮，似海藻圈、遗忘草。

我是前进但不知去向的人。地球是小的，路是短的，人总可以到达某处。无涯的大海比湖宽不了多少，海岸可见，处处可见。轻雾中，天际深处残留着好似鱼背的黑色细带。我从那儿来，要到那儿去。那儿有树木、巨草、昆虫们栖居的灌木丛。有缓缓流动、冲坏拐弯处的河。有凹处的阴影、泥点、雨的舞蹈、巉岩、雪原。

我，我长时间地、笨拙地从这一切上经过。现在我辨识出每个褶子，瞥见我以前的脚印。

我没有新的渴望，对处女地我满不在乎。不，我不沉湎于新奇，我想去的那个地方，我将看出它曾经一直属于我，但我原先不知道。满怀热情地精心挑选一块土地。我真希望旅行能有助于此，帮着找到，继承。我多么想让运动停止，让我进入另一个运动，拖着我幸福地从我生命的一个点到另一个点，如同一个美丽故事的进展。

署名：

行者约翰

一天，在本的母亲和许多蚂蚁所在的一座花园里，对着一盘番茄汁意式面，本对我说：“为了表达自己，我做什么都行。假如有人叫我做果酱，我会一边做果酱，一边试着表达自己。”

在闷热的天气里，洛克·拉什一边喝茶，一边谈禅。龙泽寺[1]的禅师教会他：内静，全部掏空，什么也不再是。于是我指着花园对他说，这一切，千百万张时时注视你的小树叶，是没有办法忘却的。洛克·拉什不高兴了：他不喜欢想小树叶。

---

① 位于日本新潟县南鱼沼市的禅宗寺院，建于一四二〇年。

## 自我批评

的确不再有限制。什么都溜走，分化，横冲直撞。当人们开始打开逃之门的时候，解放了思想或双手的时候……被带到何处为止呢？我在黑暗中枕着枕头躺在床上，念头层出不穷，爆炸开来，划出一道道燃烧的航迹。我想停下。我想抓住。但这不可能。那么，或许是我走得不够远？必须重新开始，试着捕捉一个念头、半个念头的涵义。它将把我带往何处？朝着对未来的何种认知，朝着哪一种反叛，哪一个决定？为了自己去写，倒霉透顶！为了重读去写，心满意足地战栗着重读那些文字游戏、记忆游戏、讽喻：这些全都该赶尽杀绝！我的母亲，我的生活，我的诞生，我的胃功能障碍有什么相干？写事实，糊涂到家了！谈论时代问题，跟鬣狗一起傻笑，在幸福的嘴巴前开屏！多漂亮的伎俩！要不然就撒谎：藏起陋习撒谎，说出十个弱点以隐瞒一个不光彩的……还有风格，愚蠢的风格。让人给书页卷角时突然惊得一跳随即平静下来的风格。这不，是它，正是它，绝对是它。人们对它抱着期待：它没有令人失望。啊哈！我看见一条导向线，我领悟到作品的一种涵义。好像有股哲理的臭味。现在，快贴标签：黑色小说、主题电影、西部片、超现实主义、荒诞派戏剧。当一扇小门，不，不，仅仅一扇气窗偶然打开的时候，一点点实质飘然而出：怎么？什么？不，这根本不是他，这糟透了，这，这不像他！这是什么意思？

书，回声嘹亮的洞穴。你们，勒紧我脖子的铁颈圈，令我喘不过气来的紧身衣。装饰无处不在，一串串葡萄、巴洛克风格的叶簇装扮石头。事情在很远的地方，在深层发生。玩要者，拒绝者，背叛者。以白色空气、纯洁、遥远为生的怀抱希望者：为了看到他，贪婪的眼睛永远没有足够的放大镜。

我写的东西，全被我划掉。我猛然间抓住的，被我用比糨糊还丑的墨水涂在纸上的一切，在同一时刻遭到另一个人的否认；一个暗藏的幽灵摇着头，不停地否认。招！招吧！我打开刺目的探照灯，贴近他的脸。我摇着被告的肩膀，在打他嘴唇的两拳的间歇，低声提示他该说什么。假如他说是，世人将会多么高兴。可是他，缄口不语，摇着头拒绝。

你们知道吗？书不该再有书名，永远不该有。

大家都该带着蚂蚁的思想，致力于唯一一部大书即世界词典的写作。除歌曲外，什么都不该剩下，抑或定期烧毁一切。每隔二十年有个灭绝年。绘画、电影、博物馆、大教堂、房屋、庙宇、军营、档案、圣经、衣服、监狱、医院、飞机、工厂、收成，一切将被砸得稀巴烂，化为灰烬、泥浆。再没有雕像，再没有奖章，再没有电话簿，再没有亡者纪念碑和圣经注释。

如何朝四面八方走？如何在前进过程中抹掉足迹？取哪个面具，哪个假鼻子，哪种伪思想，哪种伪生活？欺骗他人，就是认识自我，反之亦然。

诅咒文学是不够的，必须拿词语以外的东西去诅咒。脱离自己的意识，在人间消失。变成火星人。有一天抵达地球，走进一家大餐馆，望着人们在餐桌间走动，说：

“zkpptqlnph！”

大致意思是：

“这些站立的人全都一折为二，坐在屁股上，看着真好玩！”

但如何成为火星人呢？

我应当忘记自己。我应当丢掉自己的名字。我应当变小，再小些，小得让人看不见。我应当学会在砖条上，蚂蚁中间，朝耸立于阳光下、散发满满一桶垃圾气味的群山走。我应当学会做标记，做刻痕。我应当停下理论机器，镀铬活塞丁当响、不停制造定理的漂亮机器。修辞格、体系、公设、事实、机器，数量如此之多：

为了生活的机器

为了走路的机器

为了不再有战争的机器

为了爱女人的机器

为了忘却死亡的机器

每个人都有自己的机器，那又何苦呢？有的人按凯迪拉克思索，有的人按大众思索。

有一天，我应当再见到这样的年轻姑娘：

所有权：她看见一个苹果
以为这水果
理所当然归她所有
她拿了货摊上的苹果
把它吃了
没有想到水果
有人种，有人管，有人买
它有价格
它是待售的

再远些，再晚些时候。在火车里度过的日子是漫长的，它们全速朝后退，天边已堆积了许多城市和山峦。大路不停，永远不停。尘土飞扬的笔直林荫大道上，没有一个人。风在平原上劲吹，太阳在蓝天当中发威。大路边看得见压死的狗，和秃鹫吃剩的母牛白骨。

上写 SATCO 的红色卡车全速在路上行驶，年轻人奥冈坐在篷布下的后平台上，举目四望。偶尔他瞥见一些空荡荡的十字路口，有些人坐在地上等。平原一直延伸到世界尽头，山峦纹丝不动，峰巅上挂着一丝丝云彩。腐烂的河水流进凹槽，电线杆林立。

有时他与大加油站结识，这些肮脏的水泥塔，孤零零地立于大地中间。外突的塔顶下，当红色液体流进油箱时，玻璃碎裂的绿黄两色泵轰轰地响着。人们在堵塞的公厕里小便，在水龙头下洗手，对着油腻的镜子梳头，喝一瓶带硫磺味的冰苏打水。必要时跟司机讲几句话，一边望着水泥平台另一侧尘土飞扬的大路、木告示牌、太阳、铁皮屋。大家差不多总说同样的话：

“到哈班尼亚有多远？”

“到边境得几个小时？”

“您不认识去罗塔克的人吗？”

“去克塔克，是不是必须经过赖布尔？”

港口有木船用两天两夜把你送到海上。年轻人奥冈在甲板上席地而坐，注视着大片黑水不停地涨落。远处，他看见星星点点的光在陆地的细带上闪烁。然后，他躺在甲板上一卷缆绳后面睡觉，发动机的震动摇晃着他的身体，用小拳头打了他数千下。

午夜时分，他醒了，汗流浃背，他到下一层甲板上去喝水。他摸索着一直走到生锈的马口铁桶前，用手心舀着汽油味儿的黑水。蟑螂从他脚前窜过，甲壳上古怪地闪着红色反光。一名水手背依板壁坐在舱梯旁，闭着眼睛，嗓子眼里哼着一首没完没了的歌，没有歌词，只有一些鼻音：

姆姆姆姆姆嗯嗯，姆姆姆姆，姆姆姆嗯嗯嗯，姆姆姆姆，姆姆姆姆……

年轻人奥冈从他身边经过时，水手张开眼一秒钟，眸子里闪出令人不安的钢铁折射光。年轻人奥冈登上甲板，又吸了一支烟，一边凝神注视海水的涨落。

他不去任何地方。他停在时间里，两个世纪间的某处，没有任何期待。离细长的滨海地带不太远的地方，一叶木舟载着他，在不可见的浪涛上随波逐流。知道一些事的人，请讲吧。有新发现要披露的人，请披露吧。是时候了，正是时候。

但也许没有什么要说，没有什么要披露？也许只有这才是真实的，这钟摆的运动，这在亚马逊河上单调的滑行，这变成船的卡车，这变成飞机的船，这变成筏子的飞机。发动机隆隆作响，人们永远不知它在哪儿。时而在前，远远在海角和半岛的另一侧轰鸣。时而从背后发出吼叫，好像用两只机械脚拍打水面。发动机侧身滑行，沉没于封闭的水里，高高地在空气中飘浮。或者整个地球负载着它的发动机；随着它缓慢的震动，地球进入太空，歪歪斜斜地遨游，听凭其绵软的路通向不可思议的地点。

当东方破晓，太阳上升到比地平线略高的时候，年轻人奥冈醒了。他一直走到船头，注视微不足道的胜景。他望着天空如何变红，一点点轰走暗影。他望着平坦的大海，尖刃的波涛在海面翻滚，好似一排排剃须刀片。海岸依然在左侧，细细的灰绿带子，上有茅屋和海滩。船头嘎吱嘎吱地，一个接一个捅断剃须刀片。发动机在船尾隆隆作响，烟囱冒出一股股黑烟。快到了，也许用不了三四个钟头，这可以从清新的空气、海岸清晰的绿树和其他两三个征兆看出来。海水的气味晨昏有别。这正是思考的时刻。年轻人奥冈想：

清晨六点十分

维沙卡帕特南[1]外海

---

① Vishakhapatnam，印度南部安得拉邦东北的一个海港城市。

在基斯特纳单帆划子上

年轻人奥冈的思考

“我也许该停下，是的，也许我停下来更好，我不知道，我。也许我这样做更好：船抵达时，我就停下来，背上包在滨海马路走，到市场的广场上喝杯茶。我将待在树荫下，住在一栋遮阳避雨的屋子里。我将穿一双卡车轮胎底的凉鞋，一条白长裤和一件无扣棉布衬衣。我将可以在村庄里生活，吃米饭和鱼干，喝冰茶。我将等待。一年年将过去，我呢，我最终将在其中的一年里，永不在外，永不远离。我将牢记人们的名字，小街的位置。我将认识所有的狗。我也许会有一个妻子，几个孩子，一些朋友。这些人全都会告诉我一些抹不掉的事情。或者我将写一首非常长的诗，每天写几个字，诗会非常优美，它终于要说些什么。有一天，我将写道：今天，意识更清楚，更敏感。另一天，太阳是天空中的一个红轮子。次日，太阳是红色天空中的一道黑色螺线。下一日，太阳是一枚钱币。随后，太阳是一只眼睛。也许有些日子我终于可以写些无趣的东西，比方三个月后：天空是种迅跑的颜色，因为人们看不见颜色。或写些深刻的东西，如：贪和嗔始终与痴相伴相随，因为痴是万恶之源。如果我决定停下来，就可以写以上的东西。每晚我还可以来海滨看漂浮的船只。我将一大早去到海滨，看我离开的那艘船抵达。这将是一种奇异的生活，一种确实难以置信的生活。船快到了。船驶过冥河。我没想到斯提克斯[①]那样浑浊，那样宽阔，没想到阿谢隆[②]是这个样子。我到达后，将在海滩上走，游泳，然后停下来。也许。如果我有足够的钱，如果有个我可待的地方。我一定停下来。我一定停下来。”

年轻人奥冈在船头这样想着。此时一只海鸥贴近水面飞过，于是他补了几句话：

又及。“我原先不知道海鸥的翅膀是透明的。如果仔细看，在海上飞翔的海鸥有蓝色的翅膀。”

入夜，船只秘密前进。到了白昼，一切暴露无遗。下面讲讲年轻人奥冈是如何被一座城市拒之门外的。经过多少天、多少月的旅行后，他来到了这儿。这座二百万人口的大城市在荒凉的大路、铁路、沙土小道的尽头，船只航迹的尽头。它的房屋低矮，宽阔对称

① Styx，希腊神话中的一条冥河。

② Achéron，希腊神话中摆渡亡灵通往冥府的河流。

的林荫道上，车子成千上万，一辆贴着一辆。宏伟的广场上铺着人造草坪，纯白色的大厦高达十八层，人们以车代步。

这是一座年轻人奥冈早已跑遍的超大城市，现在却拒绝他。

他到了，像乘飞机一样眺望城市，或乘一辆过热的公共汽车驶来。

渐渐地，乡野被一座座水泥房、一片片空地和一个个棚户区所取代。白色的立方体更加密集，一层摞着一层，每次他脑子里的重量都增加一分。草里长出了大厦，亮闪闪的车子出现了，散热器护栅全部外露。人们的脸不知从哪儿突然冒出来，褐色的脸上双目炯炯。妇女和儿童越来越多；年轻人奥冈很快便数不清他们的手和脚了，只好冒着出错的危险以十为单位迅速估算。

天气闷得让人透不过气来。焦虑的立方体在阳光下不断增多，铁皮顶的白匣子，墙上打了没有玻璃的窗洞。噪声越来越响，叫喊声、轰隆声、嘶哑的杂音撒下令人惊惧的网。这一切没有停顿，络绎不绝，互相添加，直至不再有草，不再有丘陵，不再有河流。除城市外，别无他物。

年轻人奥冈被扔进了大火炉。他周围的一切都在燃烧，热得发抖，烫出水泡。这好比在沙漠里行走，但这一次口渴的感觉不一样。他要的不再是水，也不再是柠檬肉。挎包里不再有解渴的水壶。他需要的是遗忘，安宁，闭上双眼。

午后将近两点钟，年轻人奥冈在一条名叫帕伊塔伊的街上走。它绝对笔直，从地球的一头通到另一头，碎石沥青和水泥的河，房舍沿河而建。这条街看不到头，也看不见尾。线条在天际交会，窗户的线条，车辆和人行道的线条，天空的线条。一切在这个无限的点混杂，寂静和死亡的点。年轻人奥冈朝它走去。

天很热。天上的云很低，小小的废麻团似的缓缓滑动。街道的水泥河上，车辆川流不息，车里人在滚烫的金属车身里火气大得很。噪声也持续不停，来势凶猛。全部发动机，全部喇叭，所有的嘴和所有的脚，都在轰响。人群在年轻人奥冈面前晃来晃去，跺着脚，在原地踏步。探询的眼睛眨个不停。嘴里抽着烟，嚼着口香糖，吐着唾沫。孩子们像脆蛇蜴似的奔跑着钻来钻去。但尤其是墙：白墙，它们使劲拱你，压扁你。年轻人奥冈浑身是汗，避开人群沿着墙根往前走。每次经过一扇门前，轰轰响的机器都冲他脸上吹带味儿的热气。商店的钢橱窗上写满红色数字，布满惊叹号。霓虹灯管在阳光下吱吱作响，电声音乐大声吼叫。

年轻人奥冈在街上走了很久，看不到街的尽头。在地球另一端，街道隐没在这煤气和光线形成的大片雾霭中，毫无疑问需要多日才能抵达。车辆的甲壳顺马路消失，奔向死点，说不定再也不回来……

年轻人奥冈换了条街。他换了一条又一条。这些街承载着车辆和昆虫，全都笔直地通向永恒。时而有座桥横跨水渠或阴沟。时而可以见到一座白色塔楼，一座高耸于其他楼房之上的大厦，正无动于衷地浮动着。或见到一个水泥喷泉，喷出羽毛状的水花。但街道绕过障碍物，继续前行。这是一片石头的草坪，巨型卵石的海滩，每粒石子都被啃咬，挖空，供幼虫群居。出租车按着喇叭驶过，司机俯下身冲你叫嚷。没有窗玻璃的灰色公共汽车，离人行道几毫米飞驶而过，突突地排出废气。三轮摩托车一路颠簸，螃蟹似的东倒西歪。不时有架飞机沉重地飞过天空，用其阴影和雷鸣罩住城市。

年轻人奥冈在这座城市住了多年，也许就生在这儿。他曾在一家地产公司、一家报社工作，闷在四堵墙里，呼吸汽油的蒸气，听空调机嗡嗡地响。他乘过引擎雷鸣般响的船，在那些被黄色和粉红色霓虹灯照亮的餐馆里吃过饭，自动电唱机里放着音乐，吼叫着《常青树》、《不知道》或《拉锯舞》。他和华莱士、查亚特、金贾依、F·W·霍德等男人谈过话。他也和苏丽、詹潘、道格托尔、萝拉·D等女人交谈过。他在各式各样的房间里睡过觉：没有光线、空气腐败凝滞的混凝土小室，铺蓝地毯、窗户朝向游泳池的空调屋，空气缓缓渗入、红蟑螂四窜的木房。

这一切，他都做得很快，几乎没有觉察。

而城市，在渐渐地赶他走。

城市难以觉察地推他，把他挤到墙角，火山爆发的声音令他疲惫不堪，看不见尽头的笔直街道使他发疯。在市中心，宽阔的河流个不停，卷走树枝和死狗。这是要他离开，要把他抛入大海。

年轻人奥冈有一天来到邪恶大街。这是一条普普通通的街，既直又宽，车辆拥堵，白房子座座一模一样。但在这些立方体中间，靠下的地方有一连串如洞穴口的开口。关着的门外没有一个人。年轻人奥冈进门后，仿佛突然闭上了双眼。一股冰冷的气息拍打着他的脸，他被红黑色的微光包围。他摸索着往前走，觉得一些潮湿的身体紧挨着他的身体，抓住他不放。房间很大，天花板上吊着纸板做的钟乳石状装饰。中央有个宽大的红点，和一支正在演奏爵士乐的乐队。他什么也听不见，什么也看不见。他觉得冷。他在一张桌旁坐下，开始喝啤酒。黑暗的大厅里，没有任何事情发生：一些身着闪亮长袍的女子缓步走过。一名黑人士兵在跳舞。隐蔽的角落里，人们奇怪地凑在一起，一动不动。音乐从四面八方嚎叫着，却找不到出口。年轻人奥冈喝着啤酒，在那儿待了好几个小时。随后他走出去。外面，阳光更白，燥热难当。年轻人奥冈进入下一个洞穴，接着又一个，一连好多个。每次都一个样。一些身体紧挨着他，搜他的身，把他拖向一张桌子。一位年轻姑娘望着他，眼睛用木炭笔画过。她喝啤酒，讲起话来像唱歌。在洞穴里，十分低沉喑哑的鼓声震动着地面，其间迸出刺耳的音乐。一名美国兵隔着桌子朝他俯下身，开始讲一句话，但没能讲完。原来他讲话时打翻了一杯啤酒，液体飞快地流过桌子往地上淌，但人们看得清它一路上的每个细节。音乐让人抬头耸肩，不停地朝天花板甩头甩肩膀。年轻人奥冈用胳膊肘捅了一下士兵的心口。木炭眼姑娘咧嘴笑起来。她有两颗金牙。年轻人奥冈问她为什么。她说她挨了打。她说她开摩托车出了车祸。她说这是牙科大夫的主意。她什么也没说。年轻人奥冈没有钱了。他向美国兵要，美国兵给了他几张钞票。大家喝得酩酊大醉。音乐穿过一杯杯啤酒，和泡沫一起喷射，迸碎杯壁，淌进喉咙。洞穴深处，一名穿灰色西装的黑人在敲一面鼓，但人们听不见鼓声。电吉他嘎吱嘎吱地响，人们照样听不见。听到的是车声、光线的颤动声、脚踏水泥地的咚咚声。人们在地下，是的，人们顺着油井的长通道下来，如今在地球的腹部漫步。城市在人们头顶上沸腾，什么也不为，只为了弄出点动静。年轻人奥冈给了缺牙女一支香烟，又给了美国兵一支，后者头埋在桌上那摊啤酒里睡着了。随后他想说点什么，但他的话被喧闹声覆盖。于是他双手拢在嘴边，弯腰对着年轻姑娘的耳朵叫道：

“我不明白！”

姑娘吼道：

“什么？”

他喘了口气，嚷道：

“这个！我不明白！为什么？一切都如此！安静！”

姑娘嚷道：

“如此什么？”

“如此安静！”

姑娘以为他闹着玩，笑了起来。

“不！”年轻人奥冈叫道。过了一会儿：

“的确！声音倒是有的！但谁！也绝不说什么！”

他喝了点啤酒清嗓子。

“为什么大家！静默不语！在内心！我不明白！”

姑娘露出金牙笑了，她叫道：

“这！没什么意思！”

年轻人奥冈在她耳畔嚷道：

“还有城市！我不明白！为什么这些人！都在一起！那天！我登上了！一幢大厦的楼顶！为了看！而我不明白！为什么！这些人都在！我的意思是！什么在挽留他们！他们在干什么！为什么有！所有这些掩蔽所！这些车辆！这些酒吧！恰恰在这儿！在这儿！可没人！愿意告诉我！人们什么都不说！什么都不说！街道不说话！一切皆闭口！没有解！解释！永远！不会知道！”

姑娘用手在嘴边做成喇叭筒状：

“干嘛您想！知道呢？”

“因为！我感兴趣！”

年轻人奥冈又就着瓶口喝了些啤酒。

“我想知道！为什么人们！在这儿！我不明白！他们怎么做！才能永远什么也不说！仿佛！他们是木头造的！他们都！他们都只露外表！没办法！知道他们的！内心！”

年轻姑娘撅起嘴巴，两眼像两个煤球。

“他们一无所有！”

“不对！否则！他们不会待在一块儿！”

他接着说：

“是什么把他们维系在一起？”

透过音乐的喧嚣这样叫喊很不错，就像站在山顶呼唤对面山上的一个女人。

“我不明白！国家究竟是什么！”

“我不知道！”

“为什么人们永远不讲话？”

“无话可说！”

“他们藏起来！”

“他们害怕！”

“怕什么？”

“我不知道！”

“对这！您不感兴趣！”

“不！这样叫喊我很累！”

“您要啤酒吗？”

“要！”

“告诉我！人们干嘛不讲话！”

年轻人奥冈再次嚷道：

“我不明白！为什么！人们掠走了！全部声音！一切变得！那样安静！什么都没有！下面！人们就这样生活！在一块儿！他们不知道为什么！他们不想！知道！为什么！他们什么也不说！他们僵化！他们是！哑巴！车子也一样！什么也不说！这让我！难受！这份安静！没办法！听到一句话！没有！一个人！从来没有人！我不明白。”

他停止叫喊，晃晃悠悠地站起来，在噪音和人群中寻找出口。

木炭眼姑娘紧紧抓住他的胳膊，在被阳光压弯了腰的街上，两人一起走进另一个更大的洞穴。在街上，连提问题的时间都没有。必须快走，还得留神，因为街道用众多的墙从四面八方推搡你。

答案也许是这样的：天气溽热，河中央，浑浊的水面上有座浮岛。岛上草木丛生。宽大的叶子卷了边，花朵香气扑鼻。树根扎在红土里，有些树枝挺直，有些折断了。树洞里、砾石上积了薄薄一层灰，化石埋在一米五的深处。烈日当空，午后三点钟光景，蒸气缓缓上升。

岛上，几乎处处是微小动物的路径，昆虫和飘扬籽粒的道路，凉风、热风和冷风的通道。这是地球的一个细小的点，跟其他千百万个点几近相同，几近相异。褐色河流中央，岛徐缓地浮动，好像悬挂在数百个柔韧安静的弹簧上。也许是张床，一张大双人床，褥单雪白，一个男人和一个女人，一丝不挂，正躺在床上睡觉。俗称爱情之床，两个冒汗喘息的躯体疯狂搏斗的平台。或者死亡之床，又硬又冷，把一套套磨尖的针扎入一位老妪背部的肉里。

这，这正是应当决定下去待一天的点，如上帝前来看望他的子民。应该久久地注视这岛的绿点，细察在河中央封闭岛的每个图形，努力拥有此地的风景，买下它，受它掌控。这样，此后便无需犹豫了。河的流动宁静地把你载到河岸，看不见的绞车轻轻拉着你。

河继续往下游流，长时间无动于衷地滑行，在贫瘠的土中掘出一条路。河水来自北方某地的山上，流向南边的大海。河长而宁静。它没有智力，它的力量仅仅在于流动。

它在隆起、不透光的水里裹挟着土块、树干、尸体和气泡而下。它，心平气和，无欲无恨，把边缘流涎的凹槽挖得越来越深，越来越宽。

岛静止不动，顺河道而上，把艏柱插入水中央，轻而易举，同时又很痛苦，如一艘沉不下去的潜水艇。这正是孤独的分量，一整块土地执拗地孑然于世的分量。原先的山，被水削成这烂泥和树木的小土岗。它慢慢钻进这古老的身体，取其卵球的形状，躺在一大片液体上，徒然地、无动机地抗拒下行的运动。河水顺岛的两侧不停地分开，形成一连串漩涡。

这，这正是飓风眼，死火山口，或一头黑骨巨鲸搁浅的骨架。人们走近怪物，乘扁舟滑行，一个接一个拨开睡莲的叶片。人们沿弯曲的水路而行，静默地在大片折射天空的流动水银上滑行。人们顺流而下。热气在灯心草间抖动，鸟儿啁啾，风儿吹拂，清风、冷风和热风。在水的监狱中央，隆起的岛十分安静，全身不易觉察地战栗着，不断冒出和饮下的水滴留下道道皱纹。嚓嚓作响的荆棘针尖，小灌木和大树的条纹，所有这些格子、虚线、针孔、头发迅速地前行，在大地上无限分蘖，随后立即消失，被寂静和阴影覆盖。

这是生命，有着成千上万种味道和臭气的生命之岛；人们的确无话可说。必须全神贯注，一边抽烟，一边用圆珠笔在一张纸片上写几个字和几个数字：

本多岛

宾河

北纬 18°50

东经 99°02

还应在同一张纸片上写道：

美丽

炎热

流动的脏水

和

鸟的鸣叫

和

睡莲

和

太阳的反光

黑腹昆虫

蛇

寥廓的天空

牛蛙的叫声

美丽

美丽

一边想着每个字，死，死，死，死。岛上处处如此美丽，如此宁静，如此温馨。这是哪儿？为什么这些树全在这儿扎根，长大，衰老？

现在，人们乘船随波逐流。四面八方开出了沙路，通向秘密地点的脚印清晰可见。随意打上的记号是为了骗你，为了让你相信生命的存在，生命正在某处活动。人们一直向前，沿路而行，不停地穿越炎热的墙。左边，右边，树叶标签似的挂在细枝上。是的，类似标签的东西，除了注视你的眼睛，上面别无他物。人们什么也忘不了。危险近在咫尺，看不到，听不见。只有鸟儿怪叫，昆虫嗡嗡，蜥蜴挺直脖颈逃窜，以及包裹、束紧其铅灰色套子的水。太阳，谁也不抬头注视它。

阳光下，阴影斑驳，难以觉察地动着。灰暗的地面上，影子增大，铺展，摊开透明的薄膜。这有点像风不间断地朝同一个方向吹，吹倒一片又一片草。没有人留意。河那边，夜深了，但无人注意。月亮从荆棘丛里升起，像气泡一样扩大，这是从来无人想到的。一小时又一小时，一天又一天，这一切机械地发生。这完全可以发生在外星球上。

然而，岛上的某些东西变得更加清晰了。现在，有个村子，一个普普通通的村子，沿街有些一模一样的小房子，白的水泥立方体，上面开了两扇窗和一扇门。每个立方体前有座花叶繁盛的小花园，每扇门上方写着一个名字。名字一个接着一个，各个不同，但意思一样：瓦拉佛尔、T·E·西蒙、科拉克、布鲁科尔、尼尔斯、扬、霍科多。这是一个营地，一座有序和繁荣的迷宫。笔直的街道始于浮岛中心，这是些两侧有方正白房子的沙子通道。人无声地在街上走，好似海底气泡的俘虏，穿行于一座被遗忘城池的残垣断壁间，脚步不停。能在哪儿停下呢？总是同样的水泥块垒，同样的空窗棂，同样的门，同样的红色和金色的花束，写在木牌上的同样的名字：马修、阿宋、多利安。仿佛在美丽、静谧、行事谨慎的生命的场景中，一直有个用黑色字母写的同一个词儿：命运，命运，J·E·命运，命运公司，命运，乔治·F·命运。所以必须继续在小街上走，用目光探查空房子的深处，力求看到一个图像、一张面孔、一只手。

灰尘落在红花和金色花的花瓣上，点点阴影在地面游走，酷热难当。岛像大陆一样大，可以成年累月不停地被人参观。

脸无鼻，手无指，指无甲，眼无眼睑，耳被扯掉，嘴无唇无牙，脚被砍，腿被砍，臂被砍，肢体残缺，身体千疮百孔，受到损害，变得难以辨认，呈土色。点点影子固定在他们身上，继续极其缓慢地从左朝右移。

他们缄默无语，或伫立于阳光下，或蹲在沙子里，他们在等。他们面无惧色；青年和老人混合，穷困，不聪明，无能。居民们，岛上仅有的居民们，聚集在一个沙土广场的铁皮车库前。他们低声交谈，不注视对方。他们毫无必要地待在那儿，被河圈住，被风信子的香气、红花和金色花的香气俘获，幽闭在房子的水泥立方体内。他们也许不再有名字；他们属于买下木牌刻下自己名字的梅雷迪思、德拉德、科勒尔、德拉库尔。

他们聚在那儿是为了一件事，一件不可理喻的事，一种让人面色蜡黄、双手肿胀、指头无痛腐烂的病。这大概发生在很久以前，现在无人回想得起来。白立方的迷宫准备停当，每个昏暗的小屋在等它的身体，每个陶土碗在等它的嘴巴。这其实非常简单，只需跨过河。在岛上，繁茂的暗绿色叶丛、细枝和树叶的木疤、鲜花、鸟儿们嘶哑的鸣叫，它们也准备好了。它们布下了美丽温柔的陷阱，张开了散发出醉人香气的大口，献出了静谧与宁和；人们决定住在这儿。现在，他们为了永恒待在这儿。他们劳动。他们有激情，有爱，有孩子。他们讲话，他们吃饭，晚上喝点酒，然后睡觉。他们去河里打水，用柴生火做饭，抽人家给的美国烟。他们不时去那栋白色大房子，让人打针，做化验。这些做起来都很简单，并不可怕。他们也不时停下来，因为沙路上来了一名穿尼龙衣服的男子，和一位长发披肩、肤色黝黑的年轻女子。年轻女子穿高跟鞋走路崴了脚，年轻男子戴着墨镜。他搀着年轻女子的胳膊，在阳光下停下脚步，低声说：

“……那个人，你看见了吗?”

“恐怖，是的，真恐怖。”

“那边的那个老太婆，她鼻子没了，等一等，别马上回头。”

或者一群满脸淌汗的男人在寻找一个新的空眼眶水泥立方体的位置。他们互相握手，彼此祝贺，康贝尔，桑顿，请，是的，W・Z・齐格勒，的确很有趣，皮恩彭桑，出色的作品，利奥波德・加里，波特，乔治・F・德斯坦。偶尔甚至有个面容清癯、目光炯炯的男子一直跑到村里来，非要拥抱男女老少每个人不可。他把结满白痂的变形残肢久久握在手中，眼底闪着非常丑陋的光，一种猥亵的亢奋。

就这样。这当儿，阴影从左边又朝右滑了一点。它进入水泥小屋内，逐渐在空窗框里膨胀。炎热如灰烬般灰暗。在原地旅行的船上，睡意即将袭来，一个接一个爬上扁平的面孔，让疤痕累累的身体卧倒在地。这儿和别处一样，人们不等待。两个孩子赤脚在地上跑，留下缺两三个趾头的怪脚印。一名年轻女子抬起头，在她无鼻无嘴的扁脸上，一双眼睛十分安详，目光中除她所见外别无他物。灾难的秘密迷失在时光中，甚至不复存在。没有被遗忘，没有被打败，但秘密在闭合的肉体上变得难以辨认。伤口拉近了双唇，人们再也看不到倏忽间曾展露过什么。一副皮囊。这一身皮完全封闭，再也流不出血。

从前，别处曾有过罪行、战争、对人种施暴这种幻象。一只穿巨型拖鞋的巨脚踏在地上，把一切踩扁。随后昆虫们收拢它们的残囊剩饭，梳理翅膀和爪子，伸出触角。奇大的脚抬了起来，消失了。

岛上，美丽继续施威。用它的树叶，它的红花和金色花，它的炎热，它的鸟鸣。蜥蜴挺着僵直的脖颈在沙土空地上跑，胡蜂贴近地面疾飞。点点影子渐渐聚拢，夜色从左朝右转移。如此的美丽一无所用，如此的美丽、力量……

众多呛人的香气从地面升起，土地那样柔韧，到处有那样多的色彩、符号、名字。一切都来这儿报到。生命的大痉挛，欢乐，回忆。有一天，在世界这个地点的上方出现了一个漏斗，全部力量都注入其中。这怎么可能？此地的围墙如何依然屹立不倒？这也许是浮于水面的方舟鼓胀板壁内的最后装载物。船不驶向任何地方。它没有目的地，只跟它装载的树叶、泥土、昆虫和人一起浮在大片的遗忘上。腐败的美，但腐败的气味是另一种美。每根细枝里，每朵花里，处处是充盈，危险，死亡。你经过的时候，藏起的眼睛窥视着你。这不是意识的眼睛，而是千百万只生命的单眼，所有战栗的触角，所有朝东的小室；也许应该在这儿生活，带着脸上的烂鼻子，取代了手脚的残肢。住在一个水泥立方体内，门上方刻着名字：乔治·F·德斯坦。这是被世界的狂热所感染的一种方式，停止逃跑的一种方式。白天，用刀切削木头；夜晚来临时，看落在浑浊河流上的夕阳。

人们将一直漂流。或倾听树上鸟儿的疯叫，或注视步行虫的生活。人们将时刻受到出奇的美丽、宁静、寒战的束缚，处处感到悲剧的存在。这好比住在一座岛上的公墓里，在坟墓间走动，读名字，抽香烟，把汗水喂给苍蝇喝。将会有女人和孩子，孩子的孩子，绵延不绝。生活会过得很快，或者很慢，怎么说好呢？但它会过去，它将东游西逛。

快要结束了。必须离开岛或房间。此时阴影覆盖一切。在球形枝叶间，喊声响成一片，随后复归寂静。门上方的名字渐渐变得模糊不清，消失不见了。天空呈凹形，远在数千公里之外，完全封闭，十分宁静。孤单。这是一只浮在记忆之上、四周有溽热围墙的木筏，或一座在平原中央冒烟的火山。人们不出发。人们往回走，迷失在时光走廊里。在尽里边，白色的门变得越来越小。

现在你看见了吗？一个女人头，面无特征，一双黑眼睛直勾勾地闪着光，这个头独自漂浮在一条灰色河流的中央，张开的嘴正在呼吸，嘴里绝不吐出任何一句话，任何一个词儿，任何一声叫喊、祈祷、咒骂，只有静默，静默，静默。

旅行，因恨而旅行。今天，我沿河而行。在滑行的小船上，我沿河而行。水面极平，呈金属色，折射出大片的白光。我听见身后远远的引擎声。水顺艏柱而流，分成两股，泛起层层涟漪，打着寒战。小船在纷纷让路的芦苇间穿行。天上的热反射到水面，电光闪闪。世界只剩下水，光照下的魔水。我沿着没有尽头的镜子行走，注视跳跃的双重图像。我惊得发呆。河水拍岸，水牛饮水，女人们在河里洗澡。水在白色天空下铺展，细如蛛网，厚似大理石。天热得那样厉害，仿佛一切都是凉的。空气不动。一些腐烂的东西在河上漂，跟小船同时偏航。水，有水蛇的水。湖是长形的，浇注了橡胶，滔滔如口水。一切匍匐而行。噪声很远，蜷曲着鳞片闪闪的身子睡觉。水中有数百万个溺水者，希望有人与他们相聚。河朝大海流，缓缓地在绿色大地上蜿蜒而行。有时弯道被切断，形成一些古怪的半月形水洼，在阳光下蒸发了。蚊子、蜻蜓、温柔的蜘蛛，昆虫们紧贴水面低飞。小船前进，掠过水面前进，在看不见的锅炉里滑行，迷了路。有一些岛，有一些海角。水是墨镜的镜片，彼岸什么也看不见。在银色的河上，在这片铁的细屑上，这一滴滴水银上，黑色木筏偏航离开，连同白色的天空、反光和白垩的粉尘。炫目的照片上留下我的身影，几道不久将消失的黑灰色线条。

我多么希望再也没有什么与我不同，永远再无疏离。

异国情调是个毛病，因为它是忘记一切寻觅的真正目的、忘记良知的一种方式。它是白人的发明，与其唯利是图的文化观相关联。这占有的欲望徒劳无果。折中是不存在的：力图抓住一些片言只语，搜集一些感受和想法，从而把一个民族的灵魂占为己有的人，是无法了解世界、也无法了解自我的。现实需要另一个代价。它要求谦恭。

应该用另一种方式爱这个国家。爱它并非因为它的不同或遥远（离什么远?），而是因为这是个不让人轻易得手的国家，防人擅自闯入的国家。因为它有我大概永远认识不到的内部真理。因为它和我的国家一样，是这世界的一个地点，是这无法缩减为理论和图解的时间的一瞬。它绝非人工打造，里面的一切皆属于它。怎能不自由自在地谈论一个自由的国家呢？怎能不被这样多的天然矛盾、恬静和暴力、肮脏和美丽所打动呢？这些矛盾是实实在在的。地球既非仙境，又非天堂。因而它也不是地狱。

不，令人感兴趣，产生亲和力，并最终撤去每个人和世界之间纱幕的，是这样的一片土地，一片古老的土地，上面住着讲同一种语言、干同一些事的人。它不是传说中的而是实实在在的土地，上面生存着有真实面孔的人，年轻的古老民众慢慢在这儿扎根，选了此地作为他们安身立命之所。

哪一道看不见的墙拦住这些民众，哪一种隐秘的爱凝聚着这些人，哪一个名字捍卫和保护着他们？请告诉我这个名字，哪怕仅仅一次，让我这个在逃的人不会忘记……面对这片掺和着水的平地，在云层很低的天空下，在太阳降下的闷热里，或在这座巨型城市可怕的蚁巢中间，一再涌现的总是同样的疑问。这疑问原先被咄咄逼人的生活所掩饰，在此变得清晰了。如同在灯塔高处，人们看见镌刻了意图的场景，把人们汇聚维系在一起的惊人命运。一个人是其他点中间的一点，无用且无助，受其语言和种族的制约，受其时间的制约，同时又在一切表述之外，无限自由！

我特别想谈谈沉默。沉默不是不讲话，也不是停止思索。沉默是抵达语言之外的一个领域，可以说这是活跃的沉默，人与世界间一种积极的平等关系。用即时的含义、有用的言行仓促打造的天地万物不再如此重要。重要的是这节奏的和谐。人们忘不了这趟旅行，这从思想到物质生活的过渡。

在平坦的田野中央，比方正午酷热难当之时去阿瑜陀耶[①]的路上。蒸气从过热的土地上升腾。我环顾四周，只见被汗水润湿的土地辽阔无涯，径直通天，没有边际。没有声音，光线在大水洼上弹跳。没有运动。这是无法言说的。那么词语当然停止存在，没有撕

① Ayutthaya，又译大城，泰国古都，位于泰国中部。

心裂肺的痛苦。思想和行为也不再存在，仅剩下时间在空间延展。人们在这充满知识的土地上的某处生活，在稻田劳动。他们的思想，他们的词语与这土这水掺和在一起。就好像把我与现实隔开的那层幕布徐缓地渐渐变薄，经纬毕露，现在准备撕开让巨大的力量通过。它变得透明，几近透明。它纹丝不动，从中我揣测出即将到来的答复模糊不清的征兆。这就是沉默。

抑或坐在河上小船的船头。酷热中，有着金属角的浪花反射出火焰般的光。在一排排木屋间流动的凸起的水面上，方形艏柱的独木舟逆流而上，引擎发出撕裂布帛的响声。而这，这也是沉默。因为这沉重的河是条嗓子；这嗓子说出的话比诗更美，更重要。

在蟑螂四窜的闷热的夜里，寺庙墙内搭起了集市的木棚。在一个木棚前，男女老幼席地而坐，观看微微抖动着摆出固定姿势的戴面具演员的表演，扬声器里播放着音乐。帕萨①的快节奏，道瓦登舞②鼻音浓重的歌，《罗摩衍那》单调的吟诵。霓虹灯下狂热的古老画面，未停止的生活的情景，从世界之声中诞生的音乐，再也听不到的富于魔力的节奏，要求我倾听并最终不再打断不停告知我之事的沉默。

昼与夜的节奏，沐浴的节奏，筝③的节奏，有声调语言的节奏，克龙诗、伽普诗、格伦诗的节奏。光、雨、屋顶有爪形饰的建筑物

① Auk Phassa，一种语言类节目表演，用不同语言唱歌。
② Dawadeung，泰国舞蹈。
③ Ja-ké，泰国弦乐器，类似我国的古筝，形似鳄鱼，三弦十一柱。

的节奏。平台略微下倾以便让晚风轻拂睡眠者身体的木屋的节奏。这些节奏都是沉默，因为它们在我内心打消别的节奏，因为它们迫使我缄默不语。

这言辞之外的沉默并非冷漠。这宁和并非睡眠。它们是为防阳光、噪音和战争的侵犯而筑的围墙。没戴帽子立于独木舟中央的这位妇人的脸上，有骄傲，有意志。按她种族的古模子铸出的原样面具上，写着老宪章的文字：当这些民众用自己的灵魂换取了这片土地的灵魂之时。在河中央，这张脸每天面对无形的敌人。她不知道，没有人真正觉察到，但这战斗每天、每分钟都在进行，这是一场你死我活的战斗。她知道她是胜利者吗？她知道在力量和暴力的激励下，她慢慢摇晃着身子，用力划桨，把脚下脆弱的小船推向河中央吗？她既不知道又知道。因为她是她，这河是她，她的每个动作因为有动机而郑重其事。她在描绘她的命运、她的文明。

她用和谐与宁静的沉默对抗威胁每个人的可怕声音，对抗仇恨和焦虑。在炎热难耐的阳光下，面对这片混合着水的无边无涯的平地，面对有着同样面孔、同样思想、被移民的神秘冲动所驱使的人群的旋风，沉默不时让这难得的奇迹，良知之地的特权得以实现，透过把现实隔开的薄纱幕瞥见奇遇的精确图画。

这些事不久前发生在曼谷、邦芭茵①或雅加达。

---

① Bang Pa-In，泰国国王行宫，位于泰国大城府。

## 吴哥吹笛人

奥冈看见吹笛子的小男孩坐在废墟中间的地上。这座野草和尘土的大竞技场围着几堵烂墙，几株枯树。很长时间没有下过雨，一切都干干的，落满灰尘。午后四时左右的太阳高挂空中，经常消失在球状的卷积云后面。斑斑点点的灰影子好似大片的灰烬在大地延伸，无声地滑过野草的竞技场。围墙变换着颜色，先黑，后红，再变黑。在石子堆旁的坑洞里，一定有许多也在变色的蜥蜴。

小男孩坐在野草丛生、布满灰尘的竞技场中央的地上，对废墟不管不顾。准确地说他没有坐着，而是屈着两条光腿蹲着，上身略微前倾。他吹着一支长竹笛，上面烙着一条盘绕在管子周围的蛇。他吹着笛子，并不左顾右盼，一脸冷漠，两眼直直盯着前方。他的两条前臂搁在膝上，只有手在动。指甲肮脏的褐色手指不改位置，迅速提起落下。笛子倾向地面，孩子的嘴轻触上端。小男孩不时停下来喘口气，然后把嘴唇贴在笛子的孔上，两颊鼓起，难以觉察地抽动着。空气沿竹管而下，打出看不见的怪结，扎成捆，互相干扰。笛管上有一组孔，七个在上，一个在右，另一个在下。这是些在竹子里挖出的依次排列的浑圆小孔，看不见底的微小的井。笛子下端垂着一条红绸带。

小男孩平静地吹着。有太阳时，他在太阳底下吹，影子蹲在他身后的草里。

奥冈走近他的时候，他停止吹奏，注视着奥冈，两手堵住所有的孔，把笛子歪向地面。孩子迟疑片刻，用不信任的目光望着奥冈。奥冈也在草丛里蹲下，点燃一支烟。蔚蓝的天上，卷积云很高，好似随便撒出的盐粒。这使太阳持续地时明时暗。孩子望望天上有什么，然后不再注意奥冈，好像他是来到自己身边坐下的一条狗。孩子又拿起笛子吹起来。

音乐在一圈废墟中央，在蒙尘的草上独自言说。笛子吹出的总是同一首曲子，一连串上行音，休止，又一连串上行音，休止，接着四五个低音，休止，一连串下行音。人们立即明白这是一首无穷动的曲子。没有头，也不可能有尾。或毋宁说可以在任何时候叫它停止，比方在休止中间，或者在这个低颤音上，又或者在这三个半音后。笛声刺耳、清晰，如疾飞的鸟儿径直冲向紧密的空气，永不偏离自己的路。这也是困难和难以企及的，是头脑无法掌控的。

奥冈蹲在草丛里，望着小男孩目视前方吹笛子。有一刻，他想站起来问孩子他是怎样吹笛子的。他也想试试，用指头按住竹管上的九个孔，把大拇指放在下面的孔上，屈起的食指放在侧孔上，中指和右手的其他指头放在上面的七个孔上。用烙铁绘出的蛇会一直盘到他嘴边，红绸带会悬在他的两膝间晃动。但他立刻不再去想它，继续听和看。

杂草丛生的竞技场里没有一个人。游客们在坍塌的墙外漫步，照相，阅读有关浅浮雕、天女、电影发明的书籍。裹在长袍里的妇女出售瓶装苏打水。五短身材的男人边跑边摇着图画，售卖陶土片、青铜头像、钥匙串。

笛声刺破了寂静。它升得很高，小而尖厉的叫声颤得厉害。它快速下降，从一个音符滑向另一个音符，十个手指在笛管上合拢。小男孩不时让大拇指朝下滑动，并抬起食指；这时声音骤然变弱，远远从空间传来一阵呻吟，树叶轻柔的窸窣声，微细难辨的嘎吱嘎吱声。他又按住侧孔，嘎吱声更加尖厉，灵巧的手指听凭数十个、数百个四分之一全音溜走，好似蝙蝠的呼叫，它们飞上飞下，笨头笨脑，呼啦啦地飞遍平原。笛子有不止一个声音，它有好多个，也许好几打：雄浑的嗓音、机车的汽笛声、轮船的汽笛声、子弹猫叫似的尖声、低语声、疼痛的揉搓声、走调声、打嗝声、笑声、快速升高的声音、滑翔的声音、模仿女声的声音、模仿风的声音。这一切都做得很简单，毫不做作，没有卖弄技巧的欲望，没有情绪的波动。笛子不愿意人们有感觉，不愿意人们忧伤。它不在灵魂里搜寻，不求说服人。它在这儿，仅仅需要时才在这儿，被风和声音推到墙壁的寂静中间，不做任何预示，也没有任何期待。音符来来去去，总是同样的音符，变弱，分化，填满即刻被排空的空间。它在这儿就像一根草或一只蜥蜴，它没有意志。

奥冈不敢动，聆听着笛子的乐曲。抽完那支烟后，他在草丛间的一块干土下把它踩灭。他见空中的太阳往下降了些，降了十毫米左右。他见云彩朝右移去，古怪的卷积云在六千多米的高空浮动。地面上，枯树需要水。野草丛生的原野四周几乎处处有颓垣断壁，但人们不再注意。排空一切的是尖锐的笛声，它抢夺世上的东西，徐徐令其解体，消失。独一无二的声音从小男孩手中的竹管流出，在空间漫步。声音是看不见的，但它去得快，如一道裂纹，如正在流动的一股细流。

这也许是个女人的嗓音，柔软而坚实，带着鼻音，清亮的长音节在寂静中回荡。一个可以说永恒的女人的嗓音，连同其表情多变的脸和张开的眼，连同其嘴巴和牙齿、黑发和丰胸肥臀。它漫及空间，覆盖大地，凡有人注视的地方都有它……它赤足跳舞，伸出臂膀，张开手指。

音乐不再陌生。它与某样东西结为一体，明明白白地来自大地、枯树、坍塌的老墙。它时时从空中迸发出来，与成团的云彩一起移动，跟光一起飞速到来。不再有理由聆听，不再有理由身在远方。人们不再有耳朵。人在近处，紧挨着它，跟它在一起。音乐悠长，再也没有结尾。它从未开始过。它在这儿，无限期地纹丝不动，酷似空中的一支箭，一支永不飞的箭。

当蹲着的小男孩吹气动指头的时候，这正是笛子的所说所见。可延展的音符变成了真正的目光，意识凝视风景的绵长目光。它来来去去，在草上移动，穿过小灌木的枝干、围墙、人的躯体。镇静的目光远至天边，比天边还远，隐没在透明的空中，与高出地面六千米的卷积云会合，甚至抵达太阳和不可见的星辰，参观在虚空中逃逸的宇宙——岛。目光一跃便到达了真实世界的边界，如一阵寒战穿越存在。笛子锐利的目光看到了一切。它不费力地在智力中游走，比千百万个词语更快。它还要继续下去，走得比时间更远，比认知更远，比正在一个疯子的脑袋里拧紧的令人目眩的螺旋形上升得更远。

奥冈此时心不在焉；他蹲在废墟中间野草丛生的原野上，如同一条狗待在女主人脚边；天热，光强，无风。这发生在哪儿？他将要做什么？云彩缓缓在空中移动，枯树需要水。我们每个人是否有足够的词汇？有大快乐，音符升降、嘘声柔和、颤音刺耳的快乐。也有大恐惧，滔滔不绝填充寂静的恐惧。地球遥远，人们从望远镜不正确的那端看到它。人们在镜子的这一侧还是那一侧？鸟鸣，马嘶，鱼叫，连臭虫吸血时也叫，没有嘴的草也叫。一切都是冷的，处处渺无人烟。

午后四点一刻左右，小男孩不再吹笛。他站起身，没看奥冈一眼，光脚踩着草走了。于是奥冈也走了。他沿着用磨旧的石板铺就的跨越一条河渠的马路朝前走，看见许多拿着照相机和笔记本、戴着墨镜的人来来往往。他好不容易才回想起一部分他所明白的事。

下蹲姿势：

面对火，面对水

为排尿、排便、分娩

困难的

平衡的休憩

有益于全神贯注的姿势

唯独两脚触地

（站立，注意力分散）

飞升姿势

警觉姿势

（坐下，精神放松）

专注的人民蹲着生活

文明人厌恶

蹲在尘土中的人绷紧的面孔

蹲在土地前的孩童
蹲着吃东西的男人
蹲着在河里洗衣的妇人

“追随无知的人走进盲目的黑暗，仅寻求知识的人走进更大的黑暗。”

（《伊萨奥义书》）

现在的问题是：一还是多？

这是大问题，是人穷其一生，穷其充斥话语的一生可能希望有一天回答的唯一问题。这被逃跑所掩盖，我没有看出来，没有意识到可能有这样一个问题。我只向自己提一些无关宏旨的次要问题，诸如：是否有上帝？死后有什么？世界有无终结？人无道德能活着吗？

这是些坏问题，因为我显然回答不了。

这是一些问题，是言语的震动，不完善，用令人向往的东西对未满足欲望的陈述。我回答不了，因为我和其他人一样没有实际的手段。言语以其日常的谎言蒙住了我的眼睛，让我习惯于根据语言学的道理用明确的语言思索。这无话可说。和通常一样，我们必须看到思想无法真正服人，无法把自己的法则强加给宇宙。但这没关系，我还是想知道。我想象不出人能够走出狭窄的竞技场，到别处看看，到别处呼吸。现在我知道了，真正的问题是：一还是多？

但问题摆到我面前，令我沮丧之际，我知道我不会回答。我没有足够的语汇来回答，因为言语是一，需要构思的却是多。我将无话来表述，必要时只能做些动作，用右手再点一支烟，按下杀人的照相机的快门，或者在一张白纸上画数千个黑点：

从生命开始到结束，也许甚至在死后，我将做几百万个动作，这几百万个动作将是我的回答。

我将写几千种字体，圆体字、断体字、斜体字、倒体字、泰米尔文字、阿拉伯文字、楔形文字。我将有玛雅象形文字、第一个千年的中文符号、腓尼基文字、伊特鲁里亚文字、希伯来文字。我将有库纳族的图画文字、毛利人的文身、马格德林时期[①]卵石上的沟槽。伦敦公共小便池墙上的涂鸦、西藏的图形诗、佩奥特人脸上的黄色油彩、香港的海报和灯光招牌、卡拉加印第安人玩偶的长形切口、瓜拉尤[②]的迷宫画。

---

① 指欧洲西南部旧石器时代晚期。

② Guarayos，玻利维亚城镇。

我将有法规、高速公路边叫人“行驶！行驶！”的交通信号牌。黄道十二宫的符号、古代北欧字母、古代秘鲁人和墨西哥人打结的羊毛绳、镶嵌画、壁毯、风筝、羊后腿脚骨、所有四端呈T形的十字架、所有的轮状物、托托的所有的花、所有的彩虹和为外流民众指路的太阳历。那么多的人走了路，那么多双脚踏土而行，那么多具尸体入了土或被火葬。这儿那儿曾有过那么多的痛苦、罪行、暴力！田野遭到蹂躏，它辽阔宽广，无人看到尽头。船舶曾在海上游历，海洋何其多！

为了试着回答，我也将有这数百万个躯体。这数百万种存在方式，这数百万张黑人、卡比尔人①、吉尔吉斯人、苏丹人、印度人、印第安人、混血儿、白人、白化病患者的皮！这数百万个仅有几秒钟出入的年龄，这数百万个种族、文明和部落。为了回答，我将有故事，不是历史，而是故事、奇遇，它们穿越了时光隧道，写在了树干和洞穴壁上。

我将有克勒狄乌斯·尼格尔时代在拉丁姆②耕田的农民奥雷利乌斯的生活。一六〇四年在坎特伯雷钉马掌的詹姆斯·雷特尔福德的生活。一八六一年驾四轮车穿越怀俄明草原的移民利普齐克的生活。我将有终于来到额木尔河③边的哈巴罗夫的生活。阿兹特克历元年考特津在他那群扛着可可豆的奴隶们中间顶着烈日在尘土中行

---

① Kabyle，居住在阿尔及利亚的柏柏尔人。

② Latium，位于意大利中西部地区。

③ Amur River，亚洲东北部河流，流经中俄边界，在中国称黑龙江。

走的生活。

我也将有一个携妻女去法兰西岛[①]、名叫弗朗索瓦·勒克莱齐奥的人的生活，我将在绿色信笺上写道：

乘双桅横帆船“印度信使号”

自波尔多至法兰西岛旅行日记

共和历[②]七年花月二十七号出发

共和历七年果月十七号抵达

花月二十九号

有雾，我们丧失了信心，方位：北纬 44°26，东经 8°12。

三十号

晨七时我们看见两艘船，立即掉头。方位：北纬 44°33，东经 8°27。

牧月一号

午后三时我们瞥见两艘近舷对驶的船，立即掉头。方位：北纬44°53，东经 9°18。

---

① 法国行政大区，下辖八个省，首府巴黎。

② 共和历是法国一七九三年至一八〇六年间官方使用的历法，文中的花月相当于四月二十、二十一日至五月二十、二十一日，果月相当于八月十八、十九日至九月十六、十七日，牧月相当于五月二十日至六月十八日，穑月相当于六月十九、二十日至七月十九、二十日，热月相当于七月十九、二十日至八月十七、十八日。

三号

晨八时见一艘双桅横帆船，我们立即准备战斗，但它很快溜走。方位：北纬44°10，东经11°17。

六号

凌晨二时得知有艘船正在航线行驶。

四时三十分我们被三艘三桅战舰追踪，尽管我们全力以赴，晨五时离我们仅半里；我们被迫毁坏甲板上的机件。七时，见三艘船赶上来，我们把四座铁炮、六座木炮连同炮架和其他物品扔进海里。尽管采取了这些预防措施，航速并未加大多少。

八时十五分，其中一艘三桅战舰朝我们开炮。我们采取了新的行动，收效仍不大。最靠近我们的战舰进入射程，朝我们开炮，几发圆炮弹径直落在我们身后，终于我们弹尽粮绝，下了帆。令我们大为高兴的是，这些是法国战舰。花月二十七号，“自由号”、“协和号”和“梅黛号”在朗道夫舰长的率领下离开罗什福尔①。我们随舰航行。方位：北纬41°39，东经19°42。

十五号

晚七时，三条飞鱼跳上了船，其中一条狠狠地扑打了

① Rochefort，法国滨海城镇。

我的脸。方位：北纬27°11，东经30°9。

十七号

晨六时，我们瞥见一艘以右舷风行驶的双桅纵帆小舟，立即跟踪。

晨十一时赶上小舟，朝它发了一炮，它立即下帆，把炮扔进大海。舰长上了我们的船。他是美国人，离开加的斯①运送三十五名乘客到查尔斯顿②，其中有六名嘉布遣会修士。舰长好意让给我们一些水，然后我们在北纬21°48，东经30°23处分手。

二十六号

晨十时，大海几近平静，起了雾。我们得知有个船队在东北方离我们二海里之处；我们立即掉头，划六桨船逃离一艘三桅战舰和一艘双桅横帆船的追击。正午，狂飙出现，它们隐而不见，但很快风平浪静，尽管伴以暴雨，我们又看到两艘船舰仍在跟踪我们。正午，我们得知它们风力不够，而我们将有来自西北的狂飙。我们立即处置好帆，准备迎接风暴，始终坚定果断地划桨。

三时三十分，天放晴。经过五个小时在酷热和瓢泼大

① Cadiz，西班牙南部港口。

② Charlestown，美国大西洋沿岸城市。

雨下的艰辛劳作，我们终于收回了桨，见那艘战舰抛开我们去赶船队。我们数数有二十三张帆：这是一支离印度赴朴次茅斯[①]的英国船队。

方位：北纬25°48，东经24°21。

### 穑月二十六号

见一只开普敦羊，比火鸡大四倍的鸟，翼展为八到十五英尺：我们用钓鱼钩钓到一些十英尺的：其羽毛酷似天鹅羽毛。方位：北纬29°42，东经19°52。

### 热月二十二至二十三号

午后，从西北吹来清凉的风。海上波涛汹涌。

晚十时收了第二层帆；海浪汹涌之极，船扯着前桅帆和小桅飞驶，在风和水流的推动下航速高达十、十一，直至十二节。雷声大作，我们多次遇到巨浪。

午夜后一时，我们遇到了最大的海浪，从头到脚被水淋透；大约有一分钟无法掌舵；这时我们以为无计可施，陷入了绝境。船头渐渐下沉；幸而船很轻，我们又鼓起了勇气；那时，海水淹没了我们的小屋，卷走了甲板上的多件物品，还有我们的最后一头猪，我们为此懊恼了好几天。剩下的母鸡被淹死了，但第三天我们做了烩鸡块。这阵可怕的巨浪发生在北纬36°3，

① Portsmouth，英国海军基地、港口城市。

东经 24°14 埃居依滩前方。

二十八号

风几乎平息，多雾，海浪翻腾，有风暴，方位：北纬 34°14，东经 30°35。

果月十至十五号

天气晴朗，海上风平浪静，凉风习习。方位：北纬 21°55，东经 58°14。

十六号

我们得知法兰西岛到了，但由于在夜间，我们没有靠近。

我将有吕迪·桑切斯的生活，他坐在塑料酒吧里边喝啤酒边听刺耳的音乐。我将有勒纳·博格、洛朗·杜福尔、J·L·奎里希尼、西蒙娜·谢努、特努贝茨考依、本吉奥瓦尼夫妇、萨那·戈雅瑟维的生活。或者我将有为打赢战争写诗的黄中通和元玉①的生活。有时，我将有一个名叫亚玛彦的人的生活，公元一万零二百二十三又二分之一年的一天，我将在亮得耀眼的怪异世界里，在处处是铁和水晶的城市里生活。

这一切将是我的回答，尽管我永远无法知道它的内容。这个回答并不重要，因为它将写在一封仅仅投寄给我的密信中。

① 黄中通和元玉均为越南诗人。

这没有必要知道。其他的问题也希望立即给予回答。随便回答什么，只需用了词语，用了拥有词语的语言。问题一串串的，贪婪，冒失，没有耐性。

我的问题是温和的；它什么也不要，几乎什么也不要。它没有要求。它在这儿，平心静气地弄疼我，在我身体里挖它的隧道。我用动作和时间，用大的或小小不言的东西满足它，用现实装满它。这是我的虫，我吃它的时候，它吞食我的食物。

我的问题希望我逃跑。它要更多的运动，更多的不安全。我越走，它越强大。每逢我挨了一下打，都感到它在我体内动来动去，快活得发抖。痛苦、享乐、欲望、仇恨，对它都是必要的。为的是把我推得更远，为的是让我更多地失去学到的东西。我一直因为它而后退。

始终把宇宙分成小块，直到仅剩下一堆难以辨认的稀糊糊。

有没有思想？

有没有从世界这头到那头都是真实的念头，超过一秒钟仍然真实的念头？

有没有不像岩石上的脏海带那样不依附于物件的思想，不立即坠落到咕咕吸水的阴沟里的思想？

或者更糟的是，是否一切皆谎言，最可笑、最荒唐的谎言，因为其意图并非掩饰真实，而是与真实融为一体，展示它，发明它？

有没有一种思想不轻如鸿毛？有没有一种思想伟大美好得十万年后返回地球时仍会立即被人认出来？有没有我女儿将理解的思

想？甚至有没有被我抛弃后有一天能被我一下子抓住的思想？

我为此而离开。为此，我一天在这儿，另一天在那儿。我走向四面八方，以便逃脱想使我呆若木鸡的魔咒。词语严阵以待。在书皮后面，在房屋的外立面上，在妇孺的嘴巴里，它们想要弄我，等着我不再正面注视它们时那不专心的一刻，那无精打采的瞬间：它们将一跃而起。它们准备好了细小的鱼叉。对它们而言，我是一肚子肥油的鲸鱼。它们结实的细绳想绑住我的胳膊腿，它们的蛛网想蒙住我的头，用灰尘的面罩憋死我。人们想给我穿衣裳，套上鼻、眼、嘴皆为虚构的带风帽的毛料无袖大衣。人们想给我起名字，给我将把我整个罩住的音节铿锵的悦耳字眼。人们想这样称呼我：人，年轻人，年轻人奥冈。所有人都想这样叫我。而在我心底，的确已有了这些音节的位置，已有了刺身的疼痛。

人们想怎样称呼我？人们想称呼我一。

人们一下子让我进入坚实的宇宙，它有规整的墙、上挂电灯泡的白色天花板、漂亮的窗户，没有希望，一切都协调一致。不再有惧怕，不再有贫困。不再有运动。只有稳定、出奇而可恶的谎言的稳定。

如果我说是，光明将何其快乐，他人的眼神将何其骄傲！它们聚集在我身边，这些目光残忍的巨型石像，它们齐声高唱：

他说是，他说是，是，是
他说是，他说是，是，是

年轻人奥冈五点钟出了门，顺着一条坡度平缓的林荫大道在城里走。这也是一座大城市，坐落在一个港湾里，群山环抱，丘陵起伏。从高处不时可瞥见高楼大厦间有片由屋顶和墙壁形成的灰色水洼。进入城内，便什么也看不到了。走在呈斜坡的林荫大道上，两侧各有低矮房屋的外立面、商店的橱窗、车库、加油站。路面凹凸不平，车辆上坡下坡，锈迹斑斑的旧公共汽车满载乘客，劈啪乱响，按着喇叭。

年轻人在闷热和雾蒙蒙的空气中走着。他不慌不忙，朝穷人区走去，不大看四周的景象。有许多人跟他一样在走。这是些赤脚穿日本凉鞋的瘦小男人、肥胖的女人、儿童、在垃圾堆闻味的狗。有一刻，他走进一家昏暗的店铺买烟。卖给他的烟烟盒发黄，上有一名面对稻田微笑的女子头像，还写着：

新天堂

或是类似的字样。他打开烟盒，发现是美式带过滤烟嘴的香烟，有股草烧焦了的怪味。年轻人抽着烟继续在马路上走。

看不见太阳，它藏在灰色的薄雾后面。热气从地面升腾，从墙里散发出来，引擎般的湿热，它钻进衣服，黏住头发。

马路就这样绵延不止一公里，然后到达一座桥。跨过唾沫似的小溪后，是作为多条林荫大道起点的十字路口。对面是陋屋区，里面只有狭窄阴暗的小街，直通房屋群的内部。年轻人奥冈走了进去。他一到小街，便感到一股奇怪的清凉流遍全身。它让人心中不安，脊梁上打寒战，汗毛直竖。

小街没有铺沥青。一路尘土一路泥，曲里拐弯地通向灰砖小屋和铁皮屋架。年轻人走路的当儿，出现了一些身影。一些令人不安、身材矮小的人猛地从打开的门里闪出来，旋即幽灵般地不见了踪影。没有声音，除了小屋内半导体收音机里不时播放的广告音乐。一群群孩子沿小街呼啸而过，溜进看不见的院子里。年轻人注视着房子的墙壁，铁皮的屋顶。偶尔，路过的一扇打开的窗户向他投射出昏暗的画面：两三名妇女正在一个赤身躺在桌上的孩子面前吃东西。

或者，从白得仿佛没有屋顶的掩蔽所深处，闪出一位身着白长衫的女子，正动作缓慢地梳理从头顶直到胯部的黑发。几秒钟内，走在小街上的年轻人奥冈只看见它，那长得掩住面部和上半身的头发，和那条缓慢、严肃、庄重地从上到下梳头的赤裸臂膀。

在这样的一间木板屋里，蜥蜴窜来窜去的瓦楞铁屋顶下，有名叫做敏的老妇，侧卧在一张草席上。

更远处，一名女子在一个角落里分娩，她两手紧紧抓住姐姐的手腕，疼得大叫大嚷。但这一切毫无意义，如同尘埃、房子的粉尘和路上的石子。

年轻人奥冈朝右拐进了另一条小街，接着朝左拐，又是一条小街。他再朝右、朝左、朝右拐，总有小街。房屋从来不重样，有极小的细节变化，比方用的砖不同，或生锈的铁皮颜色不同，或门旁的垃圾堆样子不同。

一小时后，年轻人奥冈来到一条宽一些的街，街上有许多小酒馆。开在砖墙上的门用布帘遮挡，里面传出音乐声和讲话声。年轻人顺着酒吧的外墙走，努力看清里面的情形。到了街尽头，他看见另一侧有家帘子稍稍拉开的小酒馆。他走过来朝里看。里面黑乎乎一片。房里音乐在吼，喝醉的男人们在叫。他正要走开，出来一个衬衣被汗水浸透的瘦小男人，在他耳畔说了些什么。年轻人随他走进小酒馆。那男人请他坐在大厅尽里面的一张铁桌前，给他拿来一瓶啤酒。年轻人两眼适应黑暗后，发现大厅里人不多。几个醉汉头搁在桌上睡觉。音乐中混合着苍蝇神经质的嗡嗡声，但看不见苍蝇。年轻人边听音乐，边对着瓶口喝酒。

过了片刻，那个衬衣被汗水浸透的瘦小男人回来了，示意年轻人跟他走。年轻人跟在他后面穿过大厅。瘦小男人打开一扇朝院子开的门，院里搭了间木板公厕。瘦小男人在院子另一边的一间铁皮顶库房前停下来，推开门，示意年轻人进去。年轻人进入库房后，发现原来是座戏院或电影院，有许多人坐在用货箱做的长椅上。车库里漆黑一片，除了另一头靠三个大灯泡照亮的木台子。瘦小男人领着年轻人来到第五排，给他指了座位。离开前他要了几美元塞进裤兜里。

车库里回荡着从一架电唱机传出的刺刺啦啦的音乐声。大厅里，男人们坐在长椅上等着，聊天，抽大麻，喝罐装啤酒。空气闷热，凝滞。窗户用木板挡住，从缝隙中投进的细小日光在烟雾中跳舞。热得令人喘不过气，年轻人奥冈觉得背上、腋下冒汗，汗水顺着鬓角往下流，比在地下六百米深的煤矿的巷道里还要憋闷。空气顶着面孔和喉咙，如同橡皮子弹挤压双肺。他合上眼皮，成为一个久久不醒的噩梦的俘虏，但这比噩梦还糟糕。男人们靠在长椅上，用脏手绢擦拭后颈。年轻人见他们凹进的双眼在发亮的脸上闪着光。音乐在四堵砖墙间吱吱地响，使劲吼叫、鼓声咚咚的音乐叫人听不懂。车库深处，三只电灯泡发出强光，好似飘在空气中的三滴熔化的铅水。电灯泡下，木台子是空的。在白色长方形的每一边，幕布都一动不动。年轻人开始盯着光看，好像这是期许的表演；在三颗闪光的星星前，他长时间地眨着眼睛。然后他试着抽支烟，但被烟呛住了，只得立即用脚踩灭。音乐不时停下来，可怕的寂静在车库里膨胀。继而有个看不见的人又放上一张唱片，于是吱吱声重新响起，还有咚咚的击鼓声。

突然，台子右侧的幕布开始飘动，所有的目光都转向那里。雷鸣般的音乐响得更厉害，电灯泡发出无法承受的光。幕布拉开，一名身体笨重的女子上场。她赤脚走在被压弯的木板上，谁也不看，一直走到台中央。货箱做的长凳上，男人们身子前倾，淌着汗的脸在灯光下闪闪发亮。音乐膨胀到快要崩裂的地步，越升越高，停不下来。空气紧压着后颈，把青铜的斑点抛到夯实的地面上。大片的烟雾在砖墙间浮动，触到铁皮屋顶。女子在台上纹丝不动，大家看到她体型矮胖，身着花布连衣裙，两臂油光光的，脸部扁平，有头黑色的鬈发。她没有动。在三只灯泡的强光照射下，满是汗水的褐色皮肤镜面般反光。音乐也敲击着她，重重的鼓声敲着她的头，刺刺啦啦的嚎叫声敲着她连衣裙上的红绿花朵。趾头分开的赤足平放在木板上，重量很沉。这延续了数小时，在地下，煤矿深处，远离太阳和露天之地，远离大海，远离鸟儿啁啾的树木。这延续了数月，好像在地底一动不动的一次旅行，好像不再有思想、不再有欲望的一场梦。这印在了视网膜上，如少妇在无屋顶掩蔽所深处梳理黑灰色长发的画面。男人们默不作声，望着站在台上的胖女人，眼睛周围淌着滴滴汗水。他们望着棉布连衣裙上盘绕成螺旋形的红色和绿色花朵，望着舞台上的一双赤足和垂在胯部两侧的油光光的胳膊。他们默不作声。谁都不讲话。音乐不说什么，吼出的声音那样大，仿佛一堆堆砖倒在地上。男人们望着，感到呼吸困难，他们寻找的也许仅仅是空气，可以大口大口吸的空气。在封闭的车库里，一切都变成了绝望的等待，对不愿到来的时间的仇恨，对太白的光线的仇恨，也许是罪行，对不愿意动的又丑又胖的女人的罪行。

骤然间，一切飞快地发生了。灯光闪了两三下、烟幕放了两三次的当儿，男人们看见胖女人把裙子撩到头顶。音乐吱吱叫，鼓声咚咚响，令人头昏脑涨。胖女人头顶棉布裙，弯身向前。她开始在地板上爬，强烈的光照在她那难看的身体上。这时有条大狼狗上了台。它尖叫着向前走，在台上蹦跳，压弯了木板。它奔跑着穿过沸滚的光斑，汪汪地叫着。正当音乐穿透车库时，它扑向爬行的女人……挥之不去的画面将久久印在视网膜上。此时胖女人已站起来，放下了红绿花的裙子，那个瘦小的男子来领狼狗，把它朝幕后拉。疯狂和屈辱的画面，强烈得耀眼的光线，令人恶心的汗湿肉体，肌肉坚硬的大狗一闪而过的美。现在，台上空空如也。男人们一个接一个站起身，佯笑着试图摆脱麻木状态。但有个什么东西，如不可告人的大恐慌，在他们深陷的眼窝里、流着汗水的额头上，无可挽回地留下了痕迹。

音乐戛然而止。虚空进入了车库，把一群观众赶出门外。香烟点燃了，啤酒瓶倾过来贴到嘴边。现在，夜就在近旁。在小酒馆昏暗的大厅里，年轻人奥冈与一群看下一场演出的男人擦肩而过。接着他又在小街上走，穿过低洼的大棚户区。也许他从安静的房前走过，敏躺在房里的草垫上久咳不止，快要死了。也许他忘记了原先知道的一切，现在空无所有。他从未离大地这样远，同时又恰恰在大地上。因为没有一千种活着的方式，也没有一千个词语表述它。

这儿不再有多少事可做。年轻人奥冈迅速离开了这座城市。这是一九六七年，在澳门、马尼拉或台北，倘若我记忆准确的话。

## 自我批评

我本想写一部历险小说，不，是真的。真倒霉，我失败了，就这样。历险使我感到乏味。我不善于谈论世界各地，不会激起人们去那儿的欲望。我不是个好的经纪人。世界各地，它们在哪儿？现在什么样儿了？

十二岁的时候，我向往香港。无聊平庸的外省小城！到处是店铺！在巧克力盒的图画上，中国式帆船令我着迷。这种帆船类似于截掉一段的驳船，老婆婆们在船上洗衣做饭。她们有电视！还有尼亚加拉大瀑布：水！只有水！一座坝更不同寻常。有时人们看到坝基上有条大裂缝，于是希望油然而生。

人们旅行时只看见旅馆。积满污垢的房间，铁床，用生锈的钉子挂在墙上的版画画着伦敦桥，或者埃菲尔铁塔。

人们也看到火车，许许多多的火车，以及像餐馆的飞机场，像殡仪馆的餐馆。世上所有的港口都有油迹和破旧的海关大楼。在城市里，人走人行道，车辆在红灯前停下。有时人们还会来到一些国家，那儿的妇女有着铁灰色的皮肤，男人们头上顶着猫头鹰。不，不，人们通情达理，个个扎黑领带，侧分头，戴胸罩，穿高跟鞋。在所有餐馆里，人们吃完了饭都唤一个在餐桌间转来转去的人，付给他纸币。处处有香烟！处处有飞机和汽车！

我本想逃跑，走得比自己还远。我本想去一些不讲话的国家，一些是狗而不是戴眼镜的人写小说的国家。我本想了解公路自动熄灯、人比思想更伟大的国家，全新的国家，怀疑的国土，那儿的人可以死而无愧，谁也不在意。我本想去一些地方，那儿大火常年日夜燃烧，潮水只涨不退，湖泊像大盥洗盆一样排空。

我原本也想写，一口气写出感人的故事，比方寻找一位女子，或革命斗争。这个，这才是真正的历险小说，而不是在摇摇晃晃的世界中间的这种震动，这又一次骚动。

我做了提纲，用钢笔写在了一张纸上：

《天涯海角》

历险小说　　诗歌

奥冈被赶出了城。他不再明白为什么人们一辈子留在原地。是什么把一城的居民聚在一块儿？

他干嘛要逃？何时开始动身的？

罪行？羞愧？爱情？革命？

风景，流动的风景。想象之旅？那有何区别？抑或固定之旅。

居住的顽念。（居家，舒适……）

运动的眩晕：生活的眩晕。不再停下来。如行驶的火车，如……在外面。扩张的眩晕。为了填补空白，为了更大，为了无处不在。到处生活。到处爱。属于。属……

城市变得无法忍受。奥冈必须离开。大楼、桥梁、公路和街道奇丑无比，一段段老墙灰泥脱落，屋顶坍塌，光线减弱，眼神嘲讽，笑声如鬣狗般不合体统。

必须逃，但逃往何方？

怎么逃？逃进空间、时间。

界限在哪儿？

最伟大、最古老的寻找：

居处的寻找。

找到维持宁和心态、活得下去的地点。

徐缓、镇静地走向事物。

走向最准确的自我形象。

寻找一张脸的景致。寻找一位女子（洛尔）的眼、鼻、口；寻找，是的，一个躯体的地方。美洲、非洲、亚洲、澳洲、大洋洲：这是否存在？可不可以穿越？永别了土地、树木、人脸。离开。听从要求人离开的秘密召唤。

这样走的人不为发现其他地点，甚至不为更好地理解自我，而仅仅为了逃离直立之姿所无法承受的事：对死亡的仇恨。

光秃的风景。

空太阳下冰冷的土地。

炎热、潮湿、空气的分量。

熟悉的隐蔽角落的温馨。

四季的气味。

大海的声音。

失常城市的声音。

街道，街道，所有的街道。

各种文字。

没有忘也忘不了的旧梦：穿越地平线。

简单行动的眩晕。

朝向天涯海角。

对孤独词语的仇恨。钉子似的词语，习惯性词语。

土地的智力。地点的语言，路线。

或：朝太阳进发

一切始于（并结束于）

白色

光强烈的白色

光用它的银鞭

敲打地面

和屋顶

↓

在强光下

在城市行走

↓　　↘

想尽办法　寻找牵制人的

动身　　　理由

对话建立起来

世界：语言的一锅粥。

人和物的小嘴

情境

行动

小说的解体

叙事的中断

写大诗篇的志向。

像地狱的几个地点：伦敦、纽约、新德里、尼斯、曼谷、利马、墨西哥城

奥冈离开逗留地点。

对写作的我这也是逃离。

逃离女人。靠色情逃离。

→时间→地点→良心→

连续不断的舍弃。

良心：良心的召唤。寻找。在不停的运动中、在消遣中的真理。统一导致错误。沉入差异中，寻求匿名。

↓

逃跑

离家出走

脱逃

下套之术　　逃亡者

逃跑者

逃兵

越狱者

回避

躲避

闪开

奔跑

公路

轮子

逃之书

诗的小说化章节的混合。

自由冥想（思索、笔记、
关键词、信号、航海日志）
留心精神枷锁，体系！

现代世界的魅力：丑陋。惧怕、暴力。美丽。逃逸的形象：从唯一到数十人，再到群众，再到虚无。

或者：不做提纲。
信笔写来。
交替。
任凭逃离自身。
诗歌！故事！思想！对话！
等等！

以上是我原来大致想做的事。现在我估量出我与我的白日梦之间距离有多大。在本该有一座在平滑天空映衬下的尖顶黑山的地方，我看见的是一片沙漠，一片雾蒙蒙的平原。我必须留心。我必须用别针扎死蠢笨的蝴蝶。我不是猫，不愿发出呼噜呼噜的声音。我不会在幻景前退却，我不愿微笑。我为什么从不说出地名或人名？我怕什么？

体系，吓人的体系在窥视我。它想让我下跪或举起拳头。它想教会我占有房和车，还有女人。我不愿意。我一无所有。于是它想让我占有贫困。在此要注意风格、铿锵的词语、令人震惊的美丽画面，但这不过是两辆轻型货车的相撞！在此要当心形而上学、象征、心理学！要说的事何其多，美好、愚蠢、冗长的事！我想写一千年。在此要当心开始退缩的目光。如果它放松，如果它停止短短的一秒钟，那么一切即将塌陷。目光即将被世界注视。

我不恨你们。我只想理解你们。我不愿找到真相。我只想对你们说，你们没有死，是的，是的。倘若为了阻止我逃跑，只需去通布图[1]，那我立即会去。倘若为了阻止我和你们逃跑，只需把我的身份证照片给你们，我会给你们的，让人从飞机上撒几百万张。

贪生怕死的令人讨厌的作家，

我说这一切是为了报仇雪恨！

---

① Tombouctou，西非马里共和国城市，位于撒哈拉沙漠南缘。

有什么东西在等。
有什么东西在这儿，藏在帷幔后面，
看不见，不知是何物。
不知出处，也不知缘由，但它在等。
有什么东西在这儿，静静地。
在沉寂中，仿佛时时处处
有个永恒的夜到来。
在桌子的平面上，
在弄脏的白纸上，
在水里，水声里，
空气的声音里，
有什么东西在等。
当然，什么也没有。
什么也没有，肯定是无声滑动的古老的虚空

虚空起皱的翅膀。

帷幔后面什么都没有。

是我在等。

逃跑者不知在逃避什么。有一天，他身后曾有过想把他一口吞下的钢牙怪物，不过他把这事忘了。现在他跑得上气不接下气，双膝互相碰撞，因害怕而腹泻不止。逃跑者没有时间抽烟、欢笑。他顺铺开的轨道滑行，他行走，也许朝下走。风如皮鞭的抽打在他耳畔呼啸，进入鼻孔，钻进双肺。逃跑的风。当墙一样的流动空气掠过房屋的立方体时，整个城市开始了逃跑。当腐水洼上出现难以觉察的波纹时，水已经不在了。

战争造成空气诡异的召唤，它们横扫升起黑色烟柱的荒芜田野。战争是阵阵吹散人躯体的风。正当火光，红黄色的火光照亮天际时，风开始移动；先是慢慢地，后来越来越快，越来越有力，直至不剩一株树，一个屋顶，一头动物。

在我心底起了风。它从长在我后脑勺的黑嘴里冒出。冰凉和炽热的风，把我房间墙壁照亮的红沙的风，吹个不停的岩石般干燥的风。它也许从我喉咙的深通道里来。它将掠过。它将摧毁我心中这儿那儿竖起的屏障，如信号旗的流苏。风比我更厉害，它将在这儿为所欲为。在肉支座上摆动的我那空葫芦似的脑袋里，它将在原地快速旋转，看不见的陀螺轴将在我生命的中心挖掘一口井。

逃跑者是风，但他不知道。展翅翱翔者是风的鸟，在速度中央为静止而狂的鹰，被活动意识散发的气味狂卷而去的固定意识。

逃跑。把身体朝前抛，以便撞破门，以便失重。

墨水是黑的。空气是硬的，硬得需要锤子砸才能呼吸。黏在一起的石子在脉管里流动。

这是我的思想，这一切是我正在行进的思想。它在某处挖了个无底洞，现在，这一切要求我将它填满。

从来没有沉默。

白是黑，巨大的喉咙张开了，准备咽下令人厌恶的痉挛。

深渊在等，它微微打开淡红褶子的喉头。火烧水淹，尘土钻入口鼻，令人窒息。

惧怕是在夜空中升起的一颗黑星。

毛呢结，

死的诱惑，绝交，

慢慢朝固体空气打开的门。

我离开。

我离开。

我离弃熟悉的门槛，在城市的网络里前行，在铁森林密集的电线杆间穿行。我清楚，我清楚，我非常清楚：我永远到不了！

人上不了山。

人摸不到空寂的天。

人永远品尝不到太阳。

人看不见，永远看不见两厘米之外的东西。

致命的监狱，口袋，我未知名字的无法称谓的锁链，我肩膀的颈套，我脸孔的面具，

我逃避的正是你们，

我在枝叶间数百万蒙着水汽的镜子里不断找到的正是你们。

我失去的，不幸，我找到了。

在秒/公里的末端，在天涯海角，甚至在泥泞的湄公河的彼岸，我傻傻地站着，我在期待!!!

## 路　线

从东京到莫斯科

途经横滨、纳霍德卡、哈巴罗夫斯克、伊尔库茨克、车里雅宾斯克

逃避现实，也一直逃避梦。想象够了，妄想够了。现在要事实、名字、地点、数字。地图。一生中仅在短暂时间才有的正直精神和清楚头脑，以及死前残忍的思想活动。写出来的清晰的东西，随意记下的笔记。有意思的字眼。所有叫人怕、不敢写的字眼。为其创造出象征、奥秘、形容词的字眼：欲望、性、饿、渴、恶、愉快、惧怕、疾病、穷困、冰冻、爱情、凶杀、美丽、空气、大海、太阳。这些闪光的字眼，这些默默迸出火星的字眼，既冰冷又滚烫，如星辰一样遥远，但不可能看不见。唯一真正的字眼。唯一可靠的东西。这些被投向未来的硬邦邦的字眼像尖头火箭般飞驰而去。为了赢得这些字眼，必须逃离另一个世界。必须逃离体内升起的灰色螺旋物，它晃动长着

一对死眼的脑袋。必须逃避睡眠，始终保持清醒，绷紧肌肉，头脑清楚，准备好战斗。我能逃多久？还可以离群索居多长时间？来吧，我的鱼叉-字眼，无情地刺向又慢又黏的鲸鱼。来吧，我的手枪-字眼。我把你们握在手里，谁走近就杀死谁。钢字眼，玻璃字眼，黑电木字眼。径直走到环形风暴中央的语言。

交通条件

从莫斯科、平壤、乌兰巴托、河内乘飞机或火车很容易抵达中华人民共和国的北京。巴基斯坦国际航空公司有卡拉奇和达卡直飞上海和广州的班机。印度尼西亚金翅鸟航空公司飞广州、金边、雅加达航线。香港和中国内地间通火车。

迄今为止不可能乘汽车和摩托车旅行。

铁路票价（单程）——以元为单位

国际路线

| | 豪华卧车 | 软卧 | 硬卧 |
|---|---|---|---|
| 北京—莫斯科<br>（经满洲里） | 144.50 | 128.20 | 90.90 |

| | | | |
|---|---|---|---|
| （经二连） | 149.50 | 133.00 | 94.30 |
| 北京—河内 | | 55.50 | 38.00 |
| 北京—乌兰巴托 | 51.00 | 45.20 | 32.10 |
| 北京—平壤 | | 37.60 | 26.70 |

国内路线

| | 硬座或卧铺 |
|---|---|
| 深圳—广州 | 3.50 |
| 广州—上海 | 91.50 |
| 广州—武汉 | 67.40 |
| 广州—北京 | 116.90 |
| 广州—杭州 | 85.10 |
| 上海—杭州 | 6.50 |
| 上海—南京 | 11.50 |
| 北京—武汉 | 71.80 |
| 北京—上海 | 83.20 |
| 北京—天津 | 5.30 |
| 北京—南京 | 69.60 |

宾馆

| | |
|---|---|
| 北京 | 新侨饭店、前门饭店、和平宾馆 |
| 天津 | 天津宾馆 |
| 上海 | 和平饭店、华侨饭店 |
| 广州 | 爱群大酒店、羊城饭店 |
| 武汉 | 璇宫饭店、胜利饭店、江汉饭店 |
| 杭州 | 杭州大酒店 |
| 苏州 | 苏州饭店 |
| 无锡 | 太湖饭店 |
| 南昌 | 江西宾馆 |
| 郑州 | 郑州大酒店 |
| 洛阳 | 友谊宾馆 |

在落马洲①，大路在沼泽地中间延伸，天灰蒙蒙的，山峦静止不动。一群群鸭子在稻田的水洼里游来游去。土地上布满小褶皱，树木高大，墨黑。火车车厢里，坐在木椅上的农民们抽着烟注视前方。女人们额头凸起，站在田地前讲话，她们离得远，依稀可见。

现在是大洋彼岸的另一座钢铁和玻璃的城市。一座比湖宽广的城市，它伸展，打开它的街道，列数它的一个个整体、塔楼、数百万居民。林荫大道一成不变，车辆一成不变地在大道上行驶。桥梁横跨公路，但什么也没有变。机场上有一条条蚁群的路。每只蚂蚁

① Lok Ma Chau，位于香港元朗区东北面，邻近深圳河。

昂起头，心里低语着来自空间深处无法违抗的密令。行驶！走路！压碎！繁殖！待在这儿！这些话虽然听不见，却无处不在。一群群人罐头盒似的乘滚梯而上。三名白衣工人镇定地哗哗猛扫大理石地面。他们也接到了命令，永不停下。扫帚柔软的穗子吞下尘土，弯曲，展开，在白色大理石上滑动。我在这儿，随后又不在了。有什么办法呢？我不再有足够的词汇叙说人类城堡里那纯洁、快速、异常真实的一切。我的意思是玻璃、闪电、霓虹灯、红塑料、白塑料、信号、电声、近乎无声的轮胎的运动！

壮观的机器
钢铁身躯、滚珠、齿轮，
压打的泵
油，到处是油！
人是一个微小的声音。
行动无足挂齿
需要的是待在这儿。
够了
叫喊够了
情感宣泄和忏悔够了
这不合体统。
永远别再听人谈论眼泪。
机器漂亮而干净，

它们没有痛苦。
它们有树一样的平静生活
水和岩石的生活。
它们永不塌陷。
人跟他的宗教
　　他的欲望
　　他的小说
　　他的诗歌
　　他的歌剧曲调
　　他的香烟
一起等待
可怜、平庸、好夸口的牛皮大王
从未有过美洲豹的念头
甚至没有猴子獠牙的人
不经意间造出了亮金属的机器
其大幅度的动作小心翼翼
终于活生生立于底座的神祇
必须膜拜，告诉你，必须顶礼膜拜！

有人在大学的地下室里搏斗。他们穿上了宽大的长衣和皮胸甲，头上戴了只露出眼睛的铁面具。在墙壁冰冷的大厅里，他们蹲在了地上。随后，其中两人站起身，踮着脚尖朝对方走去。他们高举起右臂，臂端有把木板条做的大刀。他们在面对面时停了下来，大刀举过头顶。接着，他们突然挥臂往下砍，嘴里发出野性的呐喊。大刀打在头上、肩上，触到手，弹起又落下。猛兽的叫声在地下室里回荡。跟开始时一样，对打戛然而止。两人退下，解开胸甲的扣子，卸下面具，去到墙根蹲下。另外两个人站起来，束紧腰带，扣好皮盔甲，踮着一双赤足的足尖滑着迎上去。他们挥舞大刀。待一切结束后，他们又穿上灰色西服，戴上领带。他们在城里的街上走。他们的脸像拳头。

阳光下，三个年轻人走在有坡度的街上。他们分开人群，众人纷纷让路。他们身着系黑色腰带的宽袖白色拳击服，光滑的脸上流露出兽性，只有眼睛在黑黑的浓眉下眨动。

在一组楼梯上方有一间大厅。黑夜来临时，数百个平行的霓虹灯管在大厅里闪闪发亮。在这大过道里，男男女女站在挂于墙上的机器前，隔着玻璃注视小钢珠顺着钉子的迷宫跳跃下行，每次的路线都不同。弹簧曲柄嗒嗒地响，小钢珠在数百架机器里不停地流动。它们分秒必争，飞快地跃起，落下，互撞，消失。男男女女用钢珠形的眼睛望着抽搐的机器，脸上有种呆滞的怪样，流露出几分严肃，几分痛苦或几分疯狂。

夜更深了，一座大塔在市中心拔地而起。塔顶上有个转轮。一个带窗户的转轮，成千上万的人坐在上面，一边喝酒一边观看正在盘绕的城市。

逃跑是明确的，绝不会搞错。它抛下的，就永远抛下了。它拿去的，却保存在内心的一个区域，将其变为血液和淋巴液，从中获取滋养。

人们在清晰的梦里超脱尘世，列数一扇扇门，所有不会打开的门。纸墙的房屋在花园旁静止不动。无味的绿茶水在小平底锅里沸腾，然后被人传着喝下去，这也是一种逃跑。木制的庙宇在水塘边一动不动，冰凉的地板烧灼着光脚。自开天辟地以来，人们或跨上坐骑飞快驰骋，或驾一只石舟劈波斩浪往那儿逃。行动在继续，没来由的古老行动、低沉的敲锣声、风筝、撅嘴蹙眉的面具、神圣的斗争、彩色纸带卷、后退的屈膝礼。世界，这被无尽的坑道挖掘的大山，它不会空无一物吗？它真的不会空心吗？千百万人进入水泥大厦，在雪白的光线中一群群地穿过柜台的迷宫。街道上，车辆在雨中疾驶，不知驶向何方。难道有一天不曾发生过战争吗？闪电落在蚁巢，在烂泥和肉体中挖掘火山，枪杀砖墙上的影子，这样的一天难道不会到来吗？世事艰难，旱灾无情，它们处处在等！群虫乱舞，大动物的骨架将在贪得无厌的嘴里化掉！我真的在这儿吗？穿过这尽是房间的荒漠的是我吗？我在此处，继而在彼处，然后又在别处。必须回忆：我扔了石子儿，做了记号，在树干上刻了槽。我拍了照片：一张女子的脸、一辆在高速公路上行驶的小红汽车、一座美得如梦似幻的庙宇、一家宰鱼头的餐厅、一扇悬挂着大如热气球的纸灯笼的沉重石门。我录了音，一些有声的词儿来来往往：蛾仍在光的周围飞。如果不写的话。鱼吃完了。非常感谢。不必客气。

在看不见尽头的宽阔大路上，一群群身着黑维尼纶连衣裤的人开着摩托车飞驰而过。这不过是些冒险家。

在直通天际的唯一轨道上，光速火车撞破空气的屏障。它以二百七十五公里的时速在房屋群和公路流上方滑行。它不知疲倦，抛下千百万人，白红二色的车头顶住来自四面八方的风。车厢里也许有个名叫奥冈的人坐在塑料座椅上，隔着大安全玻璃窗看着从云中冒出的火山闪过。这也是必须走的路，多做的一个运动，以便始终在更远、更陌生的地方。轨道尽头将有另一个车站，另一些街道。也许有一张女人的脸，一头海带似的黑色长发，凸出的额头，细长的眼睛，紧闭的嘴巴；她默不作声地等着，好像在冰冷的车站月台上站了数百年。也会有花园、结了冰的水池、褐色的木塔、始终一模一样的房屋。逃跑没有时辰，它从不睡觉。黑夜来临时，它在梦里继续，太阳升起时，人更远了，更远些了。

戴面具的人民！我不属于你们。聪明的面孔！我，我只有一张畜生似的低下呆板的脸和一双圆眼。奈良，东京，三岛，被丢弃的浮岛。木头剧场，瞎眼士兵乞讨的市集，诱导性音乐，暴力，大小树木排列有致、打破单调的雕塑花园。这一切在大洋上浮动，做祷告，叫喊，向灰色天空竖起木桩。地球会不会空无一物？飞机会不会无谓地飞？火车会不会是炮弹？仅仅是炮弹？高速公路和地铁会不会沿着永恒的圆圈带走一群群匿名者？我没有语汇，没有符号说出我知道的事。未来已在此地，它降临了世界。它做出了规划。我准备好了，完全准备好了。

的确，条条大路通往石头花园。然而，这不可能是智慧的花园。这是疯狂的花园。小宇宙和图解不解放人的思想；它们让思想打转，转得晕了头，它们用过于明显的围墙令思想恐慌。十三块岩礁在波浪均匀起伏的沙海上浮游。意识被关在镜子作墙的笼子里，不停地游走于空间。它遇到的正是这封闭，这人的意志，这语言。它想出去，它多么想逃到无边无涯的原野。但这不可能。组织不息事宁人，它与另一个组织，混沌、麇集、仇恨的组织开战。月亮是地狱的象征，因为它向我们展示地球在宇宙中的位置。群星是报复之井，因为它们是无能的信号。我再也不愿看见地球，再也不愿了解历史的构图，再也不愿俯视自己的面孔，认出备受束缚的旧的思想领域。甚至我再也不愿想象这悬在四堵墙之间的微小沙漠；如果我有此念，那将是鼻涕虫或金龟子的念头。我愿穿越，在没有面孔的地面上奔跑，撞到障碍物，被尖利的石子划出血，消失在幽深的河谷里，攀登不可思议的山峰。别再给我看这寂静，这寒光，这半途而废的探险。受到诅咒的意识花园！我怎能依然面对它，当我注视一只苹果或一张桌子时立即可以看到虚空的悬崖？我太熟悉的花园，我喜欢它，它的温柔善良钻进我众多的伤口。不，不，旅行不在这儿停止，这不可能。要到更远、更远的地方旅行，隐没在雾里不见踪影。女人的脸比沙粒多！我恨绝对。我恨沉思。我恨良心的僧侣。我恨以战胜地狱换来的真理。我恨智慧。我，我这就告诉你们怎样做才好：驾一辆大摩托，以二百二十公里的时速在公路上疾驶。

## 一棵树的生平

（一九一四年至一九六六年）

一九一四年　树（五针松）诞生。

一九一九年　树迅速长大。春夏多雨，阳光充足。年轮宽而匀。

一九二四年　十岁时，树被什么碰歪了（地面坍塌了？相邻的一棵树倒了？），现在年轮在最低的那侧更宽，因为产生了木头的反作用，以便帮助树支撑重量。

一九三四年　树再次笔直生长；但相邻的树也在长大，其枝叶和根夺去了它的一部分阳光和水。年轮更窄了。

一九三七年　周围的树被砍伐。最高大的树被搬走，于是又有了许多营养和光照。树迅速成长。

一九四〇年　一场火横扫森林。幸而这棵树仅受了轻伤，每年都长出一层新皮覆盖烧伤的疤痕。

一九五七年　又一连串窄年轮，也许是潘菲利亚幼虫之类的昆虫所致。它吃了许多针叶树的叶和芽。

一九六六年　树在五十二岁时被电锯锯断而死。

我这个字说得够了！我想谈谈他，即成为朋友的我。他在这儿。他逃跑了。他面对罪行、目光、战争前进。他曾在人们很快穿过的地点生活：机场候机厅、舞厅、旅馆、船只、筏子、包仿皮漆布和镀锌的酒吧。他曾到过所有这些被弃的地点。他背过包，提过箱子。他吸了许多纸烟，喝过各种水、啤酒、黄酒。他干嘛做这些？出什么事了？

没事。什么事也没有。

漆成白色的船离开了横滨。船头用西里尔字母写着 BAIKAL。这个词在海上漂浮，从一块陆地滑到另一块陆地。船为何有这个名字？在时灰时蓝、波涛翻滚的水面上，以下这些名字全沉甸甸地漂洋过海：奥尔绍瓦、礁湖百合、吉斯德纳、越南、航海者、天意、捕鱼木筏。高高的艄柱拍浪破冰。对船的尖脸而言，海水从来是不够的。水好似雾气弥漫的山，从天边滚滚而来，倒在艄柱上。偶尔，船头有尊正视前方的女子木雕像。这意味着有场谁也不知结局的搏斗。锈迹斑斑的金属船身布满海藻和寄生虫，跟随艄柱而行，陷进一个个的沟，爬上一个个的坡。水硬，多泡。它紧压铁内壁，它恢复平静，它勃然大怒，它嘎吱嘎吱地滑行。它想进来，张开大口吞噬，消化。风速每小时一百公里。雾散了。他呢，他在密封的盒子里，木地板托着他在海上漂。这是不是难以置信？这是不是一场历险，一场真正的机器和死亡谷的历险？

海是长的。多日来波涛翻滚，冲击着艏柱。他倚在艉楼的栏杆上，看见螺旋桨打出一个个漩涡，还看见黑洞、油光滑溜的板子、肮脏的泡沫、断断续续的涡流。地平线呈弧形。宇宙如今不过是天空下一个鼓起来的大水滴。在闷热的船舱里，一些女人裹着被子在睡觉。摇来晃去的大厅内，一些男人在聊天，喝酒，下棋。三名男子坐在一扇舷窗旁，抽着雪茄。

“不，不要共产主义，可是……”

“您知道，福利不是绝对必要的。”

“我国政府想先管必要的事，然后再考虑汽车、个人的舒适。”

“也许这样做不对……”

“为什么?”

“因为，因为。您不明白，真的，革命理念意味着什么。这对我们而言是个奇迹，那么，现在，如果贵国开始跟其他国家一样干，您是知道的，有知识的少数人为了有小屋、小车、小假期而工作。”

“您像知识分子那样看问题。”

“当然了，否则怎么办？首先必须消除占有观念。革命的特别之处，在于它想引导人们不以赚钱为生活目的，不按赚钱、花钱的杂货铺准则设计生活。”

“这也许会牺牲自由吧?”

“这始终是一码事。西方的自由以小产权为依据。有辆小车和有个小念头，这是一码事。”

“您对艺术也这样看吗?”

“当然。您没有意识到，您正在经历的，也许是唯一真正的历险，唯一的现代历险。自由。总是少数人的。在西方，人们自以为自由，因为他们可以用熔化的圆珠笔塑像，或写关于乱伦的小说。可是，当有人在豪宅旁饿死，当有人在工厂当牛做马，为一杯啤酒剥十二小时栗子，当有人无知，有人生病，有人打仗的时候，怎么可能是自由的呢？此外，的确，我，我有权高呼王上万岁，或打倒苏维埃，这能改变什么呢?”

“您知道，我们国家还有许多失误……”

“也许是吧，但这是一次历险。”

“等消除了政治概念……”

“占有概念……”

等等。

在浮游于海上的铁棺材里，会有很多这类的对话。

随后会起风暴。它将带着小提琴的嘎吱嘎吱声和几记锣声慢慢生成。一个极尖的女声或童声将在船头的客厅里唱起来。是这样，完全是这样：风掀起巨浪，砸在船首。浪涛抹去话语，把思想推进黑暗。地面骤然升高，有什么东西在体内消逝。刺耳的音乐升起降下，鼓发出呻吟。金属内壁嘎吱作响，玻璃杯从桌上滚下来摔碎了。大海是一群离开原路穿过原野的大象。此刻，人们不知所措，被摇，被揉，被推，被打，被挤压，再也没有时间谈话或有所期盼了。人们扑到硬卧铺上，卧铺却想卸下重担。人们顺着发了疯的船舱过道爬行，紧紧抓住一切凸出的铁东西。狂风向船发起进攻，卷走一切。海浪挖掘了狂暴的漏斗，立起了围墙。螺旋桨在空转，剧烈地震动着。此处的冲天怒气，需要一千万场战争才制得住。如此的绝望，如此的美，人们漂浮其上。大海！大海！行动中的精灵，水的喜马拉雅！……一切皆海：天空、水、风，以及关着人的罐头盒。一切都变成了晦暗的长漩涡，变成了咆哮着、叹息着向前推进的硬沙丘。乱叫乱嚷的音乐演奏了数小时、数天、数夜。它不要大陆，绝不要任何大陆。它要这无边无涯的液体，这头穷追猛打无极限的动物。它伸出无数触角，想消化一切。大海，蓄热血的池子，覆盖一切的大海！地球的真皮，真脸。脸被捶打，表情多变，粗大的皱纹不停抽动，眼和嘴多得不可计数。现在的问题不再是意识，而是盛怒，盛怒！水的峭壁带着丑脸来自时光深处，僵直地在其基础上滑行，无往而不胜，发出雷鸣般的巨响；它去向时光的另一端，永远黑漆漆的天空躺卧的那端。它登上甲板，一路猛敲插上插销的舷窗。大海，是恐惧的陆地。是熔化了的、因患腹泻而肮脏不堪的空间。是用冒泡液体注满深渊的冰冷的虚空。见此情景的人将永无宁日。他清楚他的逃跑，其他人的逃跑，树与鸟的逃跑，应当在哪儿终结。他十分清楚时光在何处终结，在何处将他吞噬。

片刻过后，将近午后三点钟，他将登上甲板，看到右手的洋面上有个宽大开放的港湾。海上风平浪静，海水呈绿松石色，光秃的山峦倒映其中。从透明的水中冒出的锥形山刺向蓝天。寒风从北朝南刮，空气刺骨，锋利如钻石。太阳在西边闪闪发光，但它没有热度。这儿是俗话说的天涯海角，旅行的一个可能的终点。纳霍德卡湾面朝碧海，有多个火山状岛屿，淡红色的土地好似风蚀沙丘。人们沉浸在钢笔画的风景中，线条细腻，沉寂无声。船体在水上滑行，进入风平浪静的区域；大海上，岛屿的圆锥缓缓移动。一切都在寒冷中，在冷漠的光中凝固了。空气纯净之至，看得见海岸最小的细节、岩石的条痕、浪涛翻腾的洞穴、渔人的房舍、用缆绳系住的小船。没有炊烟。深黑的岬角伸入水中央。山是整块的硫磺、金属的棱角、割断生命的剃刀的怪刃。离半岛四十公里处，有一座无言的大城市，名叫海参崴。这是大家总有一天将抵达的地方。凡在船上、火车上、旅馆大堂里遇到的人，经常被问到如下的问题：

“您已经去过海参崴了吗?”

渺无人烟的海岸渐渐变大，尖峰高耸。岛屿随波逐流，海水那样蓝，好像没有了颜色。山体裂隙毕现，还有崩塌物和土路。太阳可以成千次升起落下，死亡可以到来。静物画的死亡。但总会有这铁丝的场景、这纯净清晰的线条，这无字的透明，这风景的真相。

此后，负载过大而马力不足的火车一直开到名叫哈巴罗夫斯克的砖城，一座名叫伊尔库茨克的有湖的城市。载满军人和妇女的大飞机在冰冻地区上空飞行了数小时。无名的河挟带着细小的霜丝。可这能怎么样?

# 自我批评

我必须痛下决心，最终作出以下决定：

a） 想什么就说什么

b） 不再用讨人喜欢的词语

c） 不试图同时做所有的事[①]

d） 不再怕名字

e） 换圆珠笔的牌子

① 除非必须同时把话说尽。在这种情况下，文学（尤其在“虚构”时）不正是为了一种唯一的表达而拼命努力，却不断受挫吗？也许就像一声叫喊，以无法解释的方式包含着各时各地成百万个词语的一声叫喊。文字是否与归档分类的话语相反，只寻找卵，芽？——原注

不久后，年轻人奥冈置身于一座名叫纽约的城市。正值夜晚。他沿着一条很直的街快步走着。街上车水马龙，车体宽大，亮着头灯，远远从天际驶来。它们缓缓抵达，矮壮的车身挨近地面，间距大的轮胎紧贴柏油路面，发出吸盘的响声。随后，它们停靠在人行道边，闪着幽微的光；隔着有色玻璃车窗可见一个坐着的身影。

车子不时停在一条街的拐角，热引擎在冷空气中慢慢地转。信号灯一亮，按几声喇叭，车子又开动，驶远了。在纽约的街上走，像年轻人奥冈一样，看见这情景是很滑稽的。这既怪异，又熟悉，一个被遗忘的熟悉的景象，一场梦，一次逆向逃跑。也许原先你一直在这儿，在这座城市，也许在这里生，这里长。如何知道呢？后来发生了那么多的事。

在年轻人奥冈所在的人行道上，有许多人来来往往。身穿雨衣的男子，脚蹬高跟鞋的女子。他们从地铁口、电影院、房门、车门等各个地方出来。他们到了，穿过斑斑黑影，在红光的四方体里现身；这就像一场矫健而单调的芭蕾舞，人人朝前抬右脚，挥左手。墙壁很高，有时高得看不到墙头。墙上开了成千扇小窗户，有的亮着灯，有的黑洞洞。铁楼梯一直下到二楼，停在那儿，不下去了。

年轻人奥冈望着闪过的人脸、窗户，以及车子时不时亮着的大头灯。

说不定过去，他童年时就在此地。他生在东四十二街，当时不叫年轻人奥冈，而叫达尼埃尔·E·朗格鲁瓦，达尼埃尔·伊尔·朗格鲁瓦。

达尼埃尔·伊尔·朗格鲁瓦十一岁半。冬季的一天，他和朋友塔尔一起离开学校。两人沿第五大道走了相当长时间，边走边看一辆辆的黑色轿车。夜幕正在降临，东边的天空已经全黑了。明亮的橱窗、海报、红色霓虹灯、白色霓虹灯。达尼埃尔·伊尔·朗格鲁瓦和朋友塔尔在一家电影院门口驻足片刻看照片。这是一部探险片，《北京的五十五天》、《死亡以美元为代价》，或这种趣味的东西。随后，开始下雨了，他们走进一家出售苏打水和冰激凌的咖啡馆。达尼埃尔·伊尔·朗格鲁瓦拿了一瓶可口可乐，他朋友塔尔要了一大杯冰激凌。他们去坐在一张靠窗的塑料桌旁，望着街景喝饮料，吃冰激凌。吃完喝完后，达尼埃尔·伊尔·朗格鲁瓦点了一支烟。女服务员，一位身着白衣、头发棕红色的相当漂亮的姑娘，来到桌前望着他。

“怎么，想装大人吗?”她说，轻蔑地冷笑着。

“行了，行了，我明白了。”达尼埃尔·伊尔·朗格鲁瓦说。他在地上踩灭了烟卷。接着，因为挺恼火，他问了价，付完钱就走了。

过了一会儿，朗格鲁瓦和他的朋友塔尔在一条河渠前停下，渠上有座桥。他们倚在栏杆上，看渠水流进水泥槽里。现在天完全黑了。车辆点亮头灯从街上驶过，路灯在毛毛细雨的光圈中央闪亮。天相当冷。达尼埃尔·伊尔·朗格鲁瓦给了朋友塔尔一支烟，两人边抽烟，边望着渠水在桥下流。

这时，达尼埃尔·伊尔·朗格鲁瓦作出决定，要十二岁的儿童领导世界。他向朋友塔尔解释该怎么做。他们将到所有初级中学去组织会议，跟全体男孩女孩谈话。他们将组成军队，将有罢工和游行。他们的人数比大人多，所以将轻易取胜。这样就可以判几个大人死刑，比方教师、警察。其他人呢，就送他们去苦役犯监狱。然后举行选举，选出总统。当然总统可能是他，也可能是他朋友塔尔，或者数学极棒的吉米。或者深得女孩青睐的英俊的伯恩斯坦。或者会开车的哈尔。这些事都不难，只需开始做。

塔尔说，对，不难。可拿军队怎么办呢？

达尼埃尔·伊尔·朗格鲁瓦把烟头扔进河渠，说军队不值一提。大人们不会打仗，这是众所周知的。他们身子太沉，跑得不够快。

“可是他们有氢弹呀！”塔尔说。

达尼埃尔·伊尔·朗格鲁瓦怜悯地望了他一眼。

“如果他们向我们扔，就是向他们自己扔。你从来没这样想过吗？”

塔尔承认的确如此。

“你看这很容易，”朗格鲁瓦说，“跟警察一样。他们跑不动，你记得吧，克莱顿偷了‘大月球’零售店的香烟后，一直跑到停车场，钻到了车底下。警察呢，他们到处找。他们太胖了，你明白吗？他们跑不动。”

“他们要是有狗呢？”塔尔说。

“你的狗真让我好笑，”朗格鲁瓦说，“随便哪个小家伙，在三十米开外都能一枪干掉一条狗，是不是？”

塔尔承认他做得到。

“你明白，塔尔，”朗格鲁瓦说，“我们，我们清楚自己在做什么，清楚自己值几斤几两。大人们呢，他们不知道。他们没料到是这样，以为可以叫我们做什么，我们就做什么，而且依然不言不语。另外，我们跟他们一起生活，他们不提防。”

他猛然转向朋友塔尔。

“你，你能杀人吗？”

塔尔努力静思片刻。

“我想可以。”他说。

“你曾经想要杀某个人吗？”

“是的。”

“谁？”

“哦，比方历史课老师。他说我撒谎那天。还有我父亲，他朝我脸上打了一拳，因为我回家晚了。你呢?”

“我也一样。是住在我隔壁的一个家伙。他杀了我的狗，因为狗夜里叫。战争打响后，我就去看他，杀了他。”

“我呢，也有个在我姐姐身边转的家伙。一次，他在公园里强行吻了她。我看见了。他是个混蛋。我对他说了，说我会杀了他。他觉得好笑。可我会杀了他，真的。”

达尼埃尔·伊尔·朗格鲁瓦脸色阴沉地望着河渠。

“你知道，重要的是大家意见一致。全体男孩女孩跟我们一样。大伙儿在一起，就什么都不用担心，可以开始行动了。你知道要怎么做吗？先形成一个组织，真正的组织。在学校。它得有个名字，可怕的、让大人害怕的东西。比方黑豹。”

“或者吸血鬼。”

“或者章鱼。”

“红狼。”

“眼镜蛇。”

“等一等。蝎子。”

“鲨鱼。”

“幽灵。”

“等一等。去年我看过一部电影，故事发生在印度，我想。有个宗派组织，趁人在吊床上睡觉时用匕首把人刺死。他们自称老虎钳。”

达尼埃尔·伊尔·朗格鲁瓦双目放光，注视着朋友塔尔。

“就这个。从今天起，咱们就是可怕的老虎钳。”

由于需要一个识别的标记，他从兜里掏出一把小刀，在朋友的手心和自己的手心上划了个 T 形[①]。然后两人离开，朝第八大道走去。

年轻人奥冈每逢遇到孩子，心里总不大踏实。他望着他们的眼睛，想看看革命是否明朝到来，力图看出他们握紧的拳头里有没有 T 的形状。

午夜时分，年轻人奥冈身处一个昏暗的街区。街道坑洼不平，房屋东倒西歪，好像发生了地震。窗户没有玻璃，门上尽是涂鸦。在一条呼呼刮着风的长街上，他与一些黑脸男人和醉酒女人擦肩而过。眼眶深处，眼睛黑如焦炭。头发浓密蜷曲，贴在脑门上，梳到脑后，有的油光光的。他们的身影在路灯潮湿的光下很快闪过，人行道上响起咚咚的脚步声。这儿那儿，从黑色马路中央升起大片蒸气，车辆滑行着穿过。这像一张照片，黑斑和白点骤然而生，紧贴着地面。看不见天空。由于寂静无声，这也像照片。

一切都毫无意义。运动慢慢互相交叉，成为一连串惊愕的手势。高楼大厦垂直闪过，把混凝土楼梯栏杆抛向空中。街道锐利的

---

① 老虎钳的英语为 Tongs。

拐角切割风和光。奥冈在寂静中从一条街走到另一条街，穿过荒地，顺墙根而行，突然消失在宽大的阴影中。他在哪儿？人们看不见他了。他是不是朝右拐进这条街了，还是走进了这片水泥空地？从一扇黑色的门进入了一座大楼？不，他在这儿。他又出现了。他在路灯下一个光斑的中央走。他的影子蜷缩在他身下，超过他，分成两半。他在做什么？他在人行道边等，一辆敞篷汽车从他面前驶过。他穿过街，在坑洼不平的路面上绊了一下，上了另一侧的人行道。他干嘛要过街呢？墙上有扇玻璃窗闪闪发光。他经过玻璃窗前，自己也闪闪发光。一个穿大衣的男人朝他走来，他也朝那男人走去。那男人稍稍向左，他稍稍向右。他们快速地互望一眼。穿大衣的男人在想什么？奥冈在想什么？他们擦肩而过，那人在左边，奥冈在右边。在十分之一秒的时间内，人们只看见一个身影。但他们立即分开了。穿大衣的男人是谁？奥冈是谁？现在，他在又黑又白的街上走远了，人们看不清他的面孔。一个身影，仅仅是一个身影，陌生，与其他的一样，正在人行道上走。一群人朝他走来，另一群人从后面超过他。突然间，人行道上集结了十多个身影，连同腿、胳膊、脑袋。他们乱攒乱动，随后散开了。他在哪儿？奥冈在哪儿？第一个快步离开的是他吗？第二个，第三个？斜穿过街的是他吗？半途折回、上了马路以便走得更快的是他吗？有什么关系？就算此人是奥冈吧。他朝后转，伸腿在水泥人行道上走。他停下来点支烟，把火柴扔进排水沟。的确，奥冈曾有个打火机，但也许丢了，卖掉了，说不定留给那个叫丽奇的女人了吧？他又经过明亮的橱窗前。另一个身影朝他走来，赶上了他。嘿！在来自橱窗的一个闪光里，他又朝后走，回到街的另一头。他即将消失。他在光滑的人行道上滑行，变成了一个点。接着他又朝回走，在两辆车间穿行，与一群人擦肩而过。他融入大声讲话的这群人，不时停下脚步，转向其他人，挥着胳膊叫喊。听不清他在喊什么，好像是："不！我跟你们说！不！"

一对男女手牵手沿街而下，走过停在人行道上的那群人时，牵那年轻女子手的是奥冈。他稍稍拖着她往前走，因为她累了，或者她走不快。两人走进一个大阴影里不见了，只听见那女子的鞋跟笃笃地敲着地面。然后什么也没有了。他永远消失了吗？不，有个什么东西从影子里浮现出来，沿街而上。一个女子的身影快步无声地走在人行道上。怎么，奥冈变成女人了？是啊，正是他，他有两条腿、两条胳膊和一张看不清的脸，由此可以认出他来。男人，女人，有何区别？他们不都是一样的吗？这些动作富有节奏的黑糊糊的小昆虫，不都迈着同样的大步，长着同样的眼睛，有着同样的思想吗？嘿！又是男人，他快步沿街而下。嘿！男人过街停在一辆车面前。嘿！男人沿橱窗走过。嘿！女人臂端晃着一只手袋沿街而下。就这样无休无止，可以延续数小时，数天，数年，甚至更长。在冰冷静止、好似照片的街上，奥冈不停地来来往往，走着"之"字，消失，再现。黑，继而白，继而斑点，继而女人，继而男人，继而女人。一些欲望遥不可及的无言昆虫，一些动作小心翼翼的螳螂。

此地适合令人激动的音乐，适合一连串相同的音和长长的机械滑行声。适合催眠的、不断重复的歌曲，适合萨克斯持续创造同一个乐句、失而复得的乐句的沉闷声音。一片片阴影是迟疑、摸索的大提琴的震动。有节奏的打击乐是街道，街道。房屋的外形、窗户、路灯的光晕不停地勾勒同样的东西，在寂静中推进的流畅的线条，思想的放飞，在其实什么也没有的地方创造生命。还有身影在这儿，在城市图案上的历险！人们不太能理解且一无所用的历险。耸入云天的大厦的立方体，音乐的立方体！暗槽的城市，音乐的城市！头灯晃眼的汽车朝未知行驶，滑行，前进。爵士乐的汽车！耸立于海上的桥是一声声的呼唤！车辆震颤的高速公路上行下行！空荡荡的广场，树木无语的昏暗花园：你们需要的不再是鸟儿，而是单簧管！奥冈，伊尔·朗格鲁瓦，塔尔，或者瓦西科、惠勒，罗特鲁，这不再存在，不再有意义。存在的是整体、成吨的混凝土和钢铁的房屋、挖空的群山、立于岛上的铸铁雕像、行驶着沉重盲目车厢的地铁隧道。昆虫无足轻重，已经看不见了。它们在缝隙里碎步小跑，大量迅速繁殖，可笑的虱子，滑稽的有爪蚜虫大军！被遗忘了，被遗忘了！再也不被提起了！再也没有合乎蚜虫尺度的情感！我们要二十五层大楼那种尺度的情感。塔楼那样高、体育场那样宽、隧道那样深的情感。

思考！思考！这不该仍是掀起微尘的铃铛的小小震动，而该是别的什么。思考，这一定令人惊恐。当地球思考的时候，便有城市塌陷，成千上万的人死亡。

思考：举起房屋群，挖掘河谷，掀起海啸。像城市一样思考，就是说：八百万居民。一千二百万只耗子。五百万升碳酸气。二十亿吨。灰色的光。光的穹顶、喧闹声。闪电。悬浮的黑云。平屋顶。火警。电梯。街道。二万八千公里街道。一亿四千五百万只电灯泡。

孤独：自主的围墙在此断裂了。一天夜里登上塔楼顶，敢于注视这座城市和其他城市的人。目光如此冷漠以至与塔楼融为一体的人。他是否比从太空深处、透过包金炮弹的舷窗注视地球的人离得更远呢？他之所见是否比冰冷地展现在星际密封舱嘴筒前的东西更美，更动人呢？他之所见比南极洲高原更冷，比盐湖更明亮，比北海更广阔，比希拉沙漠更炽热，比堪察加半岛更美，比奥里诺科河更丑。他所见之物那样大，以至风筝疲惫得飞不动直往下掉。他之所见如此精确，连地图也模糊不清，迷了路，不再有意义了。为此塔楼上才有栏杆，防止人们一群群登楼腾空跳下。为此才有玻璃窗，不透光的玻璃窗，免得可怕的虚空吸引人们去外面，把他们一口吞掉。为此才有电影院、图画、明信片和书籍，使墙壁，越来越多的墙壁，成为保护的屏障。

思想，无尽的思想要扩散，并布满空间。思想在逃亡，躲到城市的迷宫里。仅有一种思想被允许迅速传播，于是人完蛋了。手表，日历，来救我！救命啊，秒表！救命啊，烟卷！房屋、衣服、字典、照片，快，快，来救我吧！缠住我吧！金钱、车辆、行业，快，不然就太晚了！来把我从塔楼里拉出来，重新在昆虫中间安排我的位置。来吧，饭菜！裸女、日常的顽念、怪癖，别耽搁！虚空已抓住一条腿，一条胳膊，它在拉我。在我的眼睛和这目光间张挂你们的幕布吧，不然我会跌倒！

在地球上，小男人、小女人的路继续延伸。

年轻人奥冈来到一条街，一些乞丐在街上拦车。其中一个扑到车轮前，当车子猛刹闸停下时，其他乞丐冲上去，好像要擦头灯和挡风玻璃。接着他们敲车窗玻璃，只好掏钱给他们。

在过道型的酒吧里，一些人烂醉如泥，头伏在桌上睡觉。

人行道上，一群身材魁梧的黑人迈着有节奏的步伐，两眼直视前方往前走。人群分开，身体贴墙，那群巨人冷漠高傲地走过。

一些脸上涂了粉、头发染成淡色的男人一波波走过。一些女人在门的隐蔽角落吹口哨。一个穿网球鞋的年轻人平卧在地，头在阴影下，正在吸毒，然后睡着了。

在一个公共汽车站，一位眼神天真的胖妇人把手袋放在腹部，右手从袋里伸出来，用手指搜索一个等车男子的衣兜。她从兜里掏出一个钱夹，塞进自己的手袋，然后沿街走开，眼睛寻找着汽车站。

在一个十字路口，一名男子手持一根铁条。每当有辆车从他身边经过，他便举起铁条重重一击，打坏车身外壳。年轻人奥冈看着他做。有两次，车子快速离开，后备厢上留下一个坑印。但第三次，车子停了下来，年轻人奥冈并不感到惊讶。两个男人一声不响走下车，那人想用铁条打他们。他们扑过来，把他掀翻在地。一分钟内，年轻人奥冈听见拳头一下下打扁了那人的脸。两名驾车人中的一名使劲打他的胳膊，他只得松开了铁条。于是，驾车人推开伙伴，开始用铁条打躺在地上的那人的脸。第一下没打中，第二下打破了脑壳，人们只听见一声短促的叫喊："哇！"第三下，那人已经死了，但驾车人仍不住手，继续使劲用铁条打血肉模糊的脸，弄出软绵绵的怪声。车辆开着头灯全速从他身边驶过。驾车人打够了，把铁条扔到地上的尸体旁，与伙伴一起上了车。车子启动，亮着两只红灯沿街而行，然后拐弯不见了。马路上，那人横卧在铁条旁。开着白晃晃头灯的车辆继续在他四周行驶，其中一辆离尸体那么近，让人清楚地听见轮胎在血泊里轻微的响声。年轻人奥冈在人行道边待了片刻，想看看是否最终有辆车碾过那人的尸体。但人们的车技比一般想象的要好，所有的人都绕了过去。于是年轻人奥冈离开了。在一九六五和一九七五年间，这种事可以在纽约、巴尔的摩或圣安东尼奥①见到。

① San Antonio，美国得克萨斯州城市。

我的城市名声不好：海滨的散步大道和夜晚灯火通明的街道上，一群群若有所思的萨德挤来挤去，观望着，心里却不明白。

他们从映照夕阳的玻璃窗里涌出来，在随着人脚步走的烟味中间穿行。全体商贩都在自家门前，神色冷峻的脸上，眼和嘴只知喊出肉体的价，下达命令，发泄愤怒……

人们见他们挑选牲口，而暮色眨着眼睛。

更远，更靠近大海，在弧形和圆形的森林里，我买了成千上万个诱惑！
我听任后宫的女人们围着我转，总之我比一头狮子更幸福，更懒散，我听见她们迈着软绵绵的大步把我带走。

人们见她们挑选怪异的牲口，而暮色如一百万只苍蝇抖动着。

有一种逃亡在寒冷的国家继续，在不属于我的他们的国家继续。他们神情严肃地在买：我为此感到痛苦，我嫉妒他们的力量——噢，买卖奴隶给人多么大的快感！

空无一物的商店里灯光闪烁，铺着红地毯，女人穿着高跟鞋在上面走。节奏沉重的音乐在玻璃墙中间打转。我身处一个充满光线的空旷地点。女人们光着的腿持续不断地在红地毯上动。吉他乐曲刺破寂静。一切都美好。一切都祥和。一切都被发明出来。可惜商店老板是名匪徒。

动物们有所谓的逃跑反应，就是始终在世界与自身之间保持必要的距离以便脱逃。如果你走近，便中止了这种保护。动物受到威胁。它必须稍稍后退，以重建必不可少的距离。睡眠也一样，它取消距离。睡觉者离得非常近，无论谁都可以触碰他。所以动物们从不睡觉。

人呢？他没有腿可以跑，没有翅膀可以飞，没有耳朵可以听见声音传来，没有鼻子可以闻出味道。睡觉时取仰卧之姿，柔软的腹部有挨打之虞。把他和一头饿虎放到森林里，没等他看见爪子伸出来便轻易被撕成了两半。

苍蝇比人快千倍，它专心致志地躲避人手的拍打。如果苍蝇以同样认真的态度思考，用几分钟就能重新创立从毕达哥拉斯至爱因斯坦的全部科学。

蝴蝶落在花上，也成了花。人呢，他不善模仿，甚至模仿不了别人。他有没有过在竹林里装饰虎纹，在枝叶间装饰眼状斑的念头？他有没有在沙中变灰，在雪上变白，在夜里变黑的能力？他想没想过背上一只眼睛涂了色的猫头鹰面孔吓唬他的敌人？

我逃，但我无遮无掩地奔跑，跑不到头，永远抵达不了目的地。危险来临时，已经为时过晚。这个我知道，我有过亲身经历。应该在千里之外的时候，我却仍然在这儿，连胳膊都没有动一下。

慢，人逃得慢！苍蝇，蚊子，请教会我缩成一团，一跃而起，在风未到来之前。野兔，教教我怎么动耳朵！你们，蜥蜴，美洲豹，美洲狮，请给我演示如何悄无声息地行走，一只爪子着地后再伸出另一只，连一根细枝都不弄断！

现在我十分清楚我逃离的是什么：是虚空。

我在陆地间漫游，从一座城市到另一座城市，而我什么也没有遇到。

宏伟的大都会，绵延无边的高速公路。我怎么从来什么也听不见呢？难道是我把虚空带到我所到之处，就像对聋子来说，所有人都是哑巴？有时我厌倦了如此多的图像。我真希望禁闭我的有机玻璃的外壳被打开。但这不可能。自主，该死的自主。我告诉你们，我做自己做厌了。做某个人，做其他人中的一个，这可能不够。我的姓氏，我不想要了。用你的名字叫我吧。

男男女女的脸、动作、习惯、职业：全是演出来的。世界上尽是木偶，住着机器人。他们笑，他们讲话。但我看见他们的眼睛，我知道另一侧什么都没有。

现在，也许我远离的正是这些。仇恨把我拖入了空间深处。我走过了所有的路，那些冲到思想之外的路，那些通向否定话语的路。

我脱下了衣服。有一天我迎着太阳走，比方在纽约东三十七街，或者蒙特利尔谢尔布鲁克街，再或者多伦多艾格林顿大道。现在我变得透明。没有热力的光把我穿透，我顺着光线滑行，失了明，不可见，脚步轻盈，头部远远在我前方飘浮，追上了有四十四道光的那颗圆星。

我逃避虚空，就是说我被它吸引。光在我前面挖了井，想让我掉进去，掉进去！那边，在隧道深处，也许是天堂。你试着相信它吧：另一片土地，另一座街道平行的城市，另一条大路，另一些树木，另一些波光粼粼的河流。光线住在这崭新的世界，永不熄灭。在那儿生长的植物，花儿永不凋谢。在这座街道没有号码的无名城市里，滑行着黑色车身的大汽车；引擎永远不停，一天接一天地转着，发出十分轻柔的声音。在咖啡馆，阳光下，人们坐在一尘不染的桌前，总用同样的杯子喝同样的水。从高音喇叭里传出优美的音乐，音符相互叠加，不离开人们。在电影院，如大教堂一样宽大的放映厅深处，电影放个不停。一张张脸在银幕上一再闪过，眼睛睁着，嘴巴讲着，人人可以选择影片何时结束。也许这是个爱到地老天荒的爱情故事。一个男人注视一个女人数月，接着那女人注视那男人数月。他们不睡觉，不分离，有肌肤之亲时依然全身打颤。男人抚摸女人的右肩不止二十五年。他们说着话，他们说：

“啊……”

“嗯，嗯……”

“是吗?”

“来吧……”

“你这儿有几个黑点。”

“这，你喜欢吗，这样的发式?”

“嗯，是的，是的……”

各幢大楼的外立面上也有小说，它们在电灯泡的屏幕上从右至左点亮它们的语句。这是些没有结尾的小说，不是悲情小说，而是跟明信片一样简单的故事，读完就忘的故事，与死亡、战争、着魔的人、自杀者毫不相干。

那边，在直通太阳的大路尽头，也许有位女子在等待。最近哪天你到了那儿，在街头与她擦肩而过，说不定她会立即认出你正是她等的人。她将在人行道边停下，微笑着望着你，说出这个可怕的字眼，这打碎坐舱的玻璃窗、使掩蔽所的老墙坍塌碎裂的秘密字眼：

欢迎!

这就是那边，有一天也许会到达的那个国家的情况。我暂且四处跑跑。既然我不能像世界那样大，像太平洋那样深，既然我无法像苏格拉底和老子那样思索，既然我不能像耶稣和恩格斯那样改变人的生活，既然我永远不能做自己，绝对的自己，直至心醉神迷，那么我剩下可做的是：行走，躺卧，飞快地跑，阅尽人间景致，看火车站站名次第闪过，认识各式各样的不寻常女子，各式各样的男子，各式各样的狗。

一九五六年款的雪佛兰汽车在没有尽头的大路上行驶。车窗外气流呼呼地响，扬沙的风吹过大路。一座座城市飞快到来，铁丝围栏不停弹起。

边境城市在空间静止不动，不时打开门让沙漠商队通过。在公共汽车站候车室，一些衣衫褴褛的黑人睡在长椅上。一些身着肮脏工装的工人抽着烟看电视。

在麦卡伦（得克萨斯州），天气干热得连蒸气都像沙子。尘土飞扬的街道上，只有一些简陋的小木屋、马口铁桶、啤酒罐。

我经过，我穿行。城市是垃圾堆积场，时间对城市不复存在。人在高速公路上步行时，比茫茫大海上一艘货船的船长还要形影相吊。我走得更远，更远，朝向我没去过的地方。我搭乘在孤寂的双轨上浪费时间的火车。我坐在孤单的公共汽车上，车轮颠簸着把我带走。沿地球运动并不容易。它刮伤，它擦破，它是无可救药的一种病。我见到的一切立即被我忘掉。我在路上，不为绘制地图，也不为写书。我在运动，不为知道我是谁，我在哪里。不，我动是为了离开这儿，仅此而已，为了不再是你们中间的一员。如果我真的学到点什么，我会告诉你们的。

署名：

朱亚尼托·霍尔加赞

正如俗话所说：

我那样好动

地球上有许多声音，真的有许多声音。人们讲话，到处讲，不停地讲。我听见从各个缝隙，各个凹槽升起古怪的呼噜声、带鼻音的说话声、犬吠声，继之鸟儿的细声鸣叫、叹息声、用鼻吸气声、打嗝声、舌头的吧嗒声、牙齿的格格声。这是一只巨大的鸟笼，不知疲倦地絮叨和号叫，以其气体填满苍穹。从地球的这一端到那一端，在空中，风中，水里，废话回声滚滚。声音升高，降下，声浪如潮，刮擦，爬行，接二连三地爆炸上亿次，间隔仅百万分之一秒。没有和弦。永远不会有和声。挂钟永不敲同一个钟点。迸发出的字母、动词流的骤升、形容词、名词、介词、数字。一股股口水、鲜血、体液和气体滚下断裂的水坝。我什么也不想说。不，我什么都不能说。我坐在桌前，两手搁在前面，龙卷风一阵阵吹过，刮走我的片言只语、我的汗毛，还有树枝。水从天而降，词语的水，每一滴快如跨越天空继而消失的光。爆炸，爆炸，持续的低语，在我与其余之间竖起恐惧之墙的瀑布。大厅和大地一样宽广，说不定它就是地球，宇宙。地球上有许多人。这儿的人群非常密集，非常喧闹。我面前有自由词语的大洋，语言的灰色原野，它前进，后退，前进，在原地跳舞。在我的气泡周围有座紫色明胶山，它浑身没有神经的肌肉不住地打颤。我呢，我在它里面。

我歇不下来。我不愿停下脚步。我不愿挖自己的坟墓。为此我滑行，远远地侧滑。所有真相中最可恨的，是停下来时遇到的真相。一个庞大的怪物，它挖掘身下的土，鼓起它的皮，以孤独为营养。在四条腿间撒尿的难看的绵羊！我不愿意认出自己。认出自己时，我会失去自己的现实。危险。火车站的危险，静谧花园的危险，港口和机场的危险。到处都有这张窥伺我的脸，它想变成我的脸。我要弄瞎这双眼睛！我要扯下这张嘴巴，这只鼻子，这对耳朵！我要用锤子砸碎这个脑壳！谁说别人是我？这不对，别人不是我。别人数目那样多，那样强大，那样真实，仿佛有天夜里我仰望半边星辰闪烁的黑色天空。如果别人是我，就没有认识的理由了。连我都不是我！我在哪儿？哪面镜子终将让我认识自己的形象，我真实的形象？那喀索斯喜好撒谎，撒弥天大谎。他爱的不是自己，而是他兄弟。

智力不返回自身。它是一条行走的线。它如何作出判断呢？为此它必须停止走出自我，哪怕一秒钟。可是它不停，持续不断地渗出思想的汁液。它是自由的，不断自由地呼气。

地球上有许多声音。所有出现的思想都弄出响动。从海参到睡莲叶，无一例外都在讲话。他们真疯狂，他们真软弱，那些希望了解自我的人。他们心平气静，那些希望看到自己左顾右盼的人。他们不知道一道目光意味着什么，料不到他们的意识是多么可怕的划破空气的鱼叉。我注视他们的圆脸，上有眼睑的眼睛，扎了两个窟窿的鼻子。我看到从体内冒出的细微线条、黏结的头发、一道道光线。这是他们的思想。我思，故火柴的火苗在。我思，故羚羊在。我思，故大天蚕蛾在。

我总比我的思想慢半拍。我以为跟它在一起的时候，它已在地平线的另一端。我以为认得玻璃烟灰缸或太阳的圆形薄片的时候，我已经穿越。存在，即已不在此。当死亡来临时，也许……也许那时我将知道什么是烟灰缸、月亮、草的气味。但暂时我只能承认我的失败。别期望我写出罗列定义的书。我不是好猎手，永远带不回猎物。但假如你喜欢急速掉进井底，喜欢火车每小时行驶一百二十公里，或者阿根廷的蚂蚁大军围绕一块奶酪骚动不已，那么你将明白我想说什么。

没有静止的知识，连代数都建立在无限，即向未知开放的基础上。没有精密科学。生物学、词源学、病因学和地质学，倘若把这些告诉金龟子，准会被它们耻笑。没有体系：设想孔子读帕斯卡尔，帕斯卡尔读马克思，这多么可笑！设想恩培多克勒[1]读《波波尔·乌》[2]，他得做怎样的鬼脸！没有意识。设想思想返回自身思考

① Empédocle（约前 490—前 430），古希腊哲学家。

② Popol Vuh，危地马拉玛雅文明基切人的圣书。

自我。我觉得这比设想子弹从被它杀死的人的伤口出来，回到枪管更容易。是的，这比设想宇宙爆炸的口子突然闭合，银河重新黏合，抹掉逃逸的数百万光年也更容易。

现在，在我内心深处。没有确信，但有种渴望，有个呼唤。我永远不会知道自己是谁。我永远什么也不会知道。我将始终朝大量的光走，朝所有闪光的东西跳舞，我将是找不到阴凉而死去的夜蛾。

自我顾盼的人注视虚无。想自恋、为爱憔悴的人是醉汉。自言自语或想对别人说些什么的人是没有舌头的哑巴。如今，我对此看得很清楚。这是逃跑的结果。我终于打开了现实的门，走了出去。房间只是一些暗点，对认识而言太宽大，对世界而言太窄小。什么也进不去。墙壁沉重，密封，守不住秘密，只掩盖秘密。线端吊着的光秃秃的灯泡不是太阳。长幼虫的木质家具不是山。玻璃烟灰缸里有烟头，除自己的真相外没有其他真相。我，我想朝它俯下身，我只看见玻璃、纸和烟灰。现在请朝外望一下，告诉我你看见什么。你是否只看见一个烟灰缸？

不，眼睛不够用了，要看的东西那样多。必须有一万只眼，那也不够。必须快如苍蝇，慢如树木，大如鲸鱼，高如大兀鹰。可这不够。必须多如细菌，重如锇①，柔如土，冷如雪。水得像水，火得像火。我呢，我只是一！

① Osmium，常温常压下密度最大的元素。

地球的居民们，到我这儿来！狮子、非洲牛羚、白蚁、蛇！然后，看我的信号出发！逃进森林、稀树草原、山谷。海鲨、鹪鹩、寄生虫，你们勘察吧。做我的侦察兵。去打听这个国家的情况。告诉我这儿夜里气温多少度；告诉我水是否能喝，能不能找到盐或金子。臭虫，告诉我哪个最好，是吃奶孩子的血，还是打仗男人的血。达里恩沼泽①的黑青蛙，告诉我你们如何用你们的皮制造毒药。你们，脆蛇蜴，为什么决定模仿蛇呢？你们，白蝎子，告诉我你们怕谁。

逃跑不是静默。这是骤然间声音的雪崩，各种沙沙声、咔嚓声、窃窃私语声。逃跑是讲话，不再是为了被理解，而是为弄出声响，在其他声响中再添一个。

逃跑不可能是孤独的。逃跑是突然置身于不可置信的、转个不停的人群中间。我想到老鼠，一下子我有了八十亿个兄弟。我想到云彩，于是我在空域见到在我周围飘浮的空中伙伴。我想到蚂蚁，从此我不可能孤单一人。我想到莫哈维沙漠②的沙粒，这下我身处每一粒中：假如你知道莫哈维沙漠有多少粒沙子，你将确切地知道我有多少位朋友。

---

① Darien Gap，加勒比海最南端的三角形延伸部分。

② Mojave Desert，位于美国西南部，南加利福尼亚州东南部的沙漠。

在此期间，J·翁布尔·奥冈来到加利福尼亚湾的一座小岛前。站在海滩上，他久久地注视小岛。天际处，在泛白的碧蓝海水上，它像一条肥大的黑鱼安静地浮游。空气又干又硬，风顺着海岸的沙丘刮过来，把沙子吹进你的眼睛。J·翁布尔·奥冈重新上路，朝北走。他不时与身着短运动裤去钓鱼的美国游客擦肩而过。村口有家崭新的汽车旅馆，它有水泥墙、一个吧台，以及把热风送进热空气的空调设备。稍远，一位穿条肮脏的粗布长裤的老人正重新把自己的小卡车漆成蓝色。海滩上，一群皮肤晒伤的年轻姑娘尖声叫着，身子泡在水里。J·翁布尔·奥冈累了，因为他是在海滩上睡的觉。醒来时，他看见涨潮时的岛，于是决定去那儿。为此他顶着太阳沿海滩走。

这座岛名叫鲨鱼岛。数百年来，岛上生活着昆卡克人。他们选了这座岛，因为此地荒无人烟，大海保护他们不受外人侵扰。这是海中央的一片沙漠，从水中笔直冒出的一座山。它正好有足够生长不良的小灌木和半干涸的溪流，使他们不至于饿死。落潮时，小岛离海岸仅有几链[1]。涨潮时则形成大的漩涡，仿佛又升起了吊桥。

如此，有这座岛，这座峭壁干硬的黑山，这片灰色的海滩，这石油蓝的深水。昆卡克人每年有部分时间在岛上生活，然后驾长舟出海打渔数月。收获好的时候，他们再度北上，有时直抵美国边境卖鱼，然后像来时一样没了踪影。

如今，鲨鱼岛上已没有昆卡克人。人们决定在岛上为百万富翁带瞄准镜的猎枪设立禁猎区，建造水泥和玻璃的汽车旅馆、酒吧以及晒伤女孩的专用海滩。昆卡克人被驱逐。他们驾长舟，携妻儿猫狗一起离开了岛。但由于这是他们的岛，他们昔日挑选的岛，所以他们在离海岸最近，陆地突出于海中央并对准岛的地点停下来等，无时无刻不望着岛。昆卡克人不喜欢水泥汽车旅馆，也不喜欢酒吧，所以他们正在死去。他们跟大家不一样，不是一个个地死，而是一群群地死。他们缓慢平稳地死去，没有疾病，没有凶杀。他们正在消失。

J·翁布尔·奥冈沿着海岸，久久地在一条沙径上走。近午时分，他来到一个山丘顶，看见仙人掌和荆棘丛间有个名叫蓬塔楚艾克的地方。落满灰尘的小灌木原野沿坡而下直抵海边。最低处，有片似有似无、被海水不停侵蚀的海滩。一座灰色的半岛伸进海里，好似一根指向大海的手指。指端，蓝色平面的另一侧，岛静止不

---

① Encablure，旧时距离计量单位，约合二百米。

动。在这沙子的岬头上，J·翁布尔·奥冈看见一个野营地，木棍上支着几片撕破的帆布权当帐篷。随着他沿沙径朝村落走，渐渐出现了贫穷、饥饿、烦恼的征兆。布满沙地的碎屑、锈迹斑斑的旧罐头盒、烂货箱、马口铁桶、摔破的碗、骨头、切下的鱼头、绳头。

沙子不白。它不适合身着彩色比基尼的年轻女士的赤足。沙子色暗，沙粒又硬又碎，形成谁也不要的碎片，在上面长着带刺的植物。一根根锋利的草拨开结块，顺风斜刺里生长。干涸的小溪在泥里留下印痕，成千条纹路意味着衰老，孤寂，以及诸如此类的东西。这儿有风，有雨，有敌对大海的浪花。当天上无云、风从沙漠吹来时，这儿太阳正毒。这儿的美不美，它生硬而凄凉。蓝色丝毫不意味着温情，它向词语关上了门。世界是这样想的：真理不来自人，也不来自他们的话，他们的书，甚至他们的宗教。真理不是人的，而是世界的。真理是天上放出的光，是蔚蓝的海，是风，是沙原。是动物的眼睛。真理可以被认出，它摆动着，颤抖着，似在天边发亮的黑岛。甚至话语也不是人的。它在巨大的颜色里，覆盖宇宙的无法承受的蓝色里。山一样的真理，严酷深邃的真理，无例证的赤裸裸的美，永远真实的、无需手指直接触摸到东西的王国。

至于其他，人、词语、想法：谎言，谎言。

在J·翁布尔·奥冈面前，现在是一大片不透光的暗绿色的水。身后，是山脊破碎、荆棘丛生的群山。上方，是光秃秃的天，沉重的淡紫色空气。没有任何恬静、悠闲、成熟的迹象。这是地球早期的一个地点，凶残且多疑的地点，因孤寂和好斗而变得严酷的风景。

J·翁布尔·奥冈开始在中央小径走。男男女女蹲着躲在支起的破布片下。篝火在石子堆间冒着烟。孩子们躺在沙子上。狗在垃圾堆里搜寻。一头被绳子系住的黑猪在原地打转。沿着伸向海里的岬角，一些大船被拉上了岸，什么也不等。风在沙上吹，扬起看不见的沙尘，它横向前进，打痛人的脸。

在J·翁布尔·奥冈面前，有个男人站起来迈开大步走，黑色长发飘飘，掩住他的脸。帐篷内，妇女们喂奶，在炖锅里烧菜，吃残羹剩饭，等待，目视前方。狗弓着背，鼻子贴地奔跑。稍远处，从一顶帐篷昏暗的深处传来半导体带鼻音的音乐声。后来音乐停了，一个男人的声音开始用西班牙语讲话，语速很快，讲了许多谁也听不懂的话。

每一天，在伸到海里的沙角上，时间就这样流逝。漫长、疯狂的时间与影子在沙粒和带刺植物上匀速运动。鱼鹰贴着水面飞，在滚滚波涛上跳跃。

在海滩，搁浅的小船旁，男人们在望海。体积沉重的鲨鱼岛在他们眼前原地改道。男男女女学会了辨识每座山峰的形状，每个海湾的灰色标记，每丛草的位置。他们学会了远观昔日到达过的地方，学会了不再渴望他们之所见。远处，岛在波光粼粼的水面上漂移，真的遥不可及，真的如梦似幻，如同一艘远去的邮轮。男人们坐在海滩上，长长的黑发在背上飘动。他们学会了坐在损毁的小船旁，等待太阳朝岛的顶端下落。

潮汐令大海膨胀，然后把海水排到因菲尼奥海峡里。但海绝不会排空，把岛与伸向它的沙舌一下子连接起来。风从外海吹来，是海的沙漠风。它从不带来一根细枝，一粒尘埃，一股那边的、彼岸的土的气味。

那位昆卡克人站在自己的帆布屋前，他的妻儿裹着被子蹲在屋内。他挺起高大的身躯，望着J·翁布尔·奥冈。他的面部皮肤呈近黑的褐色，厚嘴四周布满皱纹，鹰钩鼻上架着一副墨镜，那是有天一名干偷盗勾当的德国人类学家送给他的。在略带颜色的镜片后面，一双细眼定睛望着。风拍打他的衣服，掀动破帽子的边。他身着白衬衣，乌黑浓密的头发在背后梳成两条辫子，一直垂到腰际，辫梢系了两根红绸带。

他讲话的时候略带迟疑，嗓音嘶哑。他告诉J·翁布尔·奥冈，当海里有许多鱼时岛上的生活是什么样子。他指出他去哪个地方打水，然后再出海数周。接着他讲述警察局的人怎么来了，带着枪，叫他们离开。他说："那儿，那儿，那儿，他们即将盖起漂亮的房子。漂亮的房子。"他身子前倾，一直走到海滩，然后直立于大海前望着。他的古铜色脸上没有任何激动的表情。藏在墨镜后面的一双眼睛里没有仇恨，没有痛楚，宽大的嘴巴一直闭着，鼻孔均匀地吸着气。没有痛楚，也没有欲望。风拍打着他的衬衣和长裤，一双赤足搁在凉沙上，好似两块石头。不再有欲望和未来。昆卡克人注视着那边，万顷碧波另一侧的岛。他看见前浪推着后浪，闪着磨砂玻璃的反光。他望着海浪，因为它们来自那个岛。继而他再次注视在海上漂浮的庞大身影，多年来他对它已牢记在心。岛比星辰还远，又黑又丑，渺无人烟。它破浪而出，好似一艘抛锚的邮船，漠然而忧伤的无名大动物。

几天后，J·翁布尔·奥冈走进一座车辆当道的城市。它坐落于山顶，迷失在寂静大地中的一个盆地的盆底。庞大的城池，马路笔直，小方房子鳞次栉比。城里看不见人，也看不见鸟和树。只看见街道，灰沥青的通道，汽车以一百公里的时速在街上驶过。

事情是这样的：车辆有一天占有了城市，从此再也不停。它们驶过长达六十公里的林荫大道，消失在隧道里；它们跨过桥梁，绕过圆形广场。有时，在马路中间，一根灯柱上的红灯亮了，所有车辆遵命停下。一些人影在隆隆响的发动机前匆忙过马路。在街的另一侧，另一个车流快速驶过，隐没在房子的外墙之间。接着，一下子，灯柱上红灯灭，绿灯亮；仿佛世上有什么了不得的事起了变化。

车辆打赢了仗。它们在这儿，钢甲胶轮，在被它们征服的国家。成千上万辆车嗥叫着穿行于房屋之间，给人以威胁：J·翁布尔·奥冈一边在人行道上走，一边望着它们；他很清楚它们想干什么。它们想杀他。有一天，恐怕它们不会放过他的。它们不会手下留情。裹着披肩的老太太们迈着小步过街。猛然间，发动机的铁罩咬住她们，撞断她们的腿，拖着她们残缺不全的肢体顺着排水沟跑。

这儿的一切都是为车辆准备的。J·翁布尔·奥冈沿着一条尘土飞扬的林荫大道走，它被一道栽了柳树的土堤一分为二。车流从左右两侧呼啸而过。沿大道飘浮着大片的汽车尾气，比成群的苍蝇更可怕。J·翁布尔·奥冈走着，望着那些在土堤上腐烂的死狗。死狗有数百条，倒在黄草上，腹部鼓胀，僵硬的爪子朝天伸着。车子有夺命的需要。这是它们的职责。如果它们不杀狗，它们就会杀人。所以，夜里男人们玩狗和卡车的游戏作乐：

他们坐在大路边，边抽烟边喝盛在一个脏杯子里的龙舌兰酒。他们手里牵着一条狗。一辆卡车过来了，一辆头灯如两团火的巨型卡车全速行驶，地面在它的十四个轮胎下抖动。当卡车开到不足几米远的地方，他们把狗扔到路中央。有的狗吓得嗷嗷叫着跑了，有的面朝卡车狂奔，有的注视两只越来越大的晃眼的头灯等着。还有的什么也看不见；它们侧转身，想知道人行道上出了什么事。卡车的发动机雷鸣般响着，轮胎压在地面上发出水的声音。狗有上千种死法。有的四爪分开一下子被抛入空中。有的像水果一样被切开，有的被压扁如薄饼。有的发出刺耳的叫声。还有的像鼓似的全身共振。有的甚至免于一死，钻进两排轮胎间，消失在荒郊野外，夜的深处。

J·翁布尔·奥冈路过时试着认出车名。当车子发亮的沉重车身穿过林荫大道时，他低声一一列数它们：

“雪佛兰一九五五，天蓝色。”

“道奇飞镖。”

“斯蒂倍克一九六〇，石榴红。”

“福特野马。”

“红色大众。”

“雪佛兰黑斑羚，白色。”

这些全是征服该城的披甲士兵的名字。它们用车轮、热发动机和镀镍缓冲器制服了它。如今，城市属于它们。

J·翁布尔·奥冈在汽车麇集的街上走了很长时间。他在发动机罩间穿行，听盖住房屋树木的可怕嘈杂声，看金属车身上所有剧烈的反光，和折射阳光的所有蓝色或白色的车窗玻璃。

公共汽车声音凄厉地沿人行道驶过。车后的发动机在露天旋转，看得见气缸和接通电缆超速运行的螺旋推进器。在溽热的金属壳体内，人们挤成一团，手臂紧紧抓住车顶，每次刹车都使他们左摇右晃。J·翁布尔·奥冈在一个街角停下来，看着公共汽车驶来。有的车非常漂亮，方方正正，镀的镍闪闪发光，车窗玻璃略带颜色。有的十分破旧，窗子没有玻璃，在大片蓝烟中上下颠簸，每颠一下金属板都要散架。人们可以随便上哪一辆，跟众多的胳膊腿黏在一起，被拉向未知的地点。前额宽大的机器允许所有寄生虫进入它们体内，不知不觉地拖着他们，发动机在露天吼叫，轮胎撞着坑洼的马路。挡风玻璃上方写着的怪名是它们的名字：里约米克斯科阿克、特朗潘特拉、索卡洛、奥考阿卡克、里约阿巴霍、考亚坎、奈特萨乌瓦勒考约特勒。当一辆写着瑙卡尔潘[1]的公共汽车驶来时，J·翁布尔·奥冈上了车。

换了两次公交车，经过了所有窗户紧闭的房屋前，看过了所有这些面孔后，街尽头有个可怕的区域，奥冈生活的寂静无声和尘土飞扬的大区域。他决定在那儿住一段时间，因为已经没有路和车，只有激流路、烂泥岗、峡谷和铁皮屋，就是所谓的棚户区。

长达数公里，一眼望不到头，只有这些盖满窝棚、寂静无声的土岗。现在，J·翁布尔·奥冈在爬一条坡路。他攀爬干泥小丘、石子堆、脚在土里踩出的台阶。他呼吸困难，也许因为安静。城市的其余部分在他身后展开，如直抵天际的灰蒙蒙的海，这儿那儿，白色的摩天大楼闪闪发光。他经过几座砖房，一些褐发女子在房里偷偷看他。他穿过蒙尘的田地。小径一直通到丘顶。每一侧他都看到其他同样的山丘，连同泥砖房和废铁屋顶。

这或许是座公墓，坟墓五颜六色，但死人活着。他几乎处处看到他们在寂静中走动，穿过旷野，走下山坡，挑着一桶桶水爬土坡。狗自由地穿行在墓地里，寻觅骨头和橙皮。一群群面带土色的孩子在坟墓间奔跑，发出极尖的叫声划破寂静。更高处，J·翁布尔·奥冈沿着一个悬于干涸小溪上方的平台走。掩蔽所坐落在各

[1] Naucalpan，墨西哥工业城市。

处，密集，分布均匀，无望走出。它们靠看不见的爪子嵌进土里，任什么也无法把它们拔出来。它们出现在一切可能的地点：山腰上、海岸边、隆起处、坑洞里、坑边、坡上。有些在峡谷边缘玩平衡，一受碰撞或一下雨就会倒下。有些蜷缩在裂隙深处，被囚于尘土的漏斗中。还有些在陡峭的绝壁上发芽，日复一日地向虚空倾斜。掩蔽所全是相似的，但没有一个完全相同。存在某种微妙的、一眼看不到的细枝末节，比方铁皮顶上的一块锈迹，用红色字母写着煤气总站或亚特兰特的一块硬纸板，一只旧货箱，一扇绿塑料门，一个盛水的汽油桶，一个上面坐着一名老妪的卡车轮胎。这才是房子的真正身份，就像坟墓上的一束花或灰泥花叶边饰，表明墙内有人活着，尚未停止呼吸。

J·翁布尔·奥冈望着所有这些从土里长出的五颜六色的疣子，从山丘顶俯瞰冉冉上升的烟柱。

此时，他停下脚步，在一块石头上坐下，也用烟卷造烟。他无事可做，又的确有的是时间，于是他做了如下的思索：

在瑙卡尔潘旷野
面对仿若公墓的
巴里奥·科罗拉多
J·翁布尔·奥冈的思考

“也许我将在此驻足，也许，你知道。这是个不寻常的地方，有许多山丘和小谷。最特别的是灰尘。灰色的细尘肉眼看不见，却覆盖了一切。连这儿的水想必也是灰尘。灰尘不停地从丘顶滑向城市，形成长长的带子在空中飘浮。它甚至替代了云彩。它四处钻，进入人们吃的食物和喝的水中。人们呼吸时，它钻进喉咙深处。这是不是不寻常？人们尝什么都有股尘土味。抽的烟卷里尽是尘土。那天我买了一罐杏子糖浆，因为不管怎样，人们有时仍有奢侈的需求。我打开罐子，里面尽是灰尘。这儿的灰尘那样多，即便吸尘器已被发明出来，几秒钟内也会给憋死。不管有没有风，灰尘总在空中飘浮，平心静气，慢条斯理，落在一个地方，然后再离开。我相信这灰尘是活的。它没有任何分量，轻，非常轻。如果用显微镜观察，也许能看到它有翅膀，有爪子。说不定还将看到它并不存在，不过是想象出来的。大家都不喜欢灰尘，有的人外出时戴上口罩。可我呢，我很喜欢灰尘，尽可能地吸它。我只在咳嗽或打喷嚏时最快乐。再说灰尘是个好东西，与它在一起从不孤单。它不引人注目，总提醒人们它的存在，使人不忘记任何事。人们记得每一秒钟，始终清楚自己在哪儿，境况如何。灰尘真的是我的朋友，给我帮很多的忙：它吞下我不需要的声音。当有个声音过强时，比方小孩的叫声、爆炸声、警报声，灰尘飘到前面把声音吞下。声音变成灰色，化为灰烬。灰尘也吞噬我不需要的光，它铺展在阳光前，吸收过于强烈的光线。靠了它，太阳始终如一个点燃的烟头，看得见，但并无大碍。这是个不寻常的东西，这是个灰尘的东西。夜也一样，夜绝不是黑的，而是灰的。天冷时，灰尘是我的又一条被子，堵住我皮肤上所有的孔。我可以告诉你灰尘可以干的所有不寻常的事：它使镜子变得灰暗；它熄灭初起的大火；有风时它使头发贴在一起；它像面粉一样有营养；它推迟表的机械运动；它驱赶蚊子；它给水以滋味；它给鞋底铺一层垫子；它磨光女人的皮肤；它弄脏眼镜的镜片；它停住车辆的发动机；它掩盖肮脏的东西；它扎破蜘蛛网；它封堵裂缝；它阻止人们互视；它磨损旧报纸；它给人死去或睡觉的欲望；它侵蚀尖石子；它连根拔起草、荆棘和毫无用处的树；它藏起星星；它使月亮有光晕；它抹去脚印，还做许多其他的事。”

J·翁布尔·奥冈在石头上动了动，向前伸出双腿。他注视有成百万座房屋的广阔的灰色城市，心里想：

“也许我将待在这儿，是的，待很长时间。我没有告诉你从我家里可以看见海。没有窗户。但如果你在门口，就看见径直下降的山丘，连同其铁皮顶的木板屋。尽头便是海。蓝灰色的大海上耸立着巨大的白色巉岩。汽车沿着笔直的柏油马路行驶在这片海上。但从我所在之处是看不见汽车的。每当日出日落，海上有美丽的晨曦和暮色，红光映照，紫斑点点。这不错。我一直幻想有一座这样的房子，从山丘顶望得见海。我可以坐在门前望海，一边抽支烟或喝杯雀巢咖啡，倾听浪涛声声。这是非常遥远的声音，来自大海并一直升到山顶的不停的喧嚣。我也可以一边跟人交谈，一边注视和聆听大海。偶尔有群人和驴从我家门前经过。这是从市场归来的奥托米人①。他们谁也不看，返回他们的山里。他们面部毫无表情，一边攀登小径，一边嘴里发出古怪的声音赶驴子前进。因为灰尘的缘故，这儿的天碧蓝温和。一切都是干的，干得看不到时间的流逝。一切那样平静，仿佛总在同一个时辰。你，你没有这个体验。你在一个我不了解的城市生活。你去看电影。你总在上上下下。你去配备皮制家具的办公室上班。我呢，这当儿我生活在一幅画中。山顶有我的小屋。我不等任何人。我有自己那一

① Otomi，居住在墨西哥中央高原的印第安人。

方灰尘。

夜里，我看见山下的海被成千上万只小灯泡照亮，有的在动，有的固定不动。无需走出家门就能看到如此不寻常的事情真不错。

这正是我必须思考的：留在这儿或一个相似的地点，灰尘永远不会把我赶走。住在公墓里，就无需为了死而远走高飞。人生在世，有权活一万四千四百个日日夜夜。从这座山顶，有那么多要看，要做，要说的，搞得我上气不接下气。在这儿，视力所及，越过群山和墙的屏障，看得那样远，任何地方都不再可能是空的。咱们再也别说真理这个不恰当的字眼了。我谈灰尘，是因为我不知如何谈那天我遇到的那名男子。他携妻和三个孩子走了数月才到了城里。他面庞英俊瘦削，透着聪明，怀里抱着幼子，一个两岁的小男孩。他和孩子们打着赤脚。我送东西给他们吃，没有一个说声谢谢。他们吃得很快，连那两岁的小男孩也一样。接着，由于他们累了，便席地而卧，睡着了。那男子想抽支烟，没有立即睡觉。他说他将待在城里干活，他说他被赶出了家园，人家叫他去城里。他说他将待在这儿，在城市-公墓里。他有一双能告诉你一些事情的眼睛。不是要杀人的眼睛，而是要告诉你一些事情的眼睛。现在，我知道了。在拯救世界前，在为穷人讲话前，我应该留在这儿，生活一百二十二年，为了理解。”

J.H.H

摊在地面上的破烂城市又丑又蠢！贫困的街道，贫困的旷野，寂寥孤独！掩蔽所！红砖墙的监狱，破落的院子，铁皮和硬纸板的小屋！大堆的垃圾！无事可做，除去注视和受苦，无其他事可做。无声的疾病蔓延开来。忧郁和惧怕的病。它在皮肤上留下宽大的褐斑，任凭发烧和发冷引起的脓包长满全身。没有欢乐的城市，清晨五点寒气逼人的穷人的城市。来不及铺柏油的街道，来不及生长的树木，来不及蓄水的腐水河！屈辱的水洼，晦暗的空间，阳光在其中不过是另一种灰暗。无灯的夜！顺从的男人、女人、衣衫褴褛的儿童，他们到来的人数与日俱增。他们蜷缩在车库的角落里，桥洞里，用货箱的碎板子生火。然后，他们在一两座山丘上搭盖其他的泥屋，吊起铁块，在不稳的屋顶上搁放砾石。沉睡的城市。甩掉死体节的绦虫城市。工地冻结了。墙体停建了。沙子堆成了山，黑土和废铜烂铁的喜马拉雅山。空荡荡的大街区里无人散步，但有人转来转去。改作他用的区域，冰冷的平原，火车和卡车穿行其间。风吹沙刮的不佳之地。阴影，锈斑，油迹。五花八门的斑点。一切都用过上千次的地点！轮胎爆裂的轿车在被撞塌的围墙里遇难。但人们在无门无窗的车身里睡觉，蜷缩在腐烂的靠垫上。人们从无任何期待的幽灵之城。灰色，杀人的正是灰色！多少平方公里郁闷无语，多少平方公里一无所有！不洗漱的城市！不吃饭的城市！不读书、不讲话的城市！无事发生的大盆地！在这些地方，冒险被称作倒胃口的杂烩、假膜性喉炎、结核病、天花、营养不良、伤寒。没有时辰。思想盘绕自身转，不睡也不醒。它不在场。无穷尽地列数孤独、疾病、忧伤：地点缺席，无法看到的地点。在流光溢彩的城市周围，有这一圈圈的虚空。它们挖出了沟，收紧了环。一切都想掉进这些无底洞，然后消失不见。城市舍弃的正是虚空。而虚空的排泄物堆在四周把城市围起来。应当恒久为异域的地点，没有国籍和语言的地点。这是火山的边缘，是人们横穿却视而不见的海上垃圾圈。一道脏泡沫，肥皂沫，污垢的斑斑痕迹。紧闭的小屋里烟雾弥漫，寒冷和饥饿的烟，从门缝里钻出来。耗子大军在夜里出没。骨瘦如柴的狗在空地里打转。咬啮之城！旧纸袋、土色的骨头渣子、黑色的汽油桶。拾荒者之城！一切都失去了，一切都被遗忘和仇恨所覆盖。工厂的红色烟囱制造烟雾。银色的宇宙飞船安放在灰色的荒原中央，永不起飞。煤气罐、石油库、冷金属槽在太阳下闪闪发光。管道架空，电线高悬。大概没有用来表达希望或绝望的字眼，只有一个表示等待的慢字眼，一个将持续数百年的字眼。饥饿咬啮肚肠。饥饿是第三只眼，一种在额头上窥伺的松果体。高空不时滑过一架非现实的飞机。它的影子在泥屋上方飞翔，令孩子们直眨眼睛；它沿着铁皮屋顶摆动起伏，喷气发动机的巨大轰鸣响彻云霄。水泥桥横跨不知名的区域，跃过永远不干的烂泥路。桥上，成千上万辆车一阵风似的驶过，远离被诅咒之地。必须忘却。必须远离。但这可能吗？如何才能不再知道？如何才能回到流光溢彩的商店、电影院、酒吧间、涂过釉的教堂？入世，出世：这毫无意义。如何才能对抽象的人头像、语言、不饿的思维推理感兴趣？逃跑真的应该在此结束吗？如何才能超脱这一切，进行旗帜和书籍的革命，相信有个不丑的上帝存在？地下城市、被藏起来的城市的诅咒。有一天，人们偶然发现这些城市，知道再也不会忘记它们。褐斑一天比一天扩大，在死去的皮肤上蔓延，朝后滑行，走向遗忘……灰斑很疼，紧勒皮肤，在意识周围挖掘空井。斑痕全都默不作声，不闹出动静。它们无任何要求，只要空间、铁皮、烂泥、耗子。它们不发表任何声明，不上街游行。它们没有想法，没有词语，没有图像。它们只是一些沉默的牌子、沟渠、有缺口的墙。有斑痕的人不求征服。他们只有孩子来填满虚空，增加虚空。他们是外国人，说人家听不懂的语言。他们饥饿，但不能以一餐饭或一块甜点充饥，成千上百万餐饭才能喂饱他们。他们没有死，仅仅不见了踪影。他们不相爱，交配很快，但这无关紧要。他们不呼吸。他们不在场。贫困。眼神疏离，从不看透什么，但从一堵墙奔向另一堵墙。斑痕的居民们的脸酷似斑痕，而眼睛好比石子。飞机不是为他们造的。公路不是为他们修的。电线、树木、地沟，没有一样是为了他们。为他们准备的是生锈的废铜烂铁、破纸板、玻璃碎片、爆裂的轮胎、雨、冷、灼人的阳光、旷野的寂静。还有瘦骨嶙峋的狗、变成烂泥的灰尘、煤气和废品的气味。还有穿行于坑洼不平的路上，在每座铁皮顶砖房前停下卖水的卡车；一桶桶脏水价格不菲，致使浇一盆天竺葵比拥有一个游泳池还费钱，刷牙后的水也要吐出来洗手。死城，公墓城，未建好便成废墟的城，现在，轮到你们了！报仇吧！报仇吧！

灰色的天
灰色的城
成千上万堵灰墙今天全在这儿
监狱城，堡垒城，天空下一动不动的城
我认识你：
我再也无话对你说
全世界只有一座城
一栋特大的房子
四堵水泥墙
一个锌板屋顶
几扇窗，几扇门

在碎石沥青路上
有名女子在走
她究竟要去哪儿？

她究竟要去哪儿？

脚步沉重，双胯摇摆

面部无丝毫自信

对她

对她腿上的皮

人们读到的是：

墙

城市，从来看不见的城市啊

没有边缘的城市

我能住在里面吗？

死者之城

为战争建造的牢固宫殿

栽满假树的城市

鸽和鼠的探索之地

有女人

有男人

有在你们墙洞里安身的狗

城市，等等我

我来了，我这就来了，我可能来
我将拜访你们

无法真正谈论你们，城市
噢，尼尼微[①]
噢，拜占庭
噢，特拉斯卡拉[②]、帕恰卡马克[③]、华沙、彭世洛[④]
噢，特诺奇提特兰[⑤]
当你们死去时
才能在你们的墙上写下爱的字眼。

---

① Ninive，古代亚述帝国重镇之一，位于今伊拉克摩苏尔城附近。
② Tlaxcala，墨西哥中东部特拉斯卡拉州首府。
③ Pachacamac，秘鲁中部海岸最著名神庙。
④ Phitsanulok，泰国古都。
⑤ Tenochtitlan，墨西哥特斯科科湖岛上的古都遗址，位于今墨西哥城的地下。

# 自我批评

我真希望像说一样写，希望那堵保护我、隔开我的白纸薄围墙有一天不复存在。在这耀眼的正方形后面究竟有什么？这扇不透光的窗户里边藏着什么样的天堂或地狱？是的，我真想知道这一切。写作的大虚伪——还有设置距离的大快乐，为触摸世界、触摸我自己戴上的手套——原来是插在我与我之间的这种物质，是我走的这条弯路。

那些说人们在呐喊，那些希望人们爱或恨，希望人们直接自然地做自己的人在撒谎。文学中没有呐喊，不可能有声音和动作。有的只是窃窃私语，数百年间行遍天下后从十分遥远的地方来的东西。

我写作时，是不讲话的。

穿过宽广无垠、把我的意识瞬间与释放词语的时刻分开的夜，我的思想被抛弃了。它漫无目的，没有形态地逃跑了。谁在谈语言的能指和所指？为什么通过分析把我的话与真实的运动分开？这些都是假的，是关于语言的语言。写作对现实的抛弃，意义的丧失，逻辑的疯狂，这些才一直是真的、恒定的。面对一小部分世界的景象，我无任何构思、任何杜撰。我依照给我的旧体系去重复。因为这是一场游戏，最残忍、最无谓的游戏。依照构思的标准去构思，依照写作去写作，依照存在而存在。没有桌子、椅子、蜷曲的手、秃头的蓝圆珠笔。没有白纸，也没有东摇西摆的黑色木炭画擦笔。这些全没有。只有我不住测量的令人心惊肉跳的虚空，只有我手拿折尺丈量的无限。世界究竟在哪儿？那一方阳光和空气、水蒸气、硫磺、埋在土里的金属、影子、芬芳、涩味或咸味在哪儿？它在这儿，就在这儿，平放于木桌上薄薄的雪白书写纸后面。（“纸啊，你去死吧！”）

我真希望像说一样写，希望写作像唱歌，像吼叫，或仅仅像用火柴点烟，一边慢腾腾地抽烟，一边想着无关紧要的事。但这做不到。于是，我像别人那样写，坐在草垫椅上，头略微朝左歪，右前臂臂端的手好似一只狼蛛，铺开其细枝和黏液交缠的路。（“纸啊，在玻璃烟灰缸里烧掉吧！”）

在所有纸张、所有照片后面，有我十分熟悉，但永远回不去的天地。在玻璃瓶的瓶壁后和桌面下，有个镇定的幽灵一言不发地观察我。

我徒然地俯身在轻薄的纸页上，阅读络绎不绝的词语。我徒然地阅读字里行间的意思，比方：

说：ni，tlatoa

他说：Tlatolli

稀有语言中的H.：Cecni tlatolli yc nitlatoa

我徒然地看到一切，我的视线到此为止。人们不进入王国，无法在黑色天空中飘着宽大灰云的模糊照片中旅行，穿不过那扇上面写着“纸啊，被目光烧掉吧！”的门。说到底，我，残疾人，我，眼睑发红，喉头发紧，双手发痒，是，真的，我依样做。我这样进行报复：夜里打开我那明亮温暖的走廊的门，然后挡住通道（可是谁真的会进来，既然阅读的目光逃得比把近在咫尺的星星推到数千光年之外的望远镜还快？）。

我真希望像寄明信片一样去写。但这做不到。我无法简简单单地说：我来到这儿，又去到那儿，然后搭乘去槟榔屿[①]的火车。有一天，我正沿着巴拿马纳尔加纳岛和蒂康蒂吉岛之间的海岸走的时候，发动机抛了锚，我只得划船。抑或去瓦哈卡[②]的路上，一个坐在淡紫色凯迪拉克里的蓄须胖男人拔出手枪，瞄准我的面颊叫道：“你想干什么？”这一切，我本可以很快地讲出来，像发生时那样，完美无缺的光荣一生中发生的几件小事：圣诞节那天，我在南圣胡安[③]海滩上抽了一支斯芬克斯牌香烟。在北标府[④]，我

① Penang，马来西亚十三个联邦州之一。
② Oaxaca，墨西哥南部的一个州，首府瓦哈卡市，泛美公路穿过全州。
③ San Juan del Sur，尼加拉瓜滨海城市。
④ Saraburi，泰国中部城市。

走进一家昏暗的店铺，对柜台后边的人说：

“有金城牌香烟吗？”

“有。”

或者，我在烟雾笼罩、啤酒味浓重的大厅里对哈斯汀说：

“我一贯心地颇好，您是知道的，可现在……”

或对迈斯卡拉说：

“什么样的院子？”

或另一天，面对竖起耳朵的狗：

“汪！汪！”

我使用过的这些语言，以及嘴巴张开片刻，让古怪和自信的语音流出的这一张张脸，我全都不会忘记。我不可能忘记。但正因为如此，我将永远无法用其他的词语表达它们，也永远无法把它们转换成真实和略带冒险的故事。没有任何事情发生。我一无所知。在需要的时候，我没能给你们寄明信片。

那么，我怎么可以说什么是贫困，什么是爱情或恐惧呢？也许，人们写小说仅仅是因为不会写信或相反。

《方士秘录》[①]

秘密之书

神圣的谜语

被美洲豹的舌头舔过的东西？火。

伊格卢利克人男变女的传说：

这边有个人

这边有个阴茎。

愿开口宽大

和开阔。

开口，开口，开口！

① Chilam Balam，十七、十八世纪中美洲流行的用西班牙语字母写成的一批尤卡坦玛雅文文集，是了解古代玛雅人习俗的主要资料来源。

## 《迁徙记》[1]

① Walam Olum，讲述北美印第安人祖先从亚洲经白令海峡南迁的故事集。

但必须走得更远，更远。我逃跑，为了不再知道关于未来的任何事。即将到来的岁月，盲目的岁月，该当受到诅咒！我不愿再看见门被打开。必须离开疑似现实而不过是谎言的一切。必须随波逐流，如一艘正在沉没的船。必须到远处寻找，从反面寻找，在往事中搜寻。找回未曾谋面的父亲，未曾孕育你的母亲。混凝土平台，橱窗，你们说：明天！明天吧！可人们的眼中闪着觊觎的光。我呢，我知道什么在等。在我脑海里，惨不忍睹的，这大地裂开、嘴巴挖掘贪食涡流的幻象。我倒退。我逃跑，为了在自身之外，为了比自身更伟大。我不想了解别的国家，了解即死亡。我不想与女人有染，与女人有染即进入死亡范畴。

现在我只是一只轮子，不再有思想和想象力，不再有固定的欲望。科学高速公路、航迹、跑道、草地、科学山脉。我持续不断地跨越界限。这才是应该做的。穿墙越壁，打碎窗玻璃，捅破绣花壁毯，砸碎视野。该走出久待的房间了。该找到别的话说，别的事想，别的东西看了。我是自由的，我很可能是自由的。自由，不就是独自走在威胡奎雅[①]泥泞的街道上，经过抹灰泥的房前吗？自由，不就是头顶阳光灿烂的蓝天，骑马进荒山吗？运动是唯一的意识。自由，不就是伟大，活泼，像自身一样快吗？

时间无边无涯。我见它摊在大地的各处。它有重达几吨的大块岩石，有注入大海的河流，有数量众多的树木、云彩和人。时间在这儿，呈现于开放的风景中、群山里、生活着城市的平原上。它不是一个梦。如果时间仅存于人的头脑中，那就没必要谈论它了。时间就在我面前，绝对的真实。它什么也不缺，什么都没有被忘却。数不胜数的世世代代全在这儿，画在红土上，勾勒在石灰岩的峭壁上，平卧于大海上。我在令人惊叹的风景中间走，我正是在时间中走。我攀登峡谷，穿过大麻黄林，喝水蛭密布的潭水。这都是在时间的风景中旅行。我逃离的是人类的未来。是将来，是世界大同的来临。它也在这儿，生气勃勃地在我周围。它不需要符号，也不需要象征。它完整。它呼吸。它被人熟知。它有天上的空气，小溪的水，尖峰的岩石，太阳的热和冰冻的冷。它有空间的虚空，有星辰，有星云。要知道，这就是我的逃跑：从时间的一端跑到另一端，速度比光还快。或者：某天仰卧于干草中，遥望静止不动的天空，空中有一切已发生和即将发生的事情的详图。

什么都未被遗忘：那么多人死了，世界却毫无变化。田野里，

---

① Hucjuquilla，墨西哥中西部城镇。

大路旁，现在有了这些无姓名、无地址的小木十字架；我在林立的小十字架中间逃跑，回忆起一切。

这是昨天。这是今天。我没有忘记他们瘦削的面庞、发亮的眼睛、快速而沉稳的动作。那么多的女人也消失了，尽管距离遥远，我一直爱着的女人，她们还在，只需仔细看。如果把画稍稍歪一点，她们的面部和身体的轮廓就会显现，被枝叶的线条、山陵的远景、鹰的翅膀或团团云彩勾勒出来。

我这样走的时候，是跟他们一起走。当他们顶着烈日，沿羊肠小道前行时，我追随他们山民步伐的节奏。我看见他们的白衣衫、阔边帽，以及斜挎在肩的步枪。他们腰间绑着皮质子弹带，左肩扛着褡裢和铺盖卷。他们行进很快，不停不歇地连走多日。到了晚上，他们生火煮玉米粉。他们裹着被子睡觉，头枕在枪托上。他们永不留下痕迹，深埋排泄物，把炭火藏在大块岩石下。我跟他们在一起。我始终跟他们在一起。我和他们在同一条路上逃跑，翻山越岭，悄无声息。我沿着荒凉的大高原走，那儿生长着能毒死马的红色植物。我看见太阳，永恒的太阳在大地上方闪耀。我的双脚被燧石划破，四肢累得动弹不得。有时我们口渴难耐，不得不嚼树上的苦涩籽粒。夜里冷得厉害，我们的骨头都快要冻裂。我们害怕。我们用手势交谈，边走边窃窃私语。我们翻山越岭，但山外有山。我们全想同样的事，我们全说同样的话：梅斯基蒂克[1]人是叛徒，前

---

[1] Mezquitic，墨西哥城镇。

天，联邦政府的人把十名男子和一个孩子吊死在一棵树的树枝上。我们中间有个留红棕色短发的大汉。每天黎明时分，他都跪在地上祈祷，然后分发圣餐，一块块变硬的面包。什么都没有被忘记。痛苦和死者活在这片风景中，与它展示的美融为一体。什么都没派上用场，风景也毫无用处。它在。它有时间。

有一天，我们爬上一座遍布扁平石头的高原。人们称它石头高原。我们沿着在荒地间蜿蜒的墙壁走。当第一阵枪声噼噼啪啪响起时，我们什么都没看见。太阳高悬于蓝黑色的空中，扁平石头热得发烫。我们扑倒在地，胡乱放枪。战斗持续了三天两夜。红棕色头发的大汉下达命令。有时人家给他押来一名俘虏。俘虏望着我们，眼里充满仇恨。他说："你们全会翘辫子!"于是，红棕色头发的大汉给他赦罪，画十字，接着用手枪顶着俘虏的太阳穴开了枪。

什么也没有被抹掉。一切都始终在这儿，存在于纯净的空气中。我呼吸的便是它。第三天，我们明白再也没有出路。枪声越来越近。干土里已经有了许多小木十字架。人们渴得喝自己的血，发着寒热。他们困倦得像石块似的睡着了。

后来，午后三点钟光景，我们听见军队的上尉喊了几句话。一百五十名士兵开始朝石墙跑。他们的脚步声近了。子弹四处横飞，枪声不绝于耳。太阳在越来越蓝、越来越黑的天空当中燃烧。我们一个接一个地在这儿死去，皮肤上中了数十发子弹。只有一位没有死，他受了伤，次日被他们吊死了。我们没有被埋葬，秃鹫、狼和蚂蚁把我们吃掉了。

然而，我们一直在。干巴巴的群山也在，还有石头高原，和蓝黑天空中的骄阳。从时间的一端逃到另一端，但永远逃不出石头风景的界限。逃跑不毁坏什么。它不在书中，也不在被吊死的儿童发黄的照片中记下什么。它真实，清晰，生气勃勃。也许，写那首鼻音浓重的歌的歌词，那首动人心魄的歌的歌词的时刻到了：

我这就给你们唱一首
我国一位友人的歌谣
他名叫何塞·瓦伦廷
在山里被抓被枪杀

我愿意回忆起
冬天的一个夜晚
瓦伦廷运气不佳
落入政府魔爪

上尉问他
何人指挥
八百名士兵
占领了奥兰达农庄

上校问他

何人带路
八百名士兵
由马里亚诺·梅希亚指引翻山

瓦伦廷是男子汉
什么也不想透露
我是个真正的人
一名革命的发明者

赴刑场之前
瓦伦廷想哭
我的瓜达卢佩母亲[1]
为你的宗教他们要杀我

飞吧，飞吧，白鸽
说出他对你说的话
这就是瓦伦廷
一名勇敢者的悲歌

---

① 指瓜达卢佩圣母，她在墨西哥的宗教生活中有着特殊地位，每年都有数十万朝圣者前往她的神殿膜拜。

逃跑把人引向坐落于山腰的有茅草屋顶的泥泞村庄。在长时间策马穿林海、过荒原的劳顿之后，逃跑把人引到这儿。它让人跨过深达四百米的峡谷，在寂静中走过没有尽头、尖石绊脚的路。行走时间很长，让人浑身酸疼，头朝后仰。太阳灼伤颈背，寥廓的天空萎靡不振，一块块岩石耀人眼目。这儿有那么大的力量，那么强的光。词语和节奏离去了，一步步被夺走。虚空慢慢进入，它剥皮，化灰，驱逐。正当名叫年轻人的那个人不停歇地朝前走时，虚空铺展开来，漫及一切。电影院、影像店、杂志、爵士乐唱片、咖啡馆、教堂，这些全都毁了。静止不动的天空无情地敲击头顶，要人们最终安静下来。逃离现实，逃离书籍、照相簿、识字读本、所有的歌曲、所有的故事，这些都被驱逐，化为虚空。

尽头，是这个围成圆圈的村庄，那里生活着拒绝者。一天，约莫午后四点钟，他随一队驮着啤酒箱的驴子进了村。天在落雨。他在一棵树下席地而坐，然后等着。树很大，他们都到树枝下避雨。

卸下负载的驴和骡子在雨中吃草。他们，那些拒绝者，站在树周围观望。谁也不问什么。

## 圣卡塔利娜，树下

我们进来时在下雨。
省长叫人传话
无法安排我们住宿：
他们下山来平原时，
曾在谁家留宿？
有棵树，有棵大树
至少九百年树龄。
树，树，
有千万片活树叶的活柱
巨大的树枝朝东西南北
伸展的树。
无眼、无声、无运动的树，
平静的老树
冷漠的
树。
我也许从你那儿得知
没有真理

没有真理！
你，你不写作
你安分守己，一无所求。
你从不给予什么。
基座周围
成公斤的枯叶织成地毯。
我们在这地毯上睡了觉。
我们用枯叶生了火。
我们坐在挖出的根上。
我，我利用了它，
它呢，什么也没为我做。

树，
吊死人的树
有秘密叶子的树
有植物气味的树

树。
你，你是一株巨型植物
我，我是一个侏儒。

这大概是他此刻的所思所想。很难知道。或许他在想：

“希腊—罗马世界，我不再是它的儿子，不再可能属于它的种族。我对它已一无所知。大概在昨天，世界坐在安乐椅里，平静地死了。这人的眼睛像石子一样始终是干的。该死的拉丁世界，你曾想逼我为奴，但我不再是你的儿子，不再是你的儿子！你曾想把我训练成士兵，以你的名义杀人、打烙印、奸淫。但我是个不尊重死去父亲的不肖之子。你的战争徒劳无益，你的法律不过是幌子，这个我清楚得很。我，我是坏儿子，在已故父亲的坟上大笑，撒尿。再见，永别了，我不再是任何父亲的儿子，我不再有世界。

“对无秘密可言的文明，不再有惊喜可以期待。我唯一要学会的是如何忘记它。无言的辽阔风景，草原、湖泊、寸草不生的高原。蚊虫肆虐的潟湖！来帮帮我吧！你们的沉默受到欢迎，因为沉默杀人。我不在任何地方。我离开了我的世界，又没有找到别的。这正是悲剧性的历险。我出发了，尚未到达。所有的理论都是错误的，所有塞进我头脑里的夸张的字眼都一无用处。这不难理解，这是些缄默的字眼，失音的鹦鹉。疑即为信：我滑到了怀疑之外。我呆若木鸡，几乎不动。在这儿走一步，往那儿走一步，手动一动，眼皮眨一眨。我看到身体周围发生了什么。我知道我看到了什么。我知道那是虚空……咱们等吧。等什么？关注什么？什么也不来。我被巉岩抓住，我的脸上有树。这都是正常的，冷静点，冷静点。生我养我的人，他们知不知道自己做了什么？我不再判任何案子。我不再愿意作证。我真的看见了事故，看见出了什么事吗？我在现场吗？不，我无法再做任何判断。虽有身体的意愿和思想的习惯，我大概不时有副缺席的怪模样。

“我写我不再知道什么，但我是用白人的手、气息和词语写的。我说我已不常在这片土地上，但我是以这片土地为支点这样说的。虚伪的老民族的老伎俩！我运用否定，但在我身后，在我内心，有个看不到的幽灵点头称是。

“哪些人将告诉我点什么呢？我在空间越往前走，人们越朝后退。没有马来人、老挝人、中国人、玛雅基切人①和惠乔人。到处都只有白人，他们穿上异国的艳俗衣裳，以便更好地骗人。无耻的秘密社会生育，起名……被我否认的东西，得到我双倍的支持。

“但其他人可以给我的，是擅入者的名字。”

印第安人？印第安人、阿拉伯人、尼格利陀人②、克伦人、缅甸山民。没被杀死的人成了小丑。该死的白种人——我是其中一分子——什么都不愿意改变。伪装成士兵的种族。人种学家、教士、商人、慈善家、旅行家，全是伪装的士兵。

但是，个头矮小的印第安人俯视你。他，他永远不会忘记。他清楚你是谁，从小就对你做出了判断。他很清楚你在掩盖什么。

你伸出手，抱着白人的坦诚态度朝他走去，用你的大嗓门对他说：“你好！”仿佛骤然间一切将被遗忘。但他掉过头去不看你。他

---

① Maya Quiché，危地马拉土著居民。

② Negrito，又称矮黑人，东南亚半游牧民族。

才不在乎你打不打招呼。倘若他懂礼貌，不特别怨恨你，就会不搭腔走开。但如果他不喜欢你，他会猛然转过身来，斜眼里闪着奇怪的光，对你不含任何善意、真的不含任何善意的光。他朝你伸出手，对你吐出一个词儿，一个命令：

“香烟！”

怎么能不给他香烟呢？

语言：秘密代码。足以令人种志学者、人类学家、语言学家深思。那些带着录音机和笔记本来编字典的人，都想学会土著人的语言，以便盗其秘密，靠它写论文。多好的买卖！于是，近午时分，他们坐在一棵树下，掏出一本书。一本白人擅长编写的漂亮的厚书，六百页纸上密密麻麻写满黑色的小符号。文本！有个文明人擅长起的漂亮抽象的书名。比方《词与物》[①]。当然，印第安人立刻有了戒心。一位年轻小伙子用磕磕巴巴的西班牙语问这是什么意思。他用指头按顺序指着字母，读出封面上的书名：

*Less mottss ett less tchôzess.*

他笑了。他很高兴没有懂。他的嘴巴刚刚发出的声音带有魔力。

现在，得把这给他翻译出来。先用西班牙语。

---

① *Les mots et les choses*，法国哲学家、散文家米歇尔·福柯（Michel Foucault，1926—1984）的作品。

“词与物。”

小伙子笑了。他依然不懂，必须解释给他听。

“词……与物……就是这么说。”

“词……与物……”

“对！那么，这用惠乔语怎么说？”

小伙子脸朝后缩。他有点害怕，或有点害臊。现在，他神情严肃。他不愿回答。万一是陷阱呢？这个不属于他种族的家伙为什么想知道这一切？他踌躇了一会儿，然后慢慢地，略带讥讽和不安，说出了任何印第安人都该学会的第一句话，一旦有危险他便说的话。

“谁知道呢？”

稍后，在他习惯了“那么，这用惠乔语怎么说？”这个念头后：

“没法说。”

“怎么，没法说？”

“对。”

“哎。词，用惠乔语怎么说？”

“我不知道。”

“你知道的。词。一个人讲话的时候，这怎么说？”

“一个人讲话的时候？”

“是的，讲话，像这样，讲话，用惠乔语怎么说？”

“谁知道呢？”

“讲话，这怎么说？”

“讲话？”

“对，讲话。”

“Niuki.”

“Niuki?”

“Niuki.”

“好，niuki。然后是物，用惠乔语怎么说物？“

“物?”

“对，物。”

“我不知道。”

“没有词指物吗?”

“没有……”

“物，就是说。没有词指树、花、房子、食物，这一切吗?”

“食物?”

“对，还有鞋、香烟。”

“一切?”

“对，所有的物。”

“也许有，谁知道呢?”

“那怎么说?”

“Pinné.”

“Piné?”

“Pinné.”

“Pinné，物?”

“是的，分门别类的物。”

“好，现在，niuki，词，pinné，物。与怎么说?”

“与?”

“对。”

“与？是 tenga。”

“Tenga?”

“Tenga，tenga.”

“好。那么，niuki tenga pinné。Niuki tenga pinné. 词与物。”

立刻响起了一片笑声，你们不会知道为什么，这笑声的意思是：这是个小丑，嘿，一个傻子，他竟想讲不属于他的语言……

对惠乔人来说，对所有拒绝者、逃跑者来说，语言恰恰谈的不是词与物。它是一个意味着归属的自然行为。存在者讲话，不讲话者不存在，在世上没有他的位置。惠乔语是惠乔人的，正如惠乔的地和天是惠乔人的，佩约特人的宗教、文身、衣服和帽子是惠乔人的。讲出惠乔语的音节不足以成为惠乔人。这是显而易见的。

当然，在这种情况下，是不可能移植和转译的。词没有对等物，因为从根本上说，除群体的所指外，它不提及任何别的东西。

语言的这种封闭具有挑衅性。它是一种逃跑，也是语言的走向。谁不愿意讲话就别讲。讲话的人是生来获得讲话群体暗中许可的人。对立很简单，为不可违抗的秘密提供了佐证：不讲惠乔语的人是哑巴，他们的外语不可能是另一种表达方式；它只是一些杂音，与交换价值相符的协调一致的杂音，但终究是杂音。惠乔语不是一种意义体系，而是一种宗教的、政治的和家庭的体系。与家庭联系或信仰联系等真正的联系一样，该体系后天无法获得。它富于魔力。

白人或混血儿用对方的语言讲话时，对方流露出惊讶和疑惑的眼神。

“Kea Aco!”

“你好。”印第安人说，他采取守势。这偷别人词语的外国人想干什么？

他既鄙夷又气恼，脸色立即阴沉下来。

“Kepettittewa?”

面无表情，抿紧嘴巴，眯缝起眼睛，耳朵不想听见。

“Kepawitaripahoca?”

人变成石雕，他不要，什么也不要。心缩成一团。他听懂了，显然听懂了。但理解在他那儿好像碰上了一堵活动墙，迫使他躲进不可及的地点。词语抵达时失去了意义，如同一些抛射物。而他收缩身子，躲到自己的影子里。

“Hawtya. Ac kixa neninakeriaga niuki? Jé?”

不是害怕，而是僭越，最可恶的僭越。好比一条狗突然抬起头对主人说：

“请你原谅我，但鲸鱼是胎生动物。”

或者狗笑起来，头略微歪向一边。

“他没听懂。说话的人才懂自己说了什么。”

我是小偷族，这难道是我的错？白人总是偷光所有人的东西。犹太人、阿拉伯人、印度人、中国人、黑人、阿兹特克人、日本人、巴厘人。白人偷够了土地和奴隶后，便开始偷文化。他偷了犹太人的宗教，阿拉伯人的科学，印度人的文学。白人偷完了黑人的身体后，又偷了他们的音乐、舞蹈和绘画艺术。当基督教变得极其平庸，成为名副其实的食品杂货商宗教时，白人不再满足，转向了印度的宗教。在墨西哥，白人首先是国家的窃贼，但偷土地是不够的，所以他们几乎立即成为灵魂的窃贼。他们占领城市，然后推倒庙宇。当战败国人民一无所有，被白人抢得一干二净变成奴隶时，当他们的语言和信仰遭到破坏，被逐出良田，尝到贫穷、白人的真正贫穷的滋味时；当女人被偷，种族被毁，成为服侍白人的仆役时，白人还缺点什么，于是便偷他们的过去。在报纸、书籍、讲座、雕像上：“印第安人？啊，对，印第安。我，我有印第安血统。我的祖先是阿兹特克人。考乌特莫克[①]、蒙特祖玛二世、特拉洛克[②]、考乌科特勒[③]、托纳季乌[④]。金字塔。特奥蒂瓦坎[⑤]、特斯科

① Cuauhtémoc（约1495—1552），墨西哥阿兹特克印第安人末代皇帝。

② Tlaloc，阿兹特克人所信奉的雨神。

③ Cuauhcoatl，传奇人物，据说他为阿兹特克人找到了建立特诺奇提特兰城的城址。该城建于一三二五年，曾是阿兹特克人的活动中心。

④ Tonatiuh，阿兹特克人的太阳神。

⑤ Teotihuacan，墨西哥中部前哥伦布时期最大、最重要的城市，城东端为太阳神金字塔。

科湖[①]、米特拉[②]、特拉斯卡拉。以上就是我的祖先们做的。”但如果你跟他单独谈话，你马上从他眼里看到仇恨，他对败者由来已久的仇恨。“印第安人？那么你听我说：唯一的解决办法就是灭绝。印第安人一个不剩时，这儿也许才可能做点儿事。”一位年轻姑娘在街头和一名出租车司机吵架时，她在脑子里快速寻找最恶毒、最终极的骂人字眼。她突然找到了：“印第安佬！”

随后他又想到：

“他们在潮湿闷热的森林里，那些不会拒绝的人，那些正被世界用飞机、录音机、圣经和疫苗杀死的人。他们不知道，对那些名叫杜比或杜邦的人而言，做拉坎墩人是怎么回事。他们不知道有些嗜血者正等待时机扑向他们，把他们变成木乃伊，使他们腭化，做分析对象直至死亡！

“游客、传教士、探索者、记者、勘探者、殖民者、征服者、水手、淘金者、异国产品贩卖者、开路者、飞机驾驶员、晒黑的人、猎皮者、常去宝塔和博物馆的人、幻灯片爱好者，你们都是蹩脚的相对论哲学家、普救说的驼背捍卫者、狡猾的城市规划家、经济学家、土著派文艺家、肥皂贩子一样的和平与文明的使者。你们，文化考察团、大使馆、法国-苏丹联盟或阿根廷-高棉联盟、歌

① Tezcoco，墨西哥中部湖泊。

② Mitla，墨西哥最著名的废墟之一，有阶梯式金字塔。

德学院、人情练达者、殖民地荆棘丛林的居民、赴非洲狩猎旅行者、登山运动员，以及印第安人、俾格米人、毛利人的迷恋者。你们，革轻歌剧命的人，封闭在宣言墙内的社会主义者，无主物的抢劫者。还有你们，饮仙人球酒的人，嚼迷幻菌类而且口舌笨得可以写书的人，偷食毒品的人，囤积居奇者，占有者，你们这些只有一个上帝、一个妻子的男人，一群遮天蔽日的蝗虫，为奇异而陶醉的耗子大军，我恨你们。”

署名：

依斯库伊尔

这当儿，年轻人奥冈乘独木舟在丘库纳克河[1]上游览。

丘库纳克河缓缓流向大海，日日流淌，永不停歇。河口又宽又脏，一湖的烂泥，上面漂着腐烂的树干。机动船在河上穿梭。往上游走，河水更清，河道更窄，有涡流、瀑布和含油的浅水。年轻人奥冈坐在船头，一直望着熠熠闪光的河水，伸出左臂或右臂指出危险之所在。奇科河、图盖萨河、干格龙河、乌古鲁干蒂河、莫尔蒂河。液体的枝干不停地生长。丘库纳克。丘库纳克。这当儿，年轻人奥冈沿丘库纳克河而上。

河流。

河流。

海之根。

---

① Rio Chucunaque，巴拿马最长河流。

# 库斯科[1]的吹笛人

奥冈有一天遇到了那个在库斯科吹笛子的人。夜里近十一点钟，在环绕带拱廊房屋的一座空荡荡的大广场上。天气很冷。天空很黑，广场上仅有路灯照明，光线很暗。没有声音，连汽车都睡了。广场一侧有座尖顶大屋，开着正门。奥冈路过时看到了这黑墙上的门和尽头那金光闪闪的大洞穴。他在一刹那看见了这些。在酷似城堡的房屋中央，落着黄金和光的雨。女人们的膝盖擦着地上的石板。金子把立于殿堂的男人们压得喘不过气；金拱顶沉甸甸地压在女人们的肩头。在安静的洞穴里，寒冷与三十六度七的高温搏斗，孱弱的男人们是些孩子。他也看到了这个，手指在前额、胸前、嘴巴上飞舞的神经质的动作。在城堡的大厅里，采取蹲姿的男男女女忙着触碰金上帝。

稍远处，拱廊下。奥冈瞥见了吹笛人。此刻他没有吹奏，背靠墙坐好等着。对面有几个孩子望着他。等奥冈在一根廊柱前停下时，他朝前迈了一步，用怪里怪气的嘶哑嗓音说道：

“现在，外国佬探戈。”

他按一首探戈的曲调唱起来，边唱边跳。他举起双臂原地打转，他左摆右晃以自身为轴心旋转。奥冈和孩子们一声不响地望着他。冷风不间断地吹过柱廊，卷走一些碎纸片。那人身穿布长裤和暗绿色的旧毛衣，脚踏一双胶鞋。棕色的脸上有双长而大的眼睛，脸颊上有皱纹，两手冻得发红。

跳完舞，他在靠墙搁着的一个包里翻找。他先掏出一个特别的东西：用罐头盒剪的一个太阳。他用绳子把太阳绑在自己额头上，动作缓慢庄重。太阳开始在他额头上闪着马口铁的光。接着他从包里拿出一支名叫阿尔卡的七管大潘笛。他试着朝每根管里都吹了吹，随后望着奥冈说：

“卡拉库姆的贞女。”

或者类似的话。他开始吹奏。

奥冈一听便知这不是音乐。这是从笛管里发出的叫喊，不是音乐。沙哑的声音升高降低，络绎不绝。它们用呼吸声撕破寂静，它们迟疑不决；它们不适合解释或创立。大声喘息的刮擦声刮坏屋子的墙，穿过寒风，震聋耳朵。声音迅疾、尖锐，同时又沉重、痛苦地发散出来。

额头上戴着一个马口铁太阳的人吹着笛管。他俯身在芦苇管上，移动嘴巴使劲吹。他不时停下来喘口气，听得见空气进入他肺

① Cuzco，秘鲁东南部城市，古老印加帝国的都城。

部的嘶嘶声。接着，沙哑的声音重新响起，迟疑着，先后敲击着寂静。由于天冷，他面前的广场空荡荡的，房屋的墙好似陡峭的岩壁，无门无窗。孩子们没有动。奥冈没有动。他们脚下的水泥板扩散寒冷的波，寒波顺着衣服往上爬，特别在心脏的区域安下身。

背靠着墙，头戴马口铁太阳的人动了起来。他俯身在过大的笛子上，走路不稳。他先后高抬起左腿和右腿，然后放下来，用鞋跟噔噔地敲击地面。他把头歪向一边，朝后甩头，马口铁太阳在他的黑脸上放光。笛子的叫声一直朝外迸，一直刮擦着。从七根系在一起的管子里出来的总是同样的东西。三个上升的音符，接着是三个下降的音符。无休无止。呼吸声迟疑着，摇晃着；声音庄重，低沉，从孤寂和寒冷中走出的声音。声音在原地喘息，在水泥地上爬行，在寂静和夜色中打开通道。*芦苇通过哪些忧伤的孔喊叫？*

在青铜色的额头上，用绳子绑住的马口铁太阳上下晃动。在昏暗的小街上，它发出汽车头灯似的刺眼反光。

就这样。那人高抬双腿，晃着身子吹奏。奥冈清楚永远不会再有音乐。只会有这鸟鸣，这蛐蛐叫，这垂死动物的嘶哑喘息。只会有这努力，这俯身于笛管上不知疲倦的工作，这三个上升随后下降的音符，这组成世界的六个永恒的音调。那人翻过一座座蒙尘的山，乘坐一辆辆窗玻璃破碎的旧公交车远道而来。为了用他的潘笛吹出六个音符，他从叫做科哈塔的地方动身，甚至说不定从玻利维亚的高原出发。他每到一座城市，夜里便把马口铁太阳挂于额头，面对一座空旷的广场，背靠着墙吹笛子。有时人家往他脚下的人行道上扔几枚硬币，有时送他一些食物。他的嘴巴在芦苇管上滑行，吹出撕心裂肺的声音，同时身子沉重地跳着舞。这肯定没什么意义，不求人落泪或打响指。这就是一件普通、单调的工作，肺和唇的工作。如同一边在长金属管里吹，一边望着光亮的玻璃球膨胀、变圆。随后玻璃变红、变灰，被人举到头顶上旋转拉长。

这是摆脱了所有无用声音的赋格曲。变得纯粹。去掉了所有的嗡嗡声，变成简单的人的气息；它不愿描绘世界，不愿模仿风雨，与现实不再有任何关系。真正的呼吸抛出小声的叫喊，在透明的空气中竖起僵直的茎。真正的呼吸是它，优美的它，为了它，它的它。

没有房屋，没有城市，没有公认的空间，也没有地图和战争。响声使你跃起，节奏令你离开地面，安静平稳地飞翔。而从芦苇管里发出的痛苦声音是行进中发动机的响声。

那人骤然间停下来，从嘴边取下笛子。他筋疲力尽，几乎无法呼吸。奥冈看见他脸上的滴滴汗珠，听到他喘气的声音。他不声不响，把一枚银币放到地上，见它如那人额头上的马口铁太阳一样，发出刺目的闪光。随后他离开了，穿过刮着冷风的广场。

世界是小的。世界变得那样小，突然之间几乎看不见了。世界变得好似一块宝石，挂在年轻女子小手上的那种变石。好玩的一个紫色点，小得令目光在其中迷失。在切出斜面的水晶中，闪烁着无数个收缩的小彩虹。世界变得宛若一扇窗，总呈现出同样的场景：一个绿草茵茵的小花园，一株树皮开裂的老棕榈树。两三盆干枯的天竺葵，一片蓝天，一块云彩，偶尔一只忙于飞翔的活泼的鸟。

如今世界是狭窄的。人们在它的边上保持平衡，好像立于吉列牌新剃须刀的刀刃上。人们轻触薄薄的地面，割着自己的肉朝前滑行。人们待在锋利的草上。在一两夜的时间内，世界就这样变窄了，谁也不知道是如何变的。世界是贪吸空气的胸腔费力提起的一个重量。空气没有了。水也几乎没有了。还有几滴，树莓叶子上的小水珠，然后将一点不剩。世界在渗水，如生病的石头。世界延续的时间几乎不够写一句话，甚至不够快速地喊一声“吁!”或“驾!”

世界藏在黑屋的深处，在眼睛快得吓人的一开一闭之间，在镜头上方的星光一闪之际，你可以瞥见它。

瞬时的、被偷走的世界，世界的碎屑，响指，刹那间打得飞机螺旋桨弹痕累累的机关枪的同步性。

## 永恒的绝境

堂奥雷利奥望着落山的太阳，仅仅说：“说不定它不会回来了吧？”

## 自我批评

戏子！该死的戏子！你的表演该结束了。别再结结巴巴地讲话，让震颤留在你的肌肉里，使大路像桥一样吊起。这也许没人再信。你佯装不在这儿，可是你在，你在！你佯装比自己更伟大，不是大师，却戴着大师的面具，想模仿你不会做的动作。你没能征服世界，便把它抛掉。但在骨子里，你是他，君王的弄臣。别再做鬼脸了。该摆出匿名的面孔、不讲话者的面孔了。是用你名字的时候了。

思想如此广阔，永远无人会认出它。思想如此遥远，喷涌得如此快，如此有力，不会被缩减为胡乱涂在纸上和墙上的东西。现在，必须停止分析。必须不再注视不该被注视的东西。从你的洞里出来吧！来到阳光下！让自己完蛋吧！因为你见识了这个那个，你就想让世界包含在几个梦里。可这不是真的。世世代代的风吹过你的词语，把它们刮跑。宇宙的风暴对你的隐蔽所不屑一顾。它以时速几百万公里的风吹你，用其全部的光、全部的生命压垮你；这些生命不是证据或解释，它们是奇迹。你想让死亡消灭世界，是的，是的。你想让人的语言变成石子和仙人掌的语言。你希望永远没有孩子。你多么想随心所欲，变成桌子或苹果，以便救你的小命，逃出监狱。你多么希望没有激情，没有情感，一切跟这一样简单。

出发，变成他者。若仅有人不会死、女人永远美丽并永远懂得爱的国家，事情就十分简单了。可是没有这样的国家。如果有一天发生了整个天际起火的特大灾难，或爆发了千年战争，问题能不能解决呢？可是没有战争。站在田里死去的人不明白为什么死。当钢铁车身的汽车离开高速公路，掉进沟里慢慢被压碎时，除了丑陋，丑陋，没有别的话可说。

天花板很低的长方形大厅。在环绕大厅的阳台上就坐。黄光，灰影。勺子、盘子、玻璃杯的响声。脚步声。弹舌头声、咀嚼声、吞咽声。大厅中央，被照亮的脸，愉快的脸。突然，视线固定。大厅的一个点，出现一个在天际深处颤动的红点。太阳落，黑夜来，星星动。在与世隔绝的洞穴里、混凝土防御工事内，如同在不可攻破的碉堡中心。什么都无法来到这儿，什么都走不出石头墙。这儿，是世界的尽头，它的心脏，它的脑袋，它的拳头。

衬了毡子的天花板很低，它那压低声音的表面安了通风口。桌上的铜罐里插着塑料花。就这些。人影在走动、吃饭、讲话、思考，或无所事事。一位身穿白衣的年轻姑娘像捧圣餐杯似的，端着一大杯点缀着一颗樱桃的冰激凌走过。为盛宴摆好的餐桌上，升起一片雪茄烟雾，传来说话声和笑声。

瞧，这没什么。就这些。世界又被关在一间混凝土大厅里。固定在红墙上随便哪个点上的目光，希望理解的目光，永远迷失了。它逃离了现实，离开了待拍照的世界。身穿侍应部领班制服的男士们工作效率高没有用，白衣女士们顺从听话没有用，人进来了就会迷路。就像正午在芝加哥市中心的聋子，或者面对大海的瞎子。这无异于回到根本就不该离开的极小角落，任凭真相蛇一般可怕地蜿蜒滑行，忘记知道的事。大厅的四堵墙那样厚，要吃掉它，用手指刮一千年，牙齿啃一千年都不够。大厅在这儿，在那儿，在世界各处。如泣如诉的柔和音乐无济于事，外面下的雨或太阳也一样。混凝土和大理石的大厅，毡子和玻璃的大厅，充满神秘欲望的光和影的大厅，这是我的身体，我的脑袋，我的皮囊。这是我，仅仅是我。在这种情况下，我怎能还给你们写：快乐、温柔、冷静、平和、爱情呢？既然这儿有战争。

我不愿再当这没能离开的戏子。总有一天我必须放弃我的声誉。我觉得这些动作无懈可击。我做这些动作并非出于习惯或下意识，而是因为我怕。我跟别人一样扮演了我的角色。现在，舞台空了。谁将给我鼓掌呢？我不愿承认真正的问题，无法立即解决的问题：

十二个孩子在唱诗班里唱歌。

他们是十二名独唱者吗？

时间、空间、黑夜和费解的存在不可避免：我的真相，在我得知外面总会有些东西的那一天，我才闭口不提吗？面对别人只有我吗？无论如何，我不就是现在的我吗，因为我努力（偶尔成功地）把世界据为己有？

戏子，那写书要人信服的人仍是戏子。有什么东西要给别人，除了锁链，更多的锁链？人在虚构中得不到解放，从梦游中带不回任何东西。但也许这正是我不知不觉中一直寻求的目标：不学习，永远什么也不学。

被迫演戏，恐怕我还得接受它一段时间。

写作令我非常厌烦的是它太短。句子写完了，还有那么多东西在外面！我缺少词汇。它们来得不够快。我来不及在所有该出手的地方出手，我没有足够的武器。世界在我眼皮底下极快地溜走了。为了找回它，再见到它，我需要几百万只眼睛。人是糟糕的猎手。在需要机关枪的地方，他们的语言是弹弓。一秒钟，仅仅一秒钟，我马上给你们写永世长存的书！绝对是个魔鬼。它嘲笑我在转瞬即逝的演出中做鬼脸，苍蝇似的在空中疾飞，下潜到大洋最深处。我逃跑是为了找回世界。我狂奔是为了弥补行动的时间。但我看出世界比我逃得更快。

我注视十二层大楼的墙，大楼已不在了。我在人群中寻找一张脸，一张真正的脸，在活动面具的大海中，一张脸，是的，唯一停下来供人静观的脸。但一切都太快。一切都太多。正当我写作的时候，墙、山和人脸乱哄哄地开溜了，用它们的重量把我拖走。它们想要我体验真正的跌落，在遗忘中和寂静中跌落。我曾想发挥想象力，但不可能：人发明不了什么，只能摸索着轻触一小部分人群。我曾想描写，但这是错误的：人不描写而被描写。推搡我的世界暗中的打击，生活的坎坷，你们是思想和体系的源头。词语在撒谎。词语说它们不希望说的话，最后一刻替它们决定的话。什么辩证法？清单，什么清单？不，不，影子、幻想、总比现实慢半拍的愚蠢感觉和喋喋不休的情感，在离其诞生地六千米之外浮动。我逃跑了。我说我逃跑了。这不是真的。是世界逃离了我，把我拖到它的路上，我没有体验过自由。

我原想说一切，我原想做一切。很久以前的某一天，我亲眼见到生命走出话语，清晰如一场梦，与现实完全吻合。我看见待跨越的空间精确的图，以为这是可以做的。但这没有做。我落在了后面，被自己的思想超越。我被青草、海藻的思想抛弃，被光和星星的思想抛弃。

我原以为，要了解沙漠只需亲自去过。我原以为，见过乔卢拉①大路上的死狗，或清迈麻风病人的眼睛，便有权予以评说。见过！去过！多了不起！世界不是一部书，它什么都不证明，什么都不给予。人们穿越的空间，是门户紧闭的昏暗过道。人们俯视的女子们的脸，难道不为她们自己而为别人讲话？男人们的城市是隐秘的。人们在街头走，见街道在他们脚下发亮，但他们不在街上，永远进不去。饥饿的人们在落满尘埃的田野里等待，这田野是流光溢彩的奢侈品和食品的天堂，离智力，离理性十万八千里，完全不受

---

① Cholula，墨西哥中部城市，被西班牙征服前为中美洲印第安文化中心，现为朝圣和旅游胜地。

人的控制。

对感觉贪得无厌的作家，戏子，拿出你的小本子做笔记吧：“天气干燥。多云。贫穷。利马的棚户区。胸前画着红日高照的蓝天下被钉在十字架上的金发耶稣的舞者。暴力。地震。”这是什么意思？如果世界是经验的总汇，那么这将很容易。但事实并非如此。巴勒斯坦不能添加给尼泊尔，阿肯色①不能添加给日本。女人洛尔和男人奥冈没有拿出一个主意来。燧石与石灰石毫不相干。有主意的人渴望了解世情，以便构筑其体系。演戏的人渴望忘记世界，以便讲句俏皮话。但世界不是一个总和，而是没有穷尽的列举，其中每个数字在差异和逃跑中都保持不变，每个人对他人都不享有权利，未知的力量、欲望和行为占支配地位。它不是逻辑的融合，而是不可胜数的纽带——线绳、缝隙、树枝和根须——难以形容的纠结。戏子，是的，戏子，因为你怕寂静，就用讲话加以掩饰，为自己的实体而陶醉！

我本来可以跟你谈谈在三角形平坦岩石周围大海的潮起潮落、帕查卡马克②腐烂的荒漠、蒙巴丘火山③或罗弗敦④的海鱼味。我本来可以跟你谈谈喀土穆⑤天空的颜色、木库拉⑥蚊子的个头、加尔

① Arkansas，美国南部的一个州。
② Pachacamac，前哥伦布时期大型遗址，位于今秘鲁中部海岸的卢林河谷。
③ Mombacho，位于尼加拉瓜的火山。
④ Lofoten，挪威诺尔兰郡下辖的一个群岛，所有岛屿均在北极圈内。
⑤ Knartoum，苏丹首都。
⑥ Mukkula，芬兰城镇。

各答的天气。还可以谈谈南美洲小野猫为引鸟发出的叫声，以及螳螂装了铁甲的眼睛。必要时，我本来可以告诉你一些关于感情的事：一位（英俊的）（年轻的）男士与一位（美丽的）（年轻的）姑娘邂逅时脆弱心灵的情感波动，继而谈谈让人握紧拳头的仇恨，让人幻想犯罪、让车子从悬崖滚下爆炸的夙仇。谈谈人拼命用脚踢蹬的孤独，处以电刑、闪着快感电光的孤独。可是，写作时间太短，我没来得及。我没有选择我说的话。它出其不意地来了，我不知道为什么。它从旅行深处返回意识；一眨眼工夫，它爆裂了，在空气中散布它的十二万七千六百八十个词儿。一按下圆珠笔的开关，就只剩下三四个词儿了。得到运用的思想，这在疾飞而过的苍蝇中间闪避的笨重的老金龟子！表达出来的思想，它在一切皆为速度、光线和现实的自由思想无边无涯的中心漂移！我很清楚近日该做什么：用电子机器、雷达和泡室写书。

## 对自我批评的批评

此外，对写自己在撒谎的撒谎作家说什么好呢？

有一天，人走的路不可避免地经过一个名叫贝利萨里奥·多明格斯的村庄。咣当乱响的公共汽车近清晨六时出发，在尘土飞扬的大路上行驶，翻过一座座石头山，穿过玉米田和水流湍急的河谷。碧空如洗，阳光暴晒铁皮屋顶，热力穿顶而入。发动机在坡道上轰鸣，下山时劈啪爆响。有时公共汽车在一个水潭边停下，司机往散热器里倒几桶水。终于，午后近两点钟，从山顶远远瞥见了村子，以及方方正正的房屋和平行的街道。村庄好似一个灰白色的污点，坐落在一个肥沃河谷的深处。

年轻人奥冈就这样抵达了村庄。他在广场的一家旅馆开了一间房，把他的包放在床上。然后他在包旁躺下，睡了一个钟头。房间很黑，没有窗户。双扉木门开向一个种了些绿色植物的内院，有几个孩子在院子里玩。一个铜质水龙头往一个大盆里滴着水。院子中央有个清凉水井。另一头，苍蝇在木板搭的厕所里嗡嗡叫着。厕所后面，三头猪趴在烂泥和粪便里睡觉。

年轻人奥冈睡够了，就走出房间，在铜质水龙头下洗了手和脸，然后点燃一支雪茄。随后他出了旅馆，开始在广场上走。他专心地看着带拱廊房屋环绕的落满尘埃的大矩形。太阳高挂于空中，地上留着静止的片片白光。广场中央也有个花园，还有一个锻铁造的亭子。稍远处，基座上的一座黑色雕像，是名挥舞大刀和旗帜的骑马者。没有嘈杂声，只有远处传来的丁当声、被压低的爆炸声、撞击声，这些声音穿过沉闷的空气朝后退去。阳光烧灼眼睛、颈项和胸脯。些许的风扬起灰尘。

奥冈慢慢穿过广场，发现他不是一个人。许多妇女儿童在阳光下负重前行。一些男人在石凳上或背靠树干坐着，无所事事。瘦削的老人们蹲在雕像周围的地上交谈。一些年轻人不声不响，在亭子的台阶上抽烟。

稍远，年轻人奥冈经过一个设在人行道上的市场。他在用绳子绑住的吊帘下低下头，他跨过蔬菜摊和陶器摊。在张开的帆布下，女人们跪在尘土里等。奥冈望了望她们要卖的东西。他看见一小堆一小堆的红辣椒、橙子、种子。他看见一张张鼓起的兽皮、一块块煮硬的牛皮、绿叶中央的一包包白兮兮的油脂。他看见薄饼、面包、点心。这些待售的东西全静静地等着。帆布通道里，人群熙熙攘攘，俯下身，品尝着。空气闷热，闪着尘埃和汗水的光，好像在用脚碰人。

离开市场前，年轻人奥冈向一个梳辫子胖女人买了两只橙子，付了钱，拿在手里走了。

随后他返回广场，坐在一栋房子廊柱间的阴凉里。他抽完了雪茄，在尘土里用脚踩灭。他面前，广场白光耀眼；头顶上，碧空万里。年轻人奥冈从兜里掏出刀，开始剥第一只橙子的皮。他把皮切成小块，朝前面广场上扔。剥完皮后，他扯下粘在果肉上的白色筋络，用手指把橙子分成四瓣，一瓣一瓣地吃。浓烈的气味慢慢朝他升上来，浸透了一切。白色广场、亭子、黑色雕像、天空和蒙尘的房屋开始发散出橙子味。他吞下类似核的东西，嘴里流动着酸味。现在，他吞下的也许是房屋、天空和广场。每个软核里有一两粒籽。年轻人奥冈把这些籽和碎皮、筋络一起朝前吐，落在了地面上，在大旱中间留下小堆的湿东西。

吃完第一只橙子，年轻人奥冈甩了甩沾满滴滴果汁的指头，接着吃第二只。

这样挺不错，边吃水果，边望着撒满阳光的广场和穿过人行道的人影。这就是说现在你离得不再远了，非常近，不过几米之遥。年轻人奥冈看见大量的小图案聚集在他面前：极小的圆、皱纹、刻在皮肤上的细线条。玻璃，可怕的光滑的玻璃，消失不见了。空气是透明的，轻飘的粒子在光中飞：小飞虫、一小片木头、一丁点面粉、树籽。它们在地面上方跳舞，每个细节都看得见。年轻人奥冈把橙子的籽吐到面前的街上，然后望着这些籽。这是肯定和即时的事情，正如在波浪滔天的大海上静止不动的岛。

年轻人奥冈嚼着橙子的嫩肉，一口口咽下果汁。永远不会再有饥渴。永远不会再有忧伤或等待。永远不再匆忙。在干泥垒房的村子里，广场占据中心地位。广场上，人们来来往往，狗们围成一圈睡觉，树木不可摧毁。有人抽烟，有人把汗津津的马拴在一根木桩上，有人用草帽盖着头，睡在一辆卡车的阴影里。

这天，年轻人奥冈坐在气氛平和的村庄中心，看到话语在此地不再伤人。在不太久远的过去，这儿出了件事，把严酷、贫困和罪恶一扫而光。大家不知道，还不知道是什么事。也许，时光停止了该死的奔跑，岁月蜷缩成一团。抑或空间进入了自身，猛然缩短了几千公里。房屋坐落在烂泥的基座上，大片尘埃在风中颤动，太阳似电灯泡高悬于空中。

奥冈来的不早不迟。他准时来到这儿，身着布长裤和白衬衣，光脚穿一双泥土色的窄带凉鞋。他吃了第二只橙子的最后一瓣，然后合上刀子，放入兜里。他掏出一块红色大手帕，擦了擦手指和嘴巴。他从衬衣上面的兜里拿出一根无商标纸环的绿雪茄，用火柴点燃，闭上眼睛抽起来。

在他脚下，橙子皮和籽变陈了。更远些，一栋红房子的影子在广场铺开，太阳朝后滑去。飞着的苍蝇落在奥冈坐着的石头边上、地面上、布长裤上、手上。伸开双翼的扁苍蝇。多毛的苍蝇。小脑袋带血的苍蝇。

首先应该说的是：没有什么能杀人。没有什么来自阴影，连同因恨而发亮的眼睛，和大剃须刀似的锋利大砍刀。再没有什么在令人目眩的公路上行驶，带着渴望谋杀的头灯和散热器护栅。空中没有鲨鱼嘴脸的飞机，人的木屐不找尸体践踏。声音不是枪炮声。亮光纯净，好似泉涌、巉岩的液体，清亮，冰冷，远离恶。人的眼睛，但我还不想谈人的眼睛。

还应该说：没有什么离开。在年轻人奥冈的手腕上，仍有一个带数字和指针的圆形机器。如果凑近耳朵，他听见很快的滴答滴答声。但这不再有任何意义。这儿早就不再有时间了。挂钟的发条把其钢螺线一直放到了头，现在，这无所谓。太阳在这儿，然后在那儿，而什么都不改变。广场中央，铸铁亭子的影子在转，那又怎么样？没有什么离开。

水泥黏住墙砖，空气是一大块满是小气泡的玻璃。连灰尘也是忠贞不贰的。旋风扬起灰尘，片刻后它又回到原位，每粒沙子准确地嵌入它的凹处。苍蝇不再背叛，总回到赶走它的手上或眼角。苍蝇自有其道理……妻子似这些苍蝇的男人有福了！

还应该说：什么都没死。什么都没腐烂。村庄是阳光下的一座小公墓，坟墓规整，漆成粉红或蓝色，谁也无法消失。忘却不再从寂寥天空深处发出威胁。大旱之下，墙壁和扬尘的街道变硬了。引起腐败的水无限期缺席。只有这些亮光，这溽热，这些清晰的影子，这些叶子用铝片剪成的树木。不，人在这儿死不了，不再被黑夜吞噬，或被白昼打垮。只需坐下看人影走来走去的白色广场。什么都不再孤单。久久在碎石沥青路上走，听鞋跟讨厌地敲击地面，人告别了孤单。跟所有这些人群擦肩而过，人告别了孤单。玻璃橱窗，其实是钢的橱窗，在此不存在。所有这些面孔，所有这些漫画：痛楚的鬼脸，激情的鬼脸，惧怕的鬼脸，牙疼的鬼脸：它们消失了。它们平静了。孤独，希望人们越来越远地逃离、无休止地开关大医院门的孤独；长一双狗眼的孤独；在头脑的大洋中行走的巨人的孤独；在腿的森林里行走的侏儒的孤独；让男人跳蚤似的抓住女人、随便哪个女人不放的孤独。今天，大幕拉开，奇迹啊，温暖明亮的舞台近在咫尺。年轻人奥冈见它活生生地在他面前展开，他所在的舞台，他终于尽全力表演的舞台。突然，他想笑，想仰卧在尘土中笑。世界如果模仿了他，也许哪儿都永远不会有战争了。

跟你们谈咖啡蝇还太早，不如谈谈屎壳郎。年轻人奥冈望着屎壳郎滚着粪球穿过广场。它们尽全部爪子之力，如微型坦克在荒原前进。咱们谈谈在阴暗的洞里窥伺的红蟑螂和灰蟑螂，谈谈藏在扁石头下的白蝎子吧：

蝎子过着形影相吊的生活。
倘若两只在一起，是为了
献殷勤或把另一只吃掉。

咱们谈谈坐山雕、蜘蛛、吸血鬼、角蝰蛇吧。年轻人奥冈感到越来越不安。有什么假的、可怖的东西在近旁威胁。也许有个秘密，一个骇人听闻的秘密，必须保留给自己，永不告诉任何人。为了抗争，年轻人奥冈开始独自思索：

贝利萨里奥·多明格斯村

(恰帕斯州[1])

午后三点三十分

年轻人奥冈的思考

"洛尔，在这儿，我找到了它。我相信我再也不会逃跑了。我最终甩掉了我的敌人。艾尔·卡彭[2]、卡斯特[3]、芒然[4]、麦克纳马拉[5]、阿提拉[6]、皮萨罗[7]、德索托[8]、波拿巴[9]，你知道，我所有的敌人。还有雪佛兰、潘哈德、福特、阿尔法·罗密欧，所有这些想要我命的汽车。我相信，它们失去我的踪迹了。这是个奇迹。还有美将军、善上校、真元帅。恶海军上将。上帝营长、撒旦连长。他们都逗弄过我。用他们的军装。用他们的大刀。所有那些戴墨镜、扎

① Chiapas，墨西哥东南部的一个州。

② Al Capone（1899—1947），美国著名黑帮首领。

③ George Armstrong Custer（1839—1876），美国骑兵军官，曾多次攻打大草原的印第安人。

④ Charles Mangin（1866—1925），法国将军。

⑤ Robert McNamara（1916—2009），美国政治家，曾任美国国防部长，对越南战争起了重要推动作用。

⑥ Attila（406—453），绰号"上帝之鞭"的匈奴王，曾多次入侵罗马帝国。

⑦ Pizarro（1475—1541），西班牙早期殖民者。

⑧ De Soto（1496/1497—1542），发现密西西比河的西班牙探险家，参加过对中美洲和秘鲁的征服。

⑨ 指法兰西第一帝国皇帝拿破仑一世（1769—1821）。

条纹领带、头发梳理过的敌人。还有女人们：里梅尔、玛斯卡拉特、雅乐泰尔。那些从杂志的研光纸深处窥伺我的女人，连同她们的身体、乳房和长枪似的腿。那些有钢眼睛、黑睫毛和珊瑚红嘴唇的女人。她们给我布下不屑的罗网，笑看我绊一跤。爱情女子、温柔女子、美丽女子。她们永远不会来到此地。她们的皮肤受不了四处迸射的强光。她们的耳朵受不了寂静。她们的金发、银发受不了灰尘。我是自由的，几乎是自由的！你现在来吧。我替你留了我身边的一个位置，在带拱廊房子阴影里的石阶上。我给你在无窗房间内的铁床上留了一个位置。来吧。乘船、飞机、火车和咣里咣当的公共汽车，你就到了！是时候了。太阳下山前你就可以到。别等了！来吧！你将永远不会在更远的地方。你将不再有玻璃窗、墙壁、衣裳。你不清楚什么是空气。你根本不知道一杯水意味着什么。来吧。我来告诉你。在一起，我们将有许多发现。我们将在房内看，我们将登上山顶，我们将寻找水源。有些草可以吃，有些草可以生发，有些草可以让人做美梦。我们将走蚂蚁的路。我们将有十九个孩子，名叫威廉、亨利、马利亚、热罗姆、卢尔戴斯、康塞普西翁、伊雷娜、戴维、露丝·埃莱娜、尧洛索克特勒、杰苏、苏里汶、贝纳尔、詹姆斯、爱丽丝、埃尔松卡、洛尔一世、洛尔二世、加布里埃尔。我们寿命那样长，得活一百六十六年才会死。天空，白昼将那样的蓝，夜里将那样的黑，我们再也不知说什么好。太阳如此炽热，我们将变成黑人。来吧，一切都准备好了。我们将吃橙子。我们将把籽儿吐到地上。我们将为一位老板整日在咖啡种植园里劳动，这老板将有一辆劳斯莱斯和一架喷气式飞机。我们将用污渍斑斑的玻璃杯喝浓稠如糖浆的咖啡。我们将吃根菜类植物，和所有的人交谈。来吧：这儿的人不戴墨镜。在村口荒凉的大路上，有一具用绳捆着的四足站立的大马骨架。贝利萨里奥·多明格斯是位议员。为了报复，维多利亚诺·韦尔塔囚禁了他，还割去他的舌头。有许多这样的事可以跟你讲。别等了！别等了！我为你准备了雪茄，绿烟草的长雪茄，我成百支地买。我边抽边望着在阳光下发亮的广场。呛人的烟从鼻子和嘴巴喷出来，消散在空气中。我在村里。这儿是宁和的所在。你不会怕任何人，因为你在风景中。这不错吧，是不是？

过了一会儿，年轻人奥冈站起来，又穿过广场，避开摸索着走路的人。他停在一家食品杂货店的橱窗前，买了满满一小瓶黄色液体，然后往刚才坐着的地方走。他发现位置被人占了。有个人坐在了石阶上，带廊柱房子的阴影里。年轻人奥冈走近前来，看见是位不满三十岁的青年，身着布长裤，白衬衣，赤脚上一双窄带凉鞋。他面庞瘦削，呈焙烧过的陶土色，头发乌黑。他的脸上、额头上、眼睛周围和双颊上，有些奇怪的结了小痂的灰斑。极小的扁平苍蝇不停地围着他的脸飞，形成一个黑点的环。那人不时用手赶苍蝇，但苍蝇马上回来，麇集在脓包周围。

年轻人奥冈在那人身边坐下，跟他打招呼。对方用嘶哑的嗓音回应，但没有掉过头来。年轻人奥冈用刀刃撬开瓶塞时，那人吓了一跳。

“没事儿，”奥冈说，“是苏打水。”

“哦。”那人说。

奥冈就着瓶口喝，然后递给那人。

“喝点吗？”他问道。

“什么？”

“苏打水。您要不要喝点？”

“谢谢。”那人说着伸出了手。他喝了三口苏打水，递回瓶子，用手擦了擦嘴。

“多谢了，”他说，“您是外国人？”

“是的。”奥冈说。

“是啊。您是医生？”那人说。

“不是。”奥冈说。

黑小蝇在那人眼睛周围走动。年轻人奥冈见他眼睛红肿，沾满泪水。

“可惜，”那人说，“因为这儿太需要了。”

“这是一种可怕的病。”奥冈说。

“是的。”那人仅说了一句。阴影中，他尖尖的侧影没有动。只有苍蝇在动。

“好像因为这些脏东西。”那人说，手在空中一挥。

“苍蝇？”

“对，小蝇，”他用手指揉了揉眼睛，“咖啡种植园里的小蝇。它们在皮肤上下卵。这样人就会发烧。由于没有医生，大家全感染了。你们，你们没有这个，你们？”

“没有，”奥冈说，“还没有。”

“这很难受，”那人说，“头、眼睛、鼻孔，一切都烧得疼。头像着了火。”

年轻人奥冈取出一支雪茄，给了那人。

“烟，可以轰走小蝇。”他说。

他给那人点雪茄，又给自己点了一支。

“十天前，我还能看见一点点。现在，完了。一片黑。”

“您在种植园干活？”

“是的，每天，在村子下边。”

“怎么干？”

“沿途都有绳子。一只手拽绳，另一只手采摘。”

那人朝空中吹了一口烟。小蝇吃了一惊，飞远了。但年轻人奥冈看见小蝇们在光线里边舞边等。等雪茄抽完了，它们还会回来。

“好点吗?”他说。

“是的，”那人说，“多谢送我雪茄。”

“您是本地人?”奥冈问道。

“是，是本地人。贝利萨里奥村的。”

“您独自生活?”

“不，我有家。在那边，靠近种植园。”

他把雪茄靠近脸颊。

“好像这能止疼。”他解释道。

“那么说，没有医生了?”

“没有，”那人说，“三个月前来过一位。他说必须到处喷滴滴涕。可老板不干。他说这样收成就泡汤了。于是医生走了。他说他要打报告。后来再也没人提起过他。”

“您妻子呢?”

“什么?”

“她。她，她也是?”

“我妻子? 已经两年了。还有我的两个孩子。”

“他们在种植园干活?”

“老大，是的。但我妻子，她待在家里。她总发烧。”

那人嚼着雪茄头。

“真怪，我本来绝不会相信，”他说，“我本来绝不会相信我们会得这种病，我们大伙儿。也许这就是上帝的诅咒吧。您信吗?”

“我不知道。也许是吧。”

“也许大家都将变成这样。也许老板也将变成这样，然后您，然后总统，然后全体俄国人和中国人。嗯?”

年轻人奥冈望着白色的广场。他又喝了一口苏打水，把瓶子给了那人。那人把剩下的液体喝光，还回瓶子。他又用手擦擦嘴，说道：

“谢谢。多谢，先生。”

接着他站起来，撑着一根甘蔗杆。奥冈原来没看见他有一根拐杖。那人朝奥冈掉过结满痂的脸来，把雪茄放进嘴里，说：

“多谢雪茄。我得回家了!”

“再见。”奥冈说。

“再见。”那人说。

就这些。现在，秘密暴露了。悲惨的神秘突然从美丽中钻出来，形成一个发出恶臭的脓包。这一次，秘密取了小蝇的形态。一只极小的、在苍蝇和蚊子之间的黑色昆虫，名叫咖啡蝇。黑压压的大群活物从咖啡种植园升起，落在人的脸和手上，喝他们的血。叫做盘尾丝虫的寄生虫沿着它们尖利的吻管滑动，看不见的动物散布在皮肤上，使脸上、头皮上、眼睛周围起肿块。皮肤里的微纤丝成倍增加。这时，人用指甲挠破皮，给链球菌打开了门。随之而来的是肿胀、丹毒和发烧。疼痛已很剧烈，但原因看不见，摸不着。最后，微纤丝戳破眼睛周围的小结节，散布开来。结膜炎令眼睛充血，角膜炎和脉络膜炎使眼球不再透光。这，就是秘密。也许最好不说出来。也许最好走自己的路，忘了它。远远走开，躺在阳光下的黄沙海滩上，边看公牛头角似的海浪，边思索无限，或写一首将被潮水抹去的诗。年轻人奥冈开始在盲人村里走。他在摸索的身体中间前行，与互相搀扶着走过明亮广场的一群男人擦肩而过。他看见一名自言自语的老妪拄着拐杖朝前走。黑色雕像旁，两个年轻人席地而坐，脚边搁着他们的包。疤痕斑斑的脸上，浑浊的眼睛一动不动，什么也不看。一个男人在亭子附近，但谁也看不见他。三位黑发长长的女子蹲在地上，头顶上盘旋着像云一样移动的点。广场上挤满走动的男男女女，但这是一个无声的漏斗，真的，一个运动被冻结的深火山口。只有苍蝇是活跃的，它们在透明的空气里来来往往，纤细的爪子落在人脸上，在眼睑边和嘴角上走。一位盲女子给一个盲婴喂奶。孩子们在尘埃中挥着胳膊叫喊。但奥冈什么也听不见了。他穿过广场，跨过人们的身体，曲折而行，极小的苍蝇已落在他身上。恐怖并非不可想象，它没有怪物的面孔或恶魔的蝙蝠翼。它镇静自若，持续时间很长，几天几夜，也许数月数年。它不致人死命，它攻击眼睛，仅仅眼睛。

盲人们在村庄明亮的小街上走。他们顺墙摸索，进入清凉的房子。他们从种了深绿色植物的田里回来。他们在市场的帐篷下卖东西，也买东西。在辣椒摊后面，手伸出来摸摸，抓一把水果倒进伸过来的手中，随后缩回去，拿着的硬币咣当一声掉进马口铁罐中。在一角遮阳帆布下，沙漠商队相帮着前进。右边，另一个商队反向而行。没有表情的脸上，不透光的眼睛对战争视而不见，腾出位置给了精神错乱的和平，比战争更糟糕的和平。平静的痛苦把全部分量压在村庄上。这是鲠在喉咙里、返回体内毁坏它的一声呐喊。

在世界别的地方，四围群山的山外，是目光隆起的可怕国度。这儿的目光是张开的嘴，不停地吸入和吞咽。可恶的玻璃窗在别处，这儿有风，从天空一直刮到暗淡的眼窝。如何对抗这样的风暴？当大家都消失在自己的藏身所内时，能躲到哪儿去呢？在长方形的广场周围，一群群人摸着墙行走。手遇到一扇窗户时，他们停下来，把白色眼睛的凝滞面孔转向亮光。在白蚁和鼹鼠生活的村子里，人永远到不了任何地方。人无限期地绕着自己转，丈量着明亮的广场。头顶上的蓝天令人无法承受。它无情地灼伤皮肉，让其白色箭矢雨点般落在扬尘的地面。它从未在任何地方如此纯粹。黑夜来临，星星在虚空深处狂闪，月亮比太阳大出千倍。一架发电机在村里某处冒着蒸气，点燃土街上的电灯泡，仿佛世界上所有的闪光都聚在了小玻璃球里。不再有时间，噢，不再有了。谁知道时间在封闭的脑瓜里能走到哪儿？也许一直走到永恒的尽头。盲人们在平地上走，摸摸衣裳，摸摸脸，才能互相认出来。希望有着缓慢的动作，为了日复一日地起死回生。在昏暗的咖啡馆里，金属桌是苍蝇的机场。年轻姑娘边等边听她的半导体播放的音乐和话语。当快节奏响起时，她动着右手，有节奏地吹起口哨。她鼻子纤巧，嘴里门牙发亮，眼睛却黏住了。你从左边或右边经过时，眼睛不再动。它们不再抬起来，奇迹般地、准确地直视你的眼睛。不再不安地眨着，寻找到处都有的镜子。谁竟敢缝住了这些眼睑？眼睛，睁开吧，哪怕一次。看看我吧！我在这儿。我来了。

在被可憎的和平笼罩的村子里，年轻人奥冈等着公共汽车。

真正的生命没有尽头。真正的书没有结尾。

（待续）

**图书在版编目(CIP)数据**

逃之书/(法)勒克莱齐奥著;王文融译.—上海:
上海译文出版社,2012.2(2023.7重印)
ISBN 978-7-5327-5646-9

Ⅰ.①逃… Ⅱ.①勒…②王… Ⅲ.①长篇小说—
法国—现代 Ⅳ.①I565.45

中国版本图书馆CIP数据核字(2012)第008970号

JEAN-MARIE GUSTAVE LE CLÉZIO
Le livre des fuites

本书根据伽里玛出版社2008年法文版译出


图字:09-2009-498号

逃之书
Le livre des fuites

J. M. G LE CLÉZIO
让-马·居·勒克莱齐奥 著
王文融 译

出版统筹 赵武平
责任编辑 李月敏
装帧设计 杨林青

上海译文出版社有限公司出版、发行
网址:www.yiwen.com.cn
201101 上海市闵行区号景路159弄B座
苏州市越洋印刷有限公司印刷

开本 890×1240 1/32 印张9.75 插页2 字数128,000
2012年4月第1版 2023年7月第2次印刷

ISBN 978-7-5327-5646-9/I·3316
定价:59.00元